グイードの従者
ヨナス
スカルファロット伯爵家 長男
グイード
転生者の女性魔導具師
ダリヤ
服飾魔導工房 工房長
ルチア

ロセッティ商会 副商会長
イヴァーノ
王城財務部 部長
ジルドファン
魔物討伐部隊 赤鎧
ランドルフ

「ダリヤのことは絶対に落とさないから安心して」
魔物討伐部隊の美形騎士
ヴォルフレード
思わぬほど近くで聞こえはじめる説明の声。
風は少し肌寒いが、背中はひどく温かい。
秋空の下、ちょっと落ち着かない乗馬体験が始まった。

魔導具師ダリヤはうつむかない
～今日から自由な職人ライフ～

甘岸久弥
Amagishi Hisaya

7

CONTENTS

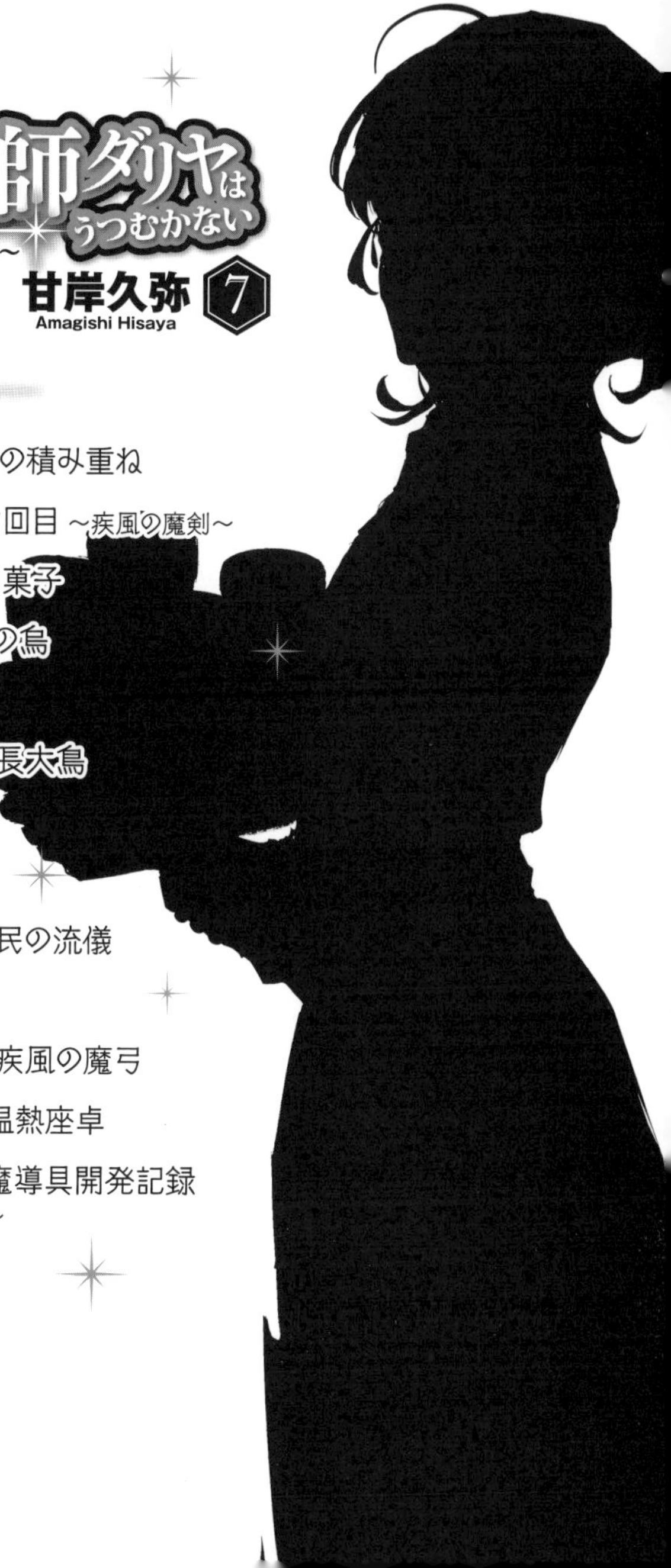

騎士と魔導具師の積み重ね

「長剣って、重みがありますね……」

武器屋の店内、両手で持ち上げたのは、ずっしりとした鋼《はがね》の長剣だ。

鞘《さや》付きだが、ここから片手で剣を抜くのは難しそうだ。前世では剣道部の友人が竹刀を持たせてくれたことがあるが、長さはそれより短くても、重さと感覚はまったく違う。

前世と今世、そう比較できる自分は転生者だ。

今世の名は、ダリヤ・ロセッティ――職業は魔導具師。

火と水の魔石による給湯器、氷の魔石による冷蔵庫、毒のある食材も安全に食べられる毒消しの腕輪など、生活に役立つ魔導具を作る職人である。

「気をつけて、ダリヤ。慣れないうちは余計に重く感じるかもしれないから」

言いながら、黒髪の青年が長剣をそっと受け取ってくれた。

「ありがとうございます。ヴォルフにとっては軽そうですね」

「ああ、魔物と戦うときは、もう少し厚みのある剣を使っているから」

魔物と戦うという言葉通り、彼、ヴォルフレード・スカルファロットは、ここオルディネ王国の王城騎士団、魔物討伐部隊の隊員だ。

長身痩躯《ちょうしんそうく》に烏《からす》の濡《ぬ》れ羽色の髪、当代の絵師が全力で描ききったかのごとく整った顔立ち、何より、まばゆい輝きの黄金の目が人を惹《ひ》きつける。

王国一の美青年とまで評されることがあるが、そのおかげで対人関係の苦労が絶えない。

赤髪に緑の目と色だけは鮮やかだが、声をかけられることもない地味な自分とは正反対である。

「魔物は皮もウロコも硬いのが多いからな。やっぱ、剣も厚みがないと厳しいだろ」

そう言いながら金属の盾を布で拭いているのは、この武器屋の主人であるフロレスだ。

ヴォルフと共に何度もこの店に来ているので、すっかり顔馴染《かおなじ》みになった。

「それなりに厚いのを使ってるんだけど、遠征中は結構折れるんだよね」

「ヴォルフ、いっそ大剣にしたらどうだ？　それだけ背があるんだし、身体強化は得意なんだろ？」

フロレスの言う『身体強化』とは、身体強化魔法のことだ。今世には魔物がいるが、魔法もある。

五要素魔法と呼ばれる火・土・水・風魔法、そして怪我《けが》などを治す治癒魔法。他にも身体強化魔法、魔導具づくりに重宝する付与魔法など、種類は多くあるが、誰もが使えるわけではない。

一般的に貴族は魔力が多く、庶民は少なめと言われるが、魔力を持たない者もいる。

隣のヴォルフは伯爵家の生まれだが、外部魔法がなく、体内で使う身体強化魔法だけ。騎士としてはとても強いのだが、貴族の血筋としての価値は低いそうだ。なんとも理不尽な話である。

「大剣は取り回しが難しくて。あと、動きが遅くなるから、陽動には向かないんだ」

「ああ、そういや、赤鎧《スカーレットアーマー》だったな」

赤鎧《スカーレットアーマー》は、魔物討伐部隊内の役目の一つだ。先陣を切ると共に、囮《おとり》や殿《しんがり》も務める、最も危険な役目である。

そんな彼が大剣を持って戦闘力が上がっても、魔物から逃げられなくなっては困る。

「戦う魔物によって、武器に必要な硬さや重さはそれぞれ違うもんだが、変異種も増えた上にだんだん強くなってるからな。昔は余った鉄で作った槍《やり》で小鬼《ゴブリン》が倒せたっていうが、今は魔法は使ってくるわ、連携はしてくるわ……うちに来る冒険者達は武器代が嵩《かさ》むとぼやいてるよ。ま、こっちは儲《もう》かってありがたいがな」

魔物も生き残りをかけて必死らしい。魔物討伐部隊はより危険になるのではないか、そう心配になってヴォルフを見たが、フロレスから笑顔で盾を受け取り、裏面を観察しはじめた。

「人間も負けていられないからね。隊では森大蛇《フォレストラスネイク》や大猪《ビッグワイルドボア》なんかは、前より楽に倒せるようになったよ。足回りがよくなったし、こっちも連携は学んでるから」

「さすが、オルディネの魔物討伐部隊だな。そういや、この前、店で食った森大蛇《フォレストラスネイク》の焼き肉は意外にうまかったぞ。干したのより肩によく効く。若いうちに知ってたら、四十肩に悩んでた親父に食わせたんだが。森大蛇《フォレストラスネイク》は素材取りと、滋養強壮の干し肉しか知らなくてな。ああ、そういえば弟も肩が痛いとか手紙に書いてきてたな……」

今は白髪と白い髭《ひげ》が似合いのフロレスは、以前、冒険者だったと聞いている。そのため、森大蛇《フォレストラスネイク》との戦闘経験もあるのだろう。

「今度、森大蛇《フォレストラスネイク》を弟さんに送ったら？」

「実家まで距離があるから生肉は厳しいし、冷凍は送料が馬鹿っ高い。干し肉なら向こうでもあるんだが。森大蛇《フォレストラスネイク》を見つけたら皆で獲《と》れって手紙に書いて、合う香辛料を多めに送ってやるか」

フロレスの出身は王都ではなく、遠い場所らしい。ダリヤがそう考えたのがわかったのか、彼はこちらに顔を向けた。

「俺は鉱山街の、『カレドウルフ』の生まれなんだ」

「『カレドウルフ』……鍛冶師が多くて有名なところですね」

「俺が隊で使ってる剣もカレドウルフ製が多いよ。とても丈夫なんだ」

ヴォルフと二人でそう言うと、彼は自慢げに笑った。

「そうだろ！　剣も人も鍛えられるところでな、周りの山から魔物がちょいちょい下りてくる。森大蛇《フォレストラスネイク》が街道に出ると、冒険者と街の腕っ節自慢がそろって倒しに行ったもんだ」

「皆さん、街を守るのに懸命だったんですね」

「それもあるが、荷馬車で来る食料や薬が届かなくなるのが一番危なくてな。街道に番《つがい》で出たときは、さすがに王都の魔物討伐部隊を願おうって話になったんだが、先に酒場の酒が切れちまって――あのときほど冒険者と街の者、皆で連携したことはなかったな」

人間、食い意地、いや、食料と嗜好品《しこう》はとても大切だ。やる気に密接に関わってくる。

「街の人達は大丈夫だったんですか？」

「ああ、王都と違って、皆、戦い慣れてるからな。街の周りは木の柵だけだし、イエロースライムなんざ、柵の間から入ってきて、道端をころころ転がってたもんだ。街の中央から外れて遊びに行くときは、子供も鉄の棒を持っていくような土地柄だ」

「大変そうですね……」

「丈夫になるし、鍛えられるぞ。冒険者になる者も多かった」

「そうなんだ。俺も子供の頃から魔物で鍛えていれば、もっと強くなれたかもしれない……」

残念そうな声が響いたが、待ってほしい。ヴォルフは母が腕の立つ騎士であり、その英才教育を受けて育ったはずである。魔物に鍛えられるのよりもよほど強くなったはずだ。

「ヴォルフは魔物討伐部隊に入ったぐらいだ、十分だろ」

その言葉にうなずいていると、ヴォルフが見ていた盾をテーブルに戻す。

「フロレス、カレドウルフに『魔剣』はあった？」

魔剣好きならではの質問に、店主は顎《あご》の髭に手を当てる。

「一番多いのは『硬質化』だな。次が『研ぎ軽減』か」

「付与魔法じゃなく——いや、付与魔法でもいいんだけど、すごく強いのとか、他の効果があるとかは？」

「ああ、魔物討伐部隊長の魔剣、『灰手《アッシュハンド》』とか、東ノ国《あずまのくに》の侍頭《さむらいがしら》の『霧雨《きりさめ》』みたいなのか。ああいうのを手にできるのは、王家とか、金のあり余ってる貴族か上級冒険者ぐらいだろ。他国には付与のついた武器は少ないから、『硬質化』や『研ぎ軽減』だけでも重宝されるんだぜ。大体、付与魔法でもなんでも、魔力が付いてれば『魔剣』だろ」

「そうなんだけど……」

ヴォルフは浪漫《ろまん》のある魔剣が心底好きで、憧れている。

そして、自分と二人、魔導具としての人工魔剣を作ろうとしている。

もっとも、毎回、試行錯誤の末に迷走し、いまだ一本も実用に耐えうるものはできていないが。

「短剣に付与を試しているのは知ってるが、しっかり作った武器に、魔法を一つ付与するだけでも十分違うんだ。より強くっていうんなら、材料を確認して、かける魔力を上げて——あせらず、ひたすら積み重ねるしかねえだろ」

フロレスには魔剣を作っているとは言わず、魔法を付与する勉強中だと言ってある。そして、それも本当のことだ。

「ひたすら積み重ねる、鍛錬と一緒か……」

「勉強と一緒ですね……」

簡単そうで難しい。だが、騎士の鍛錬も、魔導具師の勉強——技術の学びも魔法付与の練習も、本人を裏切ることはない。その力はきっと、内に重なり、積もっていく。

「カレドウルフじゃ、『一人前の剣の鍛冶師と呼ばれるのに二十五年はかかる』って言われてるぜ。『見分け三年、火調子四年。叩《たた》き十年、研ぎ四年。間《あいだ》四年は酒を飲む』ってな」

そう言ってにやりと笑ったフロレスに、つられるように笑んでしまった。


そうして、いつものように短剣を数本購入した後、ヴォルフと共に店を出る。

「風が冷たくなってきたね」

「ここのところ急にですね」

冷たい風に上着の襟を押さえつつ、そろそろ厚手の冬コートを準備しなくては——そう思ってはっとする。愛用の冬コートは、襟と裾にほつれがあるのを何度か繕《つくろ》っている。今年からは仕事で王城に出入りしているが、あれを着ていくのはちょっと厳しいかもしれない。

しかし、王城にふさわしいコートというものがわからない。新しいコートに関しては、服飾師の友人に相談した方がいいだろう。

それと、足元の冷えも気になる。靴下も暖かいものに代えた方がよさそうだ。

そこでもう一つ、思い出したものがあった。

「今年はあの暖房器具を、もう一度作ってみてもいいかも……」

以前、試作途中でやめた魔導具に思いを馳《は》せていると、隣のヴォルフが歩みを止めた。

「どうしました、ヴォルフ？」

「いや、魔剣のことで、君にかなり難しいことをお願いしてるんだと再認識してた……ダリヤの負担には、本当になっていない？」

確かめるように言う彼に、ダリヤはすぐ否定する。

「まったくなっていませんよ、私はヴォルフと楽しく作っているので。でも、一人前の鍛冶師になるまでが二十五年というなら、強い魔剣を作るのも、すごく時間がかかるかもしれません……」

考えるのも試作するのも楽しい。しかし、満足のいく魔剣の形も効果も、いまだ何一つ決まっていないのだ。本当に十年単位で時間がかかってしまうかもしれない。

そうしたら、魔物討伐部隊員であるヴォルフは退役して、魔剣が不要になってしまう可能性もあるわけで——

「何年でも、何十年でも、俺は楽しみに待つよ」

言い切ったヴォルフが、その黄金の目をきらきらさせて自分を見る。ちょっと落ち着かない。

「ええと、それでも微妙な魔剣しかできないかもしれませんが……」

「いや、ダリヤならきっと、最高にすごくいい魔剣を作れる！」

「頑張りますね……」

絶対的信頼と期待の込められたまなざしに、ダリヤは微笑《ほほえ》むしかなかった。

小さな水晶のグラスに、さらさらとした青い砂のようなものが半分ほど入っている。テーブルの上、その青い砂は時折きらりと陽光を反射させる。水晶のグラス自体も、美しい虹色の影を落としていた。

しかし、そんな美しさを堪能することは一切なく、ダリヤは額に汗をかいていた。横では、真剣な顔をしつつ、低く唸《うな》っている銀髪の少年がいる。

二人とも作業着姿で作業机に向かっていた。

ここはゾーラ商会長であり、魔導具師として教えを受けているオズヴァルドの作業場だ。

今日は魔導具師の授業の日。ラウルと共に魔力制御の講義の後、実技となった。

水晶のグラスの中身は、海蟲《シーワーム》の外皮を細かくしたものだ。海蟲《シーワーム》は紺色の巨大なミミズを思わせる大型の魔物である。その外皮は盾や鎧《よろい》の硬質強化、鞄《かばん》やマントの強度上げなどに使われ、水魔法への耐性も上がるというなかなか便利な素材だ。

濃い青の砂に、ところどころ金色の粒が混じって光り、なかなかきれいだ。これならば、ガラス瓶に入れて部屋に飾っておいてもいい気がする。

材料が海蟲《シーワーム》の皮と聞いたら、友人のイルマあたりが悲鳴をあげそうな気もするが。

「グラスの海蟲《シーワーム》に三分間、魔力を均等に入れて付与します。魔力に方向性を持たせて、時計回りにかき混ぜ、液体にしてください」

オズヴァルドがそう説明しつつ、あっさり作業をしてみせたので油断した。

魔力が足りないと砂は回転しない。わずかに表面が揺れるだけだ。魔力を入れすぎるとグラスから砂が飛び出しそうになる。ようやく回せたと思えば、魔力の強弱できれいに混ざらない。ダマになってしまって、やり直しである。

オズヴァルドは『安定した一定の魔力を入れ続ければいいだけです』と笑顔で言うが、それができたら苦労はしない。

結果、彼の息子で高等学院魔導具科のラウルと共に、試行錯誤をしているのが今である。

「あう……」

小さく声をあげた少年が、がっくりと肩を落とした。

その手元、砂の三分の一ほどが、グラスから飛び出し、机に飛散している。これで二度目である。きれいに混ざっていたのにもったいない、そう思いつつ自分のグラスを見れば、ところどころ固形物の残る、ちょっと不気味な紺色の粘体ができあがっていた。こちらも二度続けての失敗である。

二人の目の前には、オズヴァルドの作った見本がある。グラスの中、青くとろりとした液体で、光の反射によって金色に光る。砂状になることもなければ、わずかな固まりも見えない。

ラウルが再挑戦のため、海蟲《シーワーム》の粉をグラスにだばりと足す。くーっと小さな唸り声が響き、肩にとても力が入っているように見える。頑張っているのはよくわかるが、気負いすぎているのが心配になった。

「ラウルエーレ、力《りき》んでも付与はうまくいきませんよ。ダリヤもお疲れでしょう。一度休憩しましょう」

向かいに座っていたオズヴァルドが微笑み、作業を止めた。どうやら自分も、疲労感が顔ににじみ出ていたらしい。

「父上、海蟲《シーワーム》への付与に何かコツはありますか？」

「落ち着いて、魔力を安定させることです。あとは慣れ――練習の積み重ねですね」

ダリヤも聞きたいことだったが、近道はないようだ。

隣の部屋に紅茶を頼みに行く父の背に、ラウルがぼそりと言う。

「それはコツとは言わないと思います……」

「ラウル……」

つい口元をゆるませて名を呼んでしまったが、ダリヤもまったく同じ思いだった。

聞かれたのが恥ずかしかったらしい。少年は頬《ほお》を少し赤くし、話題を変える。

「ダリヤ先輩、よろしかったら魔力がいくつか伺ってもいいですか？　あ、僕は十です」

「かまいませんよ。私も十です」

「先月、上がったばかりなので、まだ落ち着かなくて……」

「私も上がってから、まだ慣れていません。一定にしようとしても難しいですよね」

ラウルとは、数値も最近魔力が上がったことも一緒だった。一ヶ月では、まだ上がった魔力が作業感覚に馴染《なじ》まない。唸りたくなるのもよくわかった。

「同じ海蟲《シーワーム》なのに、どうしてこんなに違うんでしょうか？　学院の授業では、まだ付与で困ったことはないのですが……」

ラウルが恨めしげにオズヴァルドの付与したグラスを見る。三人とも同じ魔封箱にあった海蟲《シーワーム》の粉を使っているのだ。材料に差はない。

「やっぱり魔導具師としての腕だと思います。オズヴァルド先生の付与は安定していて確実なので」

先日、友人のイルマの吸魔の腕輪を作るとき、オズヴァルドに協力――いや、指導をしてもらう形になった。そこで、知識、技術力、腕の差をまざまざと見せつけられた。

深く感動すると同時に自分の未熟さを痛感した。

先日、フロレスが言っていた鍛冶師の二十五年は長すぎると思いたいが、それでも、己がまだまだ及ばないのはよくわかる。

一人前の魔導具師になるのに、近道はないのだ。ただひたすらに知識を学び、実技を重ねていくしかない。

「まだ始めたばかりですから。ゆっくり頑張りましょう」

「はい。ついあせってしまいました……頑張ります！」

自分が父カルロの背を追うように、この少年も父に追いつこうと必死なのだろう。

こちらを見る真摯《しんし》な銀の目に、ダリヤは心から微笑んだ。


その後、紅茶の準備ができたと呼ばれ、隣室に移った。

今日一緒に来たマルチェラは、こちらでオズヴァルドの第三夫人であるエルメリンダから礼儀作法を教わっている。ダリヤの護衛騎士となったので、貴族の屋敷や王城に出入りするためだ。

本日の授業はテーブルマナー、紅茶の飲み方だという。

マルチェラは紅茶にいつもは入れぬ砂糖を二つ入れ、音が出ないように慎重に慎重にかき混ぜていた。ちょっと顔が怖い。

声をかけるタイミングに迷っていると、エルメリンダに微笑まれた。

「ロセッティ会長、腕のある護衛の方がついてよかったですね」

「ありがとうございます」

元上級冒険者であるエルメリンダだ。マルチェラの強さがわかるのかもしれない。

「お褒めにあずかり、光栄です……」

慣れぬせいか、やはり笑顔も声も硬いマルチェラだった。

向かいでは、オズヴァルドが優雅に紅茶のカップを持ち上げている。そこへノックの音が響いた。

「失礼致します。オズヴァルド様、ご確認をお願い致します」

部屋に入ってきた従者から書類を受け取ると、オズヴァルドは素早く目を通す。

「今回のオークションは、特に希望するものがありませんね。不参加とお返事してください」

どうやら、書類はオークションの案内だったらしい。返された書類を受け取ると、従者は会釈をして出ていった。

「父上、何かお探しのものがあるのですか？」

「ええ、炎龍《ファイヤードラゴン》のウロコが出ていないかと思いまして」

「あの、それは――」

この前、友であるイルマのために作った吸魔の腕輪。そのときにオズヴァルドは炎性定着の指輪を使って付与を行ってくれた。その材料は炎龍《ファイヤードラゴン》のウロコ。

手元にないと、今後の仕事に差し支えるかもしれない。

「魔法付与で炎性定着の指輪を作るためですが、炎龍《ファイヤードラゴン》がオークションに出なければ、火山魚《ボルケーノフィッシュ》でも作れますので問題ありませんよ。急ぎで必要とする仕事の予定もないですから」

尋ねかけたダリヤに、オズヴァルドは先手を打つようにすらすらと言う。

ダリヤの持つ素材の中には、炎龍《ファイヤードラゴン》のウロコがある。しかし、あれはヨナスのくれたものだ。確認をとらないうちにオズヴァルドに渡すのはだめだろう。

次にヴォルフに会ったときに聞くことにした。

しかし、火山魚《ボルケーノフィッシュ》もなかなか見ない魔物、そして素材である。

対火魔法の素材として大変優れていると聞くが、この国には火山魚《ボルケーノフィッシュ》のいる火山はない。そのため、他国からの輸入でしか入手できないのだ。

「父上は、火山魚《ボルケーノフィッシュ》と炎龍《ファイヤードラゴン》を、実際に見たことはありますか？」

「炎龍《ファイヤードラゴン》はありませんね。火山魚《ボルケーノフィッシュ》は生け捕りにしたものを見たことはありますが、火山で見たことはありません」

「いつか両方とも、本物を見てみたいです」

目をきらきらさせて言うラウルが微笑ましい。

しかし個人的には、炎龍《ファイヤードラゴン》の牙や爪、心臓や骨など、素材としてはぜひ見てみたいが、本体との直接対峙《たいじ》は避けたい。

炎龍《ファイヤードラゴン》にブレスを吐かれたら、灰も残らなそうだ。火山魚《ボルケーノフィッシュ》がいる火山に行くのも、かなり大変そうである。

「炎龍《ファイヤードラゴン》は魔力が強いので、遭うと動けなくなるかもしれません。火山魚《ボルケーノフィッシュ》は熱い湯の中を泳ぎますので、近づくだけでも大変ですよ」

「エルメリンダ様は実際にご覧になったことがあるのですね！」

目を丸くしたラウルが食いついた。勢いよくカップを置いたせいで、中の紅茶がはねる。

「炎龍《ファイヤードラゴン》はやっぱり大きいですか？　動けなくなるのは威圧のせいですか？　火山魚《ボルケーノフィッシュ》はどうやって捕まえるのですか!?」

「落ち着きなさい、ラウルエーレ。エルは逃げませんよ」

オズヴァルドが苦笑している。ラウルがこぼした紅茶を拭き取るエルメリンダも、笑いをこらえているのがわかった。

「私が見た炎龍《ファイヤードラゴン》は、まだ若い龍でした。それほど大きくはなく、空を飛んでいるだけでしたが、その場にいた冒険者全員が咄嗟《とっさ》に隠れました。そのまましばらく誰も動けませんでしたし、声も出せませんでした。それぐらいには怖かったですね」

「その炎龍《ファイヤードラゴン》を、どこでご覧になったのですか？」

「南の島です。炎龍《ファイヤードラゴン》が時々立ち寄るところだと言われています。卵の殻を取りに行ったので」

「では、島に行けば炎龍《ファイヤードラゴン》に会えるのですね！」

ラウルはすぐにも行きたそうな口ぶりだ。

「残念ながら、炎龍《ファイヤードラゴン》は不定期に移動をすると言われており、見られるかどうかは運になります」

「そうなのですか……あ、火山魚《ボルケーノフィッシュ》を捕まえるのは大変ですか？」

「ええ、とても大変ですよ。火山まで行くのはもちろん、火山魚《ボルケーノフィッシュ》のいるお湯の池までの移動は暑さとの戦いです。火山魚《ボルケーノフィッシュ》は紐《ひも》をつけた強弓で獲ったり、槍や魔法で仕留めて、持ち手の長い網ですくって獲ったりすることが多いですが、これもずっと暑いなかで行うので……氷魔法持ちの冒険者と一緒に行かなかったら、私もきっと倒れていました」

「そうなのですか、本当に大変そうです……でも、やっぱり一度は実物を見てみたいです……」

少年の銀の目は、深い憧れを込めて遠くなる。

もしかすると、ラウルは冒険者の資質も持ち合わせているのかもしれない。

「炎龍《ファイヤードラゴン》は見るのも命がけですし、火山魚《ボルケーノフィッシュ》のいる火山は隣国のその先ですから、危ないので止めたいところですが——」

「親子で同じことを思うものですね、旦那様」

エルメリンダの言葉に、オズヴァルドが軽く咳《せき》をする。その様子に、ラウルが不思議そうに聞き返した。

「同じこと？」

「……ラウルエーレと同じくらいのときには、実際に見たいと思ったこともありましたよ。自分の逃げ足の速度を考えてあきらめましたが」

「父上が、逃げ足なんて……」

オズヴァルドの冗談に、ラウルがくすくすと笑い出す。

それが伝染したかのように、周囲の者も笑顔になっていった。

「父上、大丈夫です。行くときは足をしっかり鍛えて、逃げ切れるようにしてから行きます！」

「ラウルエーレ……」

明るく言い切った息子に、オズヴァルドは渋い顔を隠さなかった。

人工魔剣制作六回目　～疾風の魔剣～

「オズヴァルド先生が、炎龍《ファイヤードラゴン》のウロコを探していて……」

緑の塔の二階、ダリヤはヴォルフと昼食を食べながら、昨日あったことを話していた。

「ヨナス先生なら大丈夫だと思うけど。念のため、聞いてこようか？」

「お願いします。使い切りの指輪に付与するのが、ご不快だといけないので……」

ヨナスは炎龍《ファイヤードラゴン》の魔付きで、腕に赤いウロコがある。

ダリヤはそのウロコをもらったが、使い捨ての指輪に付与することを彼がどう思うかわからない。

それに、自分が使うのではなく、オズヴァルドに渡すことになる。

ヨナスは魔付きであることを隠してはいないと言っていたが、やはり気にかかった。

「わかった。次の剣の練習日に聞いてくるよ。あれ？　ダリヤ、このパイは苦手？」

コーヒーと共に並ぶのは、きれいな円形のサーモンパイだ。ヴォルフの差し入れで、パイの上に生地で魚模様が描かれているのがとてもかわいらしい。屋敷の料理人が作ってくれたものだという。

鮮度のいい鮭《さけ》とほうれん草、そしてたっぷりのクリームが入っていて、とろりと濃厚だ。とてもおいしいのだが、一切れが大きめで、二切れ目に進むにはカロリーが気になる。

「いいえ、すごくおいしいです。ただ、その、最近ちょっと運動不足で……」

少しウエストが気になる、そう言えずに語尾を濁す。

目の前のヴォルフは、いつも自分の倍以上は食べるが、一欠片《かけら》も贅肉《ぜいにく》はない。鍛錬と討伐の成果だろう。だが、ちょっとうらやましい。

「運動か……乗馬はどうだろう?」

「乗馬ですか? その、運動神経がなくても、馬って乗れるものです?」

馬車をひく八本脚馬(スレイプニル)ならば、御者として指示をしたことはある。

だが、馬に一人で乗ったことはない。運動神経もバランス感覚も自信がないため、落馬しそうで少々怖い。

「乗馬は慣れじゃないかな。貴族女性でも趣味にしている人はいるし。結構楽しいと思うよ。いい運動になるし」

前世の自転車やバイクに乗る感覚だろうか。今世では最大スピードが急ぎの馬車なので、今ひとつぴんとこない。

「うちにも馬がいるから、試しに乗ってみる？　馬車で行けない道も通れるから、慣れたら少し迂《う》回《かい》して森や山へ素材を探しに行くのもいいと思う」

「いいですね！　あ、でも、魔物が出ませんか？」

「王都の近くなら強いのはいないし、出たら俺が素材にする。あとは、護衛犬を借りていけば大丈夫だと思う。不安なら、追加の護衛を頼むよ」

「いえ、ヴォルフがいれば大丈夫です」

魔導具に使う素材を森や山の奥まで二人で採りに行く——それができたら、とても楽しそうだ。

これはなんとしても乗馬を覚えなくてはいけないだろう。

なお、馬で出かけるのに最初から二人セットで話が進んでいるが、両者それには触れなかった。

食後、作業場に下りると、短剣や付与素材をテーブルに並べる。こうして作業机の前に二人で並ぶのも久しぶりな気がした。

「しばらく間が空いてしまいましたが、今回こそ、ちゃんと機能する魔剣を作りたいと思います」

「待っていた、夢の魔剣！」

待って、まだできあがっていない。すでにテンションの高いヴォルフに作業着を渡しつつ、ダリヤはちょっとだけプレッシャーを感じる。

人工魔剣制作は六回目。前五回は、失敗か微妙な出来だった。

今回は魔力がまだ落ち着かないこともあり、短剣への付与を選んだ。

そして、口に出してはいないが、人工魔剣制作一回目、『魔王の配下の短剣』のリベンジである。

初回は組み立ての魔力干渉に苦慮し、ブラックスライムの塗布で対応したところ、持つと手が溶けそうな危ない魔剣ができあがってしまった。

今は魔力干渉の対策はわかっているし、材料と手順も問題ないはずだ。今度こそ、魔剣と呼んでもおかしくないものを作りたい。

「今回は一角獣《ユニコーン》の角を使うので、まず短剣にしてみます。成功したら次は長剣に戻しますので。刃《やいば》は研ぎいらず、鍔《つば》に水魔法で洗浄、柄《つか》に風の魔石で速度強化、鞘《さや》は軽量化でいいですか？」

「刃にも速度強化って可能かな？　振り抜きの速い短剣になると小回りが利きそうだから」

「ええ、いいですよ。効果もわかりやすくなりそうですし……あ、ちょうどいい素材があります」

ダリヤは棚から魔封箱を持ってくると、慎重に蓋《ふた》を開ける。

「鳥の羽根？」

「ええ、緑冠《グリーンクラウン》という鳥の羽根です」

緑冠《グリーンクラウン》は鮮やかな緑の鳥で、頭には烏帽子《えぼし》のような長い羽根がある。

魔物図鑑で見たとき、前世の動物園で見た緑のエボシドリを思い出した。

ただし、決定的に違うのは、大きさと、魔法の有無だ。緑冠《グリーンクラウン》の体長は六、七十センチほどと、エボシドリより大きめ。敵から逃げるときや戦いのときは、魔法加速して飛ぶという。

緑冠《グリーンクラウン》の羽根は風魔法を持ち、速度強化の付与ができる。オズヴァルドから教わったばかりで、数枚分けてもらった素材だ。柄の風魔法とも相性がいいので、相乗効果が見込めるかもしれない。

「緑冠《グリーンクラウン》……緑のあいつか……」

ヴォルフが額に深く皺《しわ》を寄せた。緑冠《グリーンクラウン》と戦ったことがあるのだろうか。

「もしかして、遠征で遭いました？」

「ああ、何度か。ちょっと危ない鳥だった」

「魔物図鑑には、臆病で人を見たら逃げるってありましたけど、うちの国のは凶暴なんですか？」

魔物は地域によって性質に差が出ることがある。隣国の魔物図鑑に臆病な性質だと書いてあっても、この国の緑冠《グリーンクラウン》も同じだとは限らない。

「いや、普段は俺達を見ると逃げるけど、春先は気が荒い。恋の季節で雄同士が戦うんだ。風魔法を使ってかなり加速するから、たまに植物や木に嘴《くちばし》から刺さっていることもある」

「じ、情熱的な鳥ですね」

「雌はそれを近くの枝で並んで観戦する。そして、勝った雄に求愛しに行く。負けた雄は倒れていようが刺さっていようが放置。そのまま死ぬ雄もいる」

「鳥の世界、厳しい……」

想像するとすごい光景だが、なんだかもの悲しさも感じる。

「で、うっかりそこに出くわすと、勝った雄が怒って、全力でぶつかってこられる。避《よ》けられないと刺さる」

「刺さるって、緑冠《グリーンクラウン》が、人に？」

「そう。物理的に、身体的に、刃物的に、頭というか、嘴から」

「それ、怖いんですが……」

鳥が頭から人に刺さるとか、想像したくもない。美しい緑の羽根を前に、ちょっと付与がためらわれてきた。

「ドリノの腕に刺さって抜けなくて大変だった。結局、傷口を広げて取ったんだけど、せっかくだからって、緑冠《グリーンクラウン》を焼いて食べて——なかなかおいしかったらしい。次に見つけたら、獲《と》って焼き鳥にしようって言ってた」

「うわぁ……ドリノさん、強い……」

緑冠《グリーンクラウン》より人間の方が怖いと認識を改めた。

話に区切りがついたところで、椅子に座って魔剣制作を開始する。

鍔に小型の水魔石をセットできるように形状を整え、柄にも小型の風の魔石が入るようにした。

濃灰の鞘には軽量化魔法を、リボンを巻き付けるようにして付与していく。

以前よりも短時間で強い付与ができるようになったのは心が躍る。しかし、油断すると乱れるのでひたすらに集中である。

「ダリヤ、魔力の光が眩《まぶ》しくなったね」

「一段魔力が上がったせいですね。まだ使いこなせてないんですけど」

言われた瞬間、ちょっとだけ魔力の方向が乱れたのは内緒である。

「次に、刃に緑冠《グリーンクラウン》を付与します」

緑の羽根にゆっくりと魔力を込めていくと、途中からふわふわした丸い綿のようになった。鳥なのに羊毛めいた形にちょっとおかしくなるが、そのまま刃に付与していく。緑の綿はみるみるうちに溶け、刃の中に消えた。

ふわり、一度だけ刃から周囲へ風が吹く。

銀色だった刀身は、森を映したような深い緑に変わっていた。

「きれいな緑だね……」

金の目を潤ませて見惚《みと》れるヴォルフに、少しだけ落ち着かなくなる。

「ええと、成功だと思うので、これに一角獣《ユニコーン》を付与しますね」

組み立てで魔法同士が干渉しないよう、一角獣《ユニコーン》の角の粉を素材として付与した。

幸い、前回イルマの腕輪を制作したときで慣れたようで、問題なく成功した。

予備の粉はそのまま次回に回せそうだ。

「じゃあ、組み立てるよ」

ヴォルフは革手袋を手に、慣れた動作で剣を組み上げる。

たちまちに形になった短剣は、安定した魔力を放ちながらそこにあった。

「大丈夫そうだね」

鍔の根元を押すと、たらたらと水が流れる。鞘の軽量化もそれなりに効いているようだ。もっとも、短剣自体、そう重くはないので、効果としては少ない。

一番気になるのは、刃と柄にかけた速度強化である。

短剣を振り抜くこと自体がスイッチになっているので、紅血《こうけつ》設定は必要ない。

ヴォルフは立ち上がると、念のためと言って作業机から離れ、壁に向かって振った。それほど力を入れたようには見えないが、風を切るシュッという音が響く。

彼の手は、短剣を持ったまま床に向き、ぴたりと止まった。

「これ、速度がかなり乗る。相当飛びそうだから、投げナイフ的にも使えるかもしれない」

「投げナイフって、拾ってくるのが大変じゃないですか？　使うには数をそろえないと」

「いや、引っ張って戻せるよう、後ろに紐《ひも》をつけて……紐じゃ切れてしまうか。鉄線をつけるといいのかも」

「鉄線は意外に脆《もろ》いですし、錆《さ》びるので……あまり長さはありませんが、ミスリル線でいいですか？」

「ミスリルって、かなり高いよね？」

「父が使っていた余りです。少ししかなくて、整形魔法の練習で糸にしていたので。ただ、魔導具の縫い糸にするには、ちょっと歪《ゆが》んで使えそうになくて……」

オズヴァルドの均一な魔力付与を見て、自分も精度を上げるべく練習している。

しかし、まだまだ制御が甘い。青みを帯びた銀の糸の断面は丸ではなく、ほんの少し平たいのだ。よく見ないとわからないほどだが、魔導具師としてはだめな出来である。

「とりあえず、間に合わせに付けてみますね。引っ張る部分に何か把手《とって》みたいなのがあった方がいいですよね……とりあえずなので、これでいいです？」

「銀の輪……それも魔導具？」

「いえ、ただの金属の輪です。私の部屋にドアノック用の金属リングを付けようかと思ったことがあって……でも、父は必ず私の名前を叫ぶので意味がないと気がついて、買ってそのままでした」

建具店で衝動買いしたものだが、そのままになっていた。

せっかくなので試作に使ってみるのもいいだろう、そう思いつつ、ミスリル糸で短剣の柄と銀のリングをつなぐ。外れないように、つなぎ目は補強し、二度確認した。

室内での動作確認は怖いので、塔の庭に出る。

「短剣にミスリル糸に銀の輪。これはこれで浪漫《ろまん》がある魔剣の形だよね……」

「浪漫はともかくとして、木の板を出しますので、投げて試してもらえればと」

塀の前に、厚めの木の板を置く。

ミスリル糸で手が切れるといけないので、ヴォルフには、砂蜥蜴《サンドリザード》製で、指と手のひらに金属を張った手袋を出した。父が使っていた硬い素材や刃物を扱うためのものだ。

「ダリヤ、跳ね返ってくると悪いから、下がっていてもらえる？」

「はい」

もし、木の板が割れれば、後ろは塀だ。ぶつかってこちらに跳ね返っても大丈夫なよう、十分に距離をおく。

「じゃ、投げるよ」

ヴォルフの右手が、短剣を投げる。目で追うつもりが、短剣が消えた。

風を切るシュンという音に続き、ガツン、バリリと音が重なり、一瞬遅れて、カンッと高い音が響いた。何がなんだかわからない。

慌てて板を見れば、中央にヒビが深く入り、短剣は刀身が見えぬほど深く刺さっていた。

「すまない、ここまで勢いがつくとは思わなかった……」

ヴォルフはその勢いで、金属リングも一緒に投げてしまったという。

先ほどの甲高い音は、金属リングが塀にぶつかった音らしい。

「ヴォルフ、怪我《けが》はないです？」

「なんともない。この短剣はこのままでいいね、遠距離でも飛ばせるから、魔物と距離をとって戦えそうだ」

言いながら短剣を取りに行ったヴォルフが、板に触れ、ミスリル線を引っ張っている。

どうやら板にミスリル線が食い込んでしまったようだ。さすが細くても丈夫なミスリル製である。

「……ダリヤ、お願いがあるんだけど。もう一本、同じ短剣を作ってもらえないだろうか？　もちろん、支払いはちゃんとする」

「ええ、いいですよ。材料がありますから、すぐ作りますね」

ひどく真面目な顔で願ってきたヴォルフに、二つ返事でうなずいた。

やはり複数で使って投げナイフにしたいのだろう。そう考えつつ、作業場に戻る。

幸い魔剣の材料は在庫があるので問題ない。ただ、銀のリングは同じものがない。

「リングは同じものがないので、適当な金属から同じ形に加工していいです？」

「いや、リングを外して、ワイヤーで短剣同士をつなげてほしいんだ」

「わかりました」

ヴォルフは二本を同時に引き戻す形にしたいのだろう。

ワイヤーの長さはあまりいらず、片方の柄のところで長さ調整・固定ができるように希望された。

真ん中の方が楽ではないかと尋ねたが、かえって邪魔になるという。

投げるときにワイヤーが指に当たらないようにしたいのだろう、そう理解して調整した。

できあがった短剣を渡すと、ヴォルフは二本を同時に振る。

ダブルで聞こえる風切り音は、なかなか迫力がある。本音を言うとちょっぴり怖いほどだ。

「これならいける気がする……」

納得し、うなずいた彼と共に、再び庭に出た。

ヴォルフは先ほどの板の手前、長めの薪《まき》を一本立てる。薪にどこまで深く刺さるかの確認だろう、そう思いつつ、先ほどと同じように離れた。

金色の目がじっと板を見つめ、呼吸を整える横顔が見えた。ヴォルフは両手に一本ずつ持つと、勢いをつけて投げる。

ビュンと風を切る音が、先ほどの倍以上、重なって響く。

あとはまた同じ、速すぎて目で動きを確かめるのは無理だった。

「え……？」

ヴォルフは薪から短剣を外したらしい。

短剣は二本とも後ろの板を割り砕いて、その先に落ちていた。が、手前の薪は倒れもしない。

ミスリル線が外れたか、そう慌てたとき、薪の上半分が滑るように落ちてきた。

輪切りになった薪の切り口は、腕のいい剣士が一刀両断したような滑らかさ。

二本の短剣をつなぐミスリル線が、完全に刃物の役目を果たしていた。

「うわぁ……」

ダリヤはこめかみに指をやった。

魔剣の方向からまたもずれた。これは剣というより、矢と考えた方がよさそうだ。

いや、これだけ速度が出るのなら、いっそ長剣でやる方がよかったか、それだと扱いが危険すぎるだろうか――ぐるぐると必死に考えていると、ヴォルフが少年のように笑い声をあげた。

「あはは、これ、すっごくいいね！　投擲《とうてき》技術はいるけど、距離があっても、魔物の脚とか翼を狙えそうだ！」

なるほど、そういった使い方もあるのかと納得する。魔物討伐部隊員ならではの発想だ。

魔物と距離をとって戦えるなら、少しは安全性が増すかもしれない――ダリヤは先ほどの思いつきを伝えることにした。

「これと同じことをするなら、弓でした方がいいかもしれません」

「弓で？」

「ええと、鏃《やじり》を硬い材質にして、これと似た感じに速度強化を入れて、ミスリル線でつなげばいいのかと。あ、でも矢を二人で同時に放つのは無理ですよね……」

「どうだろう？　隊の弓騎士はかなり速く連射はできるけど……」

ヴォルフが難しい顔になった。

考えてみれば、同じ隊でも彼は先陣の赤鎧《スカーレットアーマー》である。

魔物と距離をとるであろう弓騎士、その戦いを近くで観察することは少ないのかもしれない。

ダリヤは話題を変えることにする。

「とりあえず、それはそれとして——今回も剣に名前をつけます？」

「ああ、つけたいと思う。ダリヤは何か案がある？」

「『ワイヤー魔剣』、『速度増強剣』とかじゃ、だめなんですよね？」

「……うん、ダリヤだからね……」

完全に残念な子を見る目で見ないでほしい。

魔剣はともかく、魔導具の名付けはわかりやすさが一番だ。『給湯器』も『防水布』も聞いてすぐわかるいい名前ではないか。自分はヴォルフのように名前に浪漫は求めない。

「浪漫を求めるヴォルフが、好きにつけていいですよ」

「……やっぱりすばらしく速いから、ここは『疾風《しっぷう》の魔剣』で！」

満足げに言う彼の足元、転がっているのは輪切りの薪である。

『疾風の魔剣』より『輪切りの魔剣』の方がいい気もするが、それは言わないことにした。

◆ ◆ ◆

「今日は個人的な魔導具をお願いしに参りました」

商業ギルド、ロセッティ商会の借りている部屋に、珍しい客が訪れていた。

冒険者ギルドの魔物養殖部長のジャンである。

ダリヤの向かいに座る彼は、淡い茶系のスーツを着ていた。ゆったりとしたデザインで、体格のいい彼によく似合っている。

以前冒険者ギルドで会った際は、今にも倒れるのではないかと思うほど疲労していた。今日の血色のいい顔と艶《つや》のある栗色《くりいろ》の髪に、ダリヤは安堵《あんど》して話を始めた。

「お声をかけて頂き、ありがとうございます。どのような魔導具でしょうか？」

「一角獣《ユニコーン》のペンダントをお願いしたいのです。二人目の妻が妊娠して、悪阻《つわり》が重いものですから。今は一角獣《ユニコーン》の角をそのまま持っている状態ですが、今後を考えると身につけやすいものの方がいいかと思いまして……仕様については、これでお願いします」

「おめでとうございます。拝見させて頂きます」

二人目の妻とは、復縁した前妻のことだろう。たいへんおめでたいことだ。

ジャンから渡された書類には、魔導具の大まかな仕様が書かれていた。

材料は一角獣《ユニコーン》の角、ペンダントトップとして三センチほどの楕円《だえん》に加工する、鎖は艶ありの金など、大まかに指定されている。そして、値段の目安もしっかり提示されていた。

一番下には、流麗な文字で『オズヴァルド・ゾーラ』と署名があった。

「オズヴァルド先生のお書きになった仕様書ですが、先生へはご依頼なさらないのですか？」

「オズヴァルド先生にダリヤ嬢へ頼むようにと勧められまして……その、女性らしいデザインでお願いできればと」

少しだけ声を落として言うジャンにうなずき、質問を続けた。

「わかりました、お引き受け致します。ジャンさん、ペンダントのデザインについてご指定はありませんか？　例えば、鎖の方に色石をつけ加えられますし、ペンダントトップの部分に簡単な模様を彫り込むことができますので」

「でしたら、鎖の方にオレンジ色の小さい石を、ペンダントトップの模様は花模様でお願いできますか？」

「わかりました。石は日長石《サンストーン》でいいでしょうか？」

日長石《サンストーン》は月光石《ムーンストーン》と同じ種類の石である。透明度のあるオレンジ色の石で加工しやすく、魔導具の飾りとして使うことも多い。

「はい、それでお願いします」

「花模様の方は、バラや百合《ゆり》、マーガレット、水仙などが多いですが、ご希望はありませんか？」

「鈴蘭《すずらん》でお願いします。その……プロポーズのときに渡したのが、その花だったので」

樺《かば》色の目を伏せ気味に言うジャンが微笑《ほほえ》ましい。素直に祝いたいと思えた。

「使えるようでしたら、こちらを材料にしてください」

ジャンの出した魔封箱には、一角獣《ユニコーン》の白い角が三本入っていた。布に包まれることもなくごろごろと転がり、一本はヒビが入っている。

「ああ、もう数本なら家にあるかと思います。古くて使えないようなら、新しく獲ってきますので」

「いえ、十分です」

ダリヤは一角獣《ユニコーン》の角のぞんざいな扱いに驚いていたのだが、品質の心配をしていると思われたらしい。希少素材なのにまったく希少でなくなっている気がするが、ジャンは元上級冒険者、感覚が違うのだろう。

「ジャンさん、これは全部倒した一角獣《ユニコーン》の角でしょうか？」

「いえ、角だけ落としたものもあります。角を落とせば一角獣《ユニコーン》は逃げ帰っていきますし、新しい角が伸びるまでは悪さもしませんので」

「一角獣《ユニコーン》の角って、どれぐらいで新しいのが生えてくるんでしょうか？」

「個体差があるかもしれませんが、同じ一角獣《ユニコーン》が三週間後に角を生やして戻ってきた例がありますので、そのくらいではないかと。巣や縄張りに隠れ、魔力を込めて角を伸ばすようですよ」

「初めて知りました……」

魔物図鑑には『角を折っても死ぬことはない』としかなかった。

三週間で新しい角が生えるなら、同じ一角獣《ユニコーン》から何度も角が採れるかもしれない。

「王都ではなかなか見ませんからね。でも、王城にも一角獣《ユニコーン》がいますから、ダリヤ嬢はそのうち見ることができるかもしれませんよ」

「王城に一角獣《ユニコーン》ですか？」

それも初めて知った。王城で、一角獣《ユニコーン》を檻《おり》の中で飼育しているのだろうか。

「王城騎士団に一角獣《ユニコーン》と天馬《ペガサス》がいます。あとは龍騎士のワイバーンですね。どれも騎乗できる騎士は限られていますが。貴族の式典に参加することも多いので、叙爵のときにご覧になれるかもしれません」

聞けば、屋外での式典のときに一角獣《ユニコーン》や天馬《ペガサス》が空を飛んでくれたり、移動時に併走をしてくれたりすることがあるという。

式典も叙爵も考えると胃が痛くなりそうだが、幻獣を実際に見られるかもしれないという楽しみができた。できれば近くでじっくり観察したいところだ。

それにしても、騎士が騎乗しているとは驚いた。

王城で一角獣《ユニコーン》や天馬《ペガサス》がどのように飼われているのか、そのうち、ヴォルフに尋ねてみようと思う。

「一角獣《ユニコーン》のペンダントにつきましては、急なお願いですので、ご予定に無理のないときにお願いします。できあがりましたらお知らせ頂ければと」

「ありがとうございます。仕上がり次第ご連絡致します」

魔導具に関する話を終えると、ジャンはようやく紅茶に手をつけた。

「ダリヤ嬢、直接のお礼が遅くなりましたが、オズヴァルド先生をご紹介頂き、本当にありがとうございました」

「いえ、おいしい蠍酒《スコルピオ》がお飲みになれたのなら、よかったです」

以前、ジャンが妻子に実家に帰られたという話を聞いたとき、ダリヤはオズヴァルドを紹介した。

同じ男性で、人生経験が豊かなオズヴァルドなら、相談相手になってくれるのではないかと思ったからだ。ただ、相談相手とは言わず、蠍酒《スコルピオ》を一緒に飲める相手という理由をつけたが。

その後、ジャンは妻とやり直し、別れた前妻とも復縁、再婚したと聞いた。

オズヴァルドを先生と呼ぶようになったのも、当然かもしれない。

「おかげさまで、たいへんおいしい蠍酒《スコルピオ》でした。ただ、子供が生まれますし、今後は少々酒を控えねばならないとは思っていますが」

神妙な顔で言う男に、ダリヤは思わず笑ってしまう。

日長石《サンストーン》は、できるだけジャンの目の色に近いものを探そうと思った。

◆◆◆◆◆◆

同日の午後、ヴォルフは久しぶりにスカルファロット家の本館を訪れていた。

書斎で兄のグイードと少し話をした後、斜め後ろにいた従者のヨナスに声をかける。

「ヨナス先生、ダリヤからですが、先生のウロコを一枚、ゾーラ商会のオズヴァルドに渡してよろしいでしょうかと。この前、マルチェラの妻の腕輪を作るときに、付与の補助として炎龍《ファイヤードラゴン》のウロコを使ったそうなので」

「差し上げたものです。どうぞご自由にとお伝えください」

ヨナスは即答してきた。予想していた通りだが、自分のウロコに対する思い入れはないらしい。

「オズヴァルドなら触れ回ることはないだろうが、『追加はそうない』と伝えてくれ。度々剥《は》がさせたくはないからね」

「わかりました」

ヨナスを気にかけた兄の言葉に、納得してうなずく。確かに追加追加追加で、その腕からむしらせたくはない。

「グイード様、たいしたことはありませんので。必要でしたらその都度、ご用意しますが」

「腕にハンカチを巻かれたいかね、ヨナス？」

ヨナスはなぜか返事をせず、錆《さび》色の目を細くしてグイードを見返すだけだ。

少々困惑する雰囲気に意味がわからず、ヴォルフは話題を変えることにした。

「兄上、馬をお借りしたいのと、乗馬を教えてくださる先生をお願いしたいのですが」

「マルチェラなら、もうそろそろ乗馬を始めると思うが？」

「いえ、ダリヤです」

グイードは指の背を顎《あご》に当て、少しの時間、目を伏せた。

「ヴォルフ、ロセッティ殿に、本当に乗馬が必要かい？」

「乗れればいいと思っておりますが、なにか気にかかることが？」

「ロセッティ殿が馬で移動できるようになったら、お前と一緒の移動時間が減るのではないかね？馬車の中の方が落ち着いて話せると思うのだが」

「そこまでは考えておりませんでした。遠乗りで森にでも行ければと思っておりましたので……」

盲点だった。ダリヤが馬に自由に乗れるようになれば、王都内ぐらい一人で移動したいと思うかもしれない。そこは安全を考えて控えてくれと言うべきだろうか、マルチェラに任せるべきだろうか――迷いにはまりかけた自分に、ヨナスが声をかけてきた。

「ヴォルフレード様、乗馬を覚えて頂いてもよろしいかと。馬で宿場街を一つ二つ行けば、顔見知りは減りますので。お忍びでのお出かけが楽になるのではないでしょうか？」

「なるほど、その手があったか。だが、それでは移動中の会話は減らないかね？」

「その分、お出かけ先でゆっくり過ごしてくればいいでしょう。あとは、早めに遠乗りに行きたいのでしたら、八本脚馬《スレイプニル》への相乗りをお勧めします」

「相乗り……」

「八本脚馬《スレイプニル》なら多少の距離でもバテませんし、いざというときに逃げ切れますから。馬と違うクセもありますが、魔物討伐部隊のヴォルフレード様でしたら問題ないでしょう」

八本脚馬《スレイプニル》に相乗りもいいかもしれない。行き帰りとも馬上で話ができるし、魔物と遭遇しても逃げ切れる。

そういえば、最初に会ったとき、ダリヤが馬車を引かせていたのは八本脚馬《スレイプニル》だった。彼女が八本脚馬《スレイプニル》を怖がるということもないだろう。

「それでも、出かけるときは護衛をつけたいところだね。それにいろいろと準備も……女性は男性より繊細だから、不測の事態はつきものだ」

「不測の事態とは？」

「転んだり飲み物をこぼす可能性もあるだろう。気分を悪くすることだってあるかもしれない。救急用品や着替えを準備するくらいは当たり前ではないかね？」

「グイード様はヴォルフレード様の屋敷に、ロセッティ殿の着替え一式をすべて準備させておりましたから……」

「兄上が？」

「もし服に紅茶をこぼしたりすれば必要だろう？」

当然のように答えた兄に、貴族が女性を屋敷に招く際、そこまで考えなければならぬものかと反省する。

「お前の屋敷にロセッティ殿の部屋も準備しておきたいところだね。着替えをするのにも、一息入れてもらうのにも、できるだけ好みに合った部屋の一つも作っておきたいものだ」

「そういうものですか……」

ヴォルフは考えつきもしなかった。

貴族についていろいろと教えてくれた公爵夫人のアルテアからも、こういったことを聞かされたことはない。もしかすると、貴族男性が知っていなくてはいけない暗黙の了解なのだろうか。

自分の知識のなさを真面目に反省しはじめていると、ヨナスが兄の真横に立った。

「グイード様、私のよく知っている貴族男性は、『ここまでされると、むしろ引きます』とお相手に言い切られておりましたが……ご記憶にありませんか？」

兄が二度、咳《せき》をした。どうやら思い当たる者がいるらしい。誰かは聞かないことにする。

それと共に少しだけ安堵した。

「……それでも、遠乗りに行くなら護衛はつけるべきだ。八本脚馬《スレイプニル》で行くにしても、夜犬《ナイトドッグ》を二匹はつけたいものだね。たとえばロセッティ殿が足をくじいて動けなくなったら、それをかばいながら戦うのはヴォルフでも難しいだろう？」

「確かにそうですね」

「なに、隠蔽《いんぺい》のうまい者を借りて口外無用にしておくから、いない者として、遠慮なく過ごしてくるといい。まあ、犬ならば無駄なことは喋《しゃべ》らないしね」

護衛とはいえ、他人から見られているというのは落ち着かない気もする。

安全な地域を選び、八本脚馬《スレイプニル》に乗り、夜犬《ナイトドッグ》を二匹つけるのが一番よさそうだ。

「グイード様、ヴォルフレード様、今から乗馬を覚えるにも、遠乗りでしたらお出かけは春になるかと。個人差もありますが、貴族女性では、週一、二回で、最低二、三ヶ月のレッスン後でないと森は難しいかと思います」

「意外に時間がかかるものなんだね……」

「そんなに時間がかかるものですか……」

「物心つく頃から乗馬をしていたご自身と、成人後に初めて覚えようとする女性をご一緒になさらないでください」

丁寧な言葉ではあるがきっぱりとヨナスに言われ、兄弟そろってうなずいた。

確かに、自分は幼い頃から馬に慣れ親しんでいた。成人後に乗馬を覚えるのはどれほど大変なのか、見当がつかない。ダリヤには軽い気持ちで勧めてしまったが、少々心配になってきた。

「しかし、今のお言葉はやはりご兄弟ですね。そっくりでした」

「ああ、それはダリヤにも言われました。俺が兄上に似ていると」

「ヴォルフが、私に似ている？」

青い目を丸くした兄が、ヨナスと自分の顔を確かめるように見ている。不可解そうなまなざしに、ヴォルフはさらに説明した。

「ダリヤから、困ったときの眉の感じとか、笑い声が似ていると言われました」

「言われてみればそうですね。あと、お笑いになると目元の感じも似ています。笑い声が少し高くなるところもですね」

「そうか、私とヴォルフは、似ているのか……」

つぶやくように言った後、グイードは破顔した。

「ヴォルフ、ロセッティ殿へはお前が乗馬を教えなさい。屋敷の馬を使っても、家の八本脚馬《スレイプニル》を使ってもいいから」

「俺は乗馬を人に教えたことはなく……」

魔物討伐部隊で新人に鞍《くら》の説明と、最初に乗るときの補助ぐらいはしたが、馬の扱いそのものを教えたことはない。

「ヴォルフレード様、乗馬専門の教師をつけてもかまいませんが、あいにくと女性は少なく——ロセッティ殿は慣れるための相乗りや、乗るときの補助を、見知らぬ男性からされるのは緊張なさるのではないでしょうか？」

「乗り手が緊張すると馬も緊張するからね。そうなると落馬しやすくなる。それならお前の方が安心ではないかね？　まずはゆっくり馬に慣れ、それから乗馬の先生をつけるという方法もある」

「そうですね……」

確かにダリヤは運動神経がいいとは言いがたい。まずは安全に馬に慣れてもらう方がいいだろう。

ヴォルフは素直に兄とヨナスの助言に従うことにした。

⬢⬢⬢⬢⬢⬢

グイードは笑顔で弟を見送る。

せっかく来たのだからと、ヴォルフを夕食に誘ってみたが、約束があるからと断られた。少々残念ではあったが、楽しげな様子なので、おそらく緑の塔へ行くのだろう。

「ヨナス、礼を言っておくよ」

「なんのことだ？」

「相乗りと乗馬の先生の件だ。娘に乗馬を教えている先生は、時間に空きがありそうだが？」

「……俺は女性教師の人数が少ない、という意味で言っただけだ。時間の空きについては管理外だ」

二人きりのせいか、ヨナスの言葉が友人としてのものに戻っている。それに満足しつつ、グイードは話を続けた。

「しかし、八本脚馬《スレイプニル》に相乗りは考えつかなかったな。私も妻と婚約中にやっておくべきだった」

「これから相乗りがしたいならやればいい。ただし屋敷の敷地内か別荘地にしてくれ。今のお前を王都の外に二人きりで相乗りには行かせられん」

「わかっているよ」

爵位が上がれば権力は増えるが、面倒ごとも増え、自由は減るらしい。覚悟はしていたが、少々うっとうしいものだ。

移動時の厄介ごとも今年に入って二度あった。傷一つ負ってはいないのだが、ヨナスは以前よりもかなり神経質になっている。

「グイード、今日はあと屋敷から出ないな。俺は出てくるが問題ないか？」

「ああ、かまわない。ヨナスはどうするのだね？」

「食事の誘いがある。戻りは明日の朝だ」

その後にヨナスが挙げた名前は、とある貴族家のご婦人だった。彼よりも一回りは上だという。数年前に夫と別れ、現在は独り身と聞いている。ヨナスとはそれなりの期間の付き合いらしい。

「ヨナスは、その方と一緒になりたいとは思わないかい？」

「俺は結婚するつもりはない。あちらは結婚などという愚かなことは、二度とごめんだそうだ」

「結婚は別にしても、そろそろ魔付きを神殿で解呪してはどうだね？　そうすれば、行動も食事も、今のように負担がかからなくなる」

「グイード、それは、俺を首にしたいということか？」

ヨナスが声を一段低くし、自分に問いかけた。

「魔付きでなくなれば、俺は外部魔法が使えん。身体能力も今より劣る。俺は魔付きだから、お前の護衛でいられるんだ。足手まといになるようならやめるぞ」

「ヨナスが魔付きでいなくても大丈夫だ。ヨナスは今のままで、護衛の人数を追加すれば済む」

金銭を積めばそれなりに強い護衛を雇うことができる、それぐらいのゆとりは家にある、そう説明しようとしたとき、魔力の大きな揺れを感じた。

ヨナスが右の赤黒い瞳孔を縦に裂き、自分の目の奥をのぞき込む。

「その護衛は今の俺より強いのか？　本当に信用できるのか？　お前を絶対に裏切らないのか？」

立て続けの問いに、グイードは声を失った。

思わず閉じたまぶたの裏が、真っ赤に染まる。思い出したくもないことばかりが一気に繰り返され、止められない。

わき上がる吐き気を抑え込み、どうにか頭を下げずに耐える。強く握りしめた拳から、はらはらと霜が落ちた。

魔力を抑え、ようやく目を開けると、錆色の目がじっと自分を見ていた。

「グイード、俺を守ろうとするな。俺の仕事はお前の護衛だ」

「……私が失礼だった。撤回させてくれ」

「撤回を受け入れる」

型通りの言葉のやりとりに、ようやく拳をほどく。無意識のうちに氷まで出そうとしていたらしい。手のひらに短い朱線が走り、じわりと追加の赤がにじんできた。

「まったく、お前は相変わらず怪我が多いな」

「この程度でポーションはいらないよ」

治療をしようとするヨナスを止め、グイードは苦笑する。たったこれだけの傷で、どうにも友は過保護である。

「血が止まるまで押さえておけ」

渡された白いハンカチは、ヨナスの頭文字入りで——グイードはふと思い出したことを尋ねた。

「ヨナス、この前、ロセッティ殿から腕に巻かれたハンカチはどうしたね？」

「……さて、部屋のどこかにはあるだろうが」

お互いこの年齢で嘘《うそ》は上手になったが、見抜くのもそれなりになった。

ましてや長く隣にいる友である。一拍の遅れに理解した。

「とっておくのはいいとして、新しいハンカチを買ってヴォルフに持たせればいい。それとも自分で彼女に手渡したいかい？」

「グイード、いい加減、その妙なからかいはやめろ。ヴォルフレード様が誤解したらどうする？」

「本当に、誤解かい？」

「その方面で興味はない。ロセッティ殿にしっかりとした姉君がいるか、母上がご健在なら、少々考えたかもしれないが」

「いや、それはそれでどうかと思うが……」

相手が既婚の確率が限りなく高い。そうでなくても、前向きにアプローチなどした日には、ヴォルフどころかダリヤまで慌てそうだ。

「冗談だ。大体、血で汚したハンカチなど返せるわけがないだろう」

「いや、ロセッティ殿なら案外、研究したがるかもしれないよ。彼女はお前のウロコも素材として大事にしていたからね」

「なら、いっそこの血を瓶詰めにして返すか」

「やめてくれないか。次は他も欲しいと言われたら困るだろう？」

軽口を叩《たた》き合い、二人して苦笑した。

先ほどまでの張りつめた空気が消えたことに、肩の力が抜ける。

移動のために立ち上がると、ヨナスが慣れた手つきで上着を着せてきた。

「さて、とりあえず今回は首にならなかったが、もしものために、俺も身の振り方を考えておかなくてはな」

「悪かったよ、そう根に持たないでくれ」

珍しく蒸し返してくるヨナスに、思いのほか怒らせてしまったかと振り返る。

だが、友はとてもいい笑顔を自分に向けていた。

「お前に首にされたら、俺を素材として、ロセッティ商会に売り込みに行くさ」

冬のコートと甘い菓子

「部屋から出すのはこれで全部だな」

マルチェラが一人掛けのソファーを軽々と持ち上げ、ドアを通り抜ける。

緑の塔の四階、父の寝室だった部屋はきれいにカラになった。ダリヤはそれを眺めつつ、さみしさ半分、気合い半分で仕上げの掃除をする。

マルチェラを通して運送ギルドに依頼し、父の部屋の不要品はすべて外へ運んでもらった。

四階のもう一室の書斎はすでに片付けていたので、まだ使える家具、書類や本はそちらへ移した。

この国では亡くなった者の毛布や敷布などの寝具を使わない。ベッドもかなり傷んでいたので、不要品引き取り業者に回した。

空いた部屋は、客間にすることに決めた。

いつか自分の弟子の部屋になるかもしれないと、ダリヤはひそかに夢見ている。

「ダリヤ、カーテン、この若草色でよかった？」

椅子に上り、カーテンを付け替えてくれた服飾師の友人、ルチアが振り返る。

「ええ、ありがとう。とてもいい色だわ」

本日手伝いをしてくれているのは、マルチェラとルチアである。

妊婦のイルマからも手伝うと言われたが、謹んで辞退した。マルチェラも全力で止めていた。元気だから大人しくしている方が辛《つら》いというイルマだが、階段の多い塔で荷物運びなどさせられない。

結局、子供が少し大きくなったら、泊まりに来てもらう約束で落ち着いた。

今までイルマが泊まりに来るときは、ダリヤの部屋で一緒に眠っていた。

だが、今度はおそらく子連れ、しかも双子の赤ん坊がいるのである。転がっても、はいはいをしても安全なように、部屋全体にラグを敷き、脚付きベッドではなく、床に直置《じか》きできる厚めのマットベッドを選んだ。使わないときは畳んでおけるので便利だ。

マルチェラとイルマが一緒に泊まれるよう、毛布と冬掛けも二つ、すべて大きめサイズでそろえた。

カーテンと寝具については、ルチアに頼んだ。

服飾ギルドは布を扱うことが多いので、寝具の店にも詳しくなったという。必要なものと予算を伝えたところ、翌日にはデザインや色の提案を受けた。

ルチアは、服だけでなくインテリアのセンスもとてもいい。

若草色のカーテンに、アイボリーとグリーンの寝具、枕にもなるクッションは、明度違いのグリーンでまとめられている。すべてを並べると、とても気持ちよさそうな部屋に仕上がった。

「ダリヤの希望がリラックスできる部屋だったから、薄緑を基本にしてみたんだけど、ちょっと春っぽかったかも……」

部屋を見渡し、ルチアが首を傾けている。これほど素敵なのに満足な出来ではないらしい。

「旅先の宿みたいで、なかなかいいと思うぜ」

「ええ。私が自分の部屋からこっちに来てもいいぐらい素敵よ」

マルチェラとダリヤの褒め言葉に、ルチアはようやく笑った。

その後、三人は馬車で中央区へ移動した。

午後、マルチェラはイルマを連れ、神殿へ妊娠の経過確認に行く予定だ。

イルマの魔力障害は腕輪のおかげで止まっているが、定期的に神官の確認を受けている。グイードが手配してくれたとのことで、マルチェラは本当にありがたいと口にしていた。

グイードは、マルチェラを評価し、応援してくれているらしい。

先日見せてもらったブラックワイバーンの手袋には、強い魔法を付与された金属が張られていた。手袋の革自体にも防御用らしい魔法が二つ以上は仕込まれており、複合付与の見本のような魔導具だった。

手袋を入れる魔封箱には、清掃用として純白の浄化魔石まで入っていた。

つい、手袋を分解して細部まで調べてみたいと思ったのは内緒である。

ダリヤとルチアは、午後から中央区の洋服店へ行くつもりだ。ルチアのたっての希望である。本日の部屋の模様替えの対価が自分の着せ替えというのもどうなのかと思うが、楽しげな友に負けた。

マルチェラには午後からの護衛の心配をされた。だが、彼に護衛をさせ、イルマを一人で神殿に行かせるなど絶対にしたくない。

今日は洋服店と菓子店併設の喫茶店に行く予定だ。中央区の商店街は、衛兵もよく巡回している上に、店の護衛もいるから安全である——心配げなマルチェラにそう説明をしていると、ルチアがあっさり『自分にも護衛がついているから大丈夫』、そう言ってイルマの元へ帰らせた。

ルチアの護衛は、微風布《アウラテーロ》の開発以降、安全のためにフォルトがつけたそうだ。一定の距離をおいて護衛をしてくれているという。

つい後ろを振り返ってしまったが、人の多い通りで、誰がそうなのかは判断がつかなかった。

「ダリヤ、なに驚いてるのよ？」

「なんだか、ルチアも私も護衛の人がつくって、不思議だわ」

「何言ってるの？　五本指靴下と靴の中敷き、それに微風布《アウラテーロ》。全部合わせたら結構な収益じゃない。お金のあるところにはいろいろ余計なのも集まってくるもの。気にしてたら新しいことなんてできないわよ」

「……そうね」

ダリヤにしてみれば、以前からは考えられないことで、いまだ慣れない。

だが、ルチアはきちんと立場を認識していた。自分も見習わなくてはいけないだろう。

「うちのファーノ工房との提携希望に借金の申し込み、あたしの養子縁組にお見合いの話――そんなのが続いて、この前まで、父さんが目を回してたわ。フォルト様が片っ端から釘《くぎ》を刺してくれたから静かになったけど」

「大変だったのね……」

「ダリヤもでしょ？　あたし達の歳《とし》だとお見合いの話が一番多いかもしれないわね。でも、条件のいいお見合いだなんて言われるけど、ガラじゃないし。服飾の仕事はずっとしていたいし、自分の工房と店も持ちたいし。結婚するなら家のことを半分やってくれる人がいいなぁ……」

「お見合いより、そういう人を探す方がいいかもしれないわね」

オルディネ王国の王都では、夫婦共働きが多い。それでも結婚したら、パートナーには一日家にいてほしいという者もある程度はいる。結婚後、出産後に仕事を続けるか、家事分担はどうするかなどは、前世と同じく夫婦の悩みの種らしい。

「女は一歩下がってついてくるようなのがいいって言う人、いまだに意外といるわよね。あたしは、結婚するなら、男も女も年齢も関係なくていいから、お互いを想《おも》い合える人がいいな。いろんな話をして、一緒にいるのが楽しい人と暮らせたら素敵よね！　あれ、でもこれだと結婚じゃなくて、同居でもいいのかも……」

同居というルチアの言葉に、ふと、ヴォルフの笑顔が浮かんだ。

一緒に住めて、時間を気にせず話せたら楽しいかもしれない、一瞬そう考え、すぐ打ち消す。

それが無理なのはよくわかっている。

お互いに庶民で同性であれば考えられたかもしれないが――隔てる壁は高い。

「あとは、あたしと同じくらいお洋服が大好きで、男装・女装をしてくれるような人なら最高！」

ルチアの理想の人に関しては、一気にハードルが跳ね上がった。


「ダリヤ、それは色が地味すぎるわ」

明るい店内で深いこげ茶色のコートを手に取ると、ルチアに渋い顔で指摘された。

洋服店はすでに三店目。前の二店でかなりの冬物を試着した。その上で、ダリヤが気に入って、かつルチアが合格としたものを数着購入している。

大荷物になるので、緑の塔へ明日届けてもらう予定だ。

最後に選ぼうとしたのが冬のコートで、外套《がいとう》の取り扱いが多く、気になる店があるとルチアに連れてこられたのがここである。

「汚れの目立たない、いい色だと思うのだけど」

「王城出入りの商会長が、汚れが目立つかどうかでコートを選んでどうするのよ？　生地も厚すぎない？　スタイルが悪く見えるし、その厚さと重さだと馬車で乗り降りするとき邪魔になるわよ」

言われてみればそうである。今後はおそらく馬車での移動が多くなる。昨年のように距離を歩くことはないだろう。

「ダリヤなら、こっちのアイボリーのコートも似合うと思うわ」

「汚れが目立ちそうよね」

「じゃあ、こっちの後ろにプリーツが入ったコートは？　背が高いから合うと思うわよ」

「変わったデザインは落ち着かないから……」

流行のコートを勧められたが、個性的で人目を引くデザインだ。自分に似合うとは思えなかった。

「ねえ、ダリヤ。まだ引きずってるの？　トビアスさん、それとも、卒業式の馬鹿？」

「……どちらも引きずってないわよ」

答えながら、苦笑いが止めきれなかった。

ルチアの言葉に思い出したのは、初等学院の卒業式だ。

卒業式は年に一度、冬祭りの前に行われる。前世と違い、学院は半年に一度の試験で入れ、入学する年齢には幅がある。クラスメイトが同年齢とは限らないのだ。

初等学院の卒業年齢は、十二歳から十五歳くらい。恋愛が気にかかりはじめる年頃だ。

しかも、高等学院で一緒になるわけではない。騎士科や魔導科など、それぞれ建物が別だし、就職する者の方が多い。卒業式後の時間が告白の場になるのは当然かもしれなかった。

その卒業式が終わった学院前、周囲が花束を手にしてざわめく中、ダリヤはルチアと話していた。

卒業式後は、イルマのところでお祝いのケーキを食べる予定だった。確か、ケーキをどこのお店で買っていくかとか、そんな話をしていたのだと思う。

そこへ突然、あまり話したことのないクラスメイトが、バッジの交換を申し出てきた。卒業式に交換を申し出るのは、『今後付き合ってほしい』という告白だ。

あのとき、そういったことをまったく考えていなかったダリヤは、ただただ驚いた。

誰かと付き合うことなど考えたことすらなかったので、『ごめんなさい』と言うのが精一杯だった。

少しだけ怒った顔でバッジをポケットに戻した少年は、自分に言った。

「付き合うって言うかどうか、食事代を賭けてたんだ。でなきゃ、地味女に告白なんかするか」

瞬間、怒りはわき上がったものの、仕方がないと納得している自分もいた。

実際、地味だ。かわいくもない。前世も今世もそれに関しては十分認識していた。

「最低っ！」

鋭い声が誰のものか、なぜ花びらが宙を舞っているのか、咄嗟《とっさ》にはわからなかった。

気がつけば、ルチアが持っていた花束で少年の顔を殴りつけ、怒鳴っていた。

「人の気持ちで遊ぶな、馬鹿！」

少年はルチアに言い返すこともせず、その場から走って逃げていった。

思い出さなかったとは言わないが、あの日以降、あの少年と話したことはない。

自分は落ち込むより、怒ったルチアを止めるのに必死だった記憶がある。

「もう気にしてないわ。あれきりだったし」

「それならよかったわ。昔話になったから言うけど、あの後、友達全員に暴露したの。ダリヤの名前は伏せて、卒業式でご飯代賭けて、嘘《うそ》の告白した馬鹿がいたって。周りに証人もいたしね。周りに広げるのに、皆とっても頑張ってたわ。ああ、もちろん、イルマも」

「ちょっと待って、ルチア！　私、それ聞いてない」

「言ってないもの。ダリヤは止めると思ったから」

言い切った友が、にやりと笑う。滅多に見ない黒い笑顔に、かける言葉がなくなった。

「その男子、就職してから二年、声をかけた女子全員に『食事を賭けているの？』って断られたそうよ。当たり前よね」

「ルチア……」

「昔話なので、お礼も怒るのもなしでお願い。あたしはダリヤに恩があるから、頭にきて勝手にやっただけだし」

「ルチアに恩返しされるようなことなんてしてないわよ」

「入学初日、迷子で半泣きになってたあたしを捕まえて、教室まで手をつないでくれた恩よ」

ずいぶん利子のつけられた恩返しがあったものである。あのときは広く迷路のような校舎に自分も泣きそうだったが、皆、心細いのだからと一緒に移動しただけだ。

驚きにこげ茶のコートを持ったまま固まっていると、ルチアがさっさと店のハンガーに掛けて戻してしまった。

「ダリヤ、ちなみに『あのときの男子』が反省してたら、謝罪は受け入れる？」

「受けるけど、本当にもう、昔のことよ」

「だそうよ」

「……あのときは、すみませんでした、ロセッティ会長」

「え？」

ルチアの斜め後ろ、立っていた男性店員が近づいてきて、頭を下げる。

その意味がわからず、その顔をじっと見返してしまった。

「背がすごく伸びたし、雰囲気もだいぶ変わったからわからないわよね。あたしも微風布《アウラテーロ》の件で、ギルドで話すまでわからなかったもの」

どうやらあのときの当人のようだ。深い茶色の目が同じに思えるが、正直、記憶があやしい。

店員は眉を寄せたまま、ダリヤに話しかけてきた。

「初等学院の頃とはいえ、大変失礼なことを……」

「いえ、さっきまで忘れていたくらいですから、もういいです。ええと……あの後、お友達にご飯をおごらされました？」

共通の話題が何もない。とりあえず思いついた話題を振ると、店員はそっと目をそらした。

「……いえ、何も賭けてはいませんでした。その、断られて意地になりまして……」

「は？」

「ダリヤとホントにバッジの交換がしたかったんだって。で、断られたから恥ずかしさのあまりにあんなことを言ったそうよ。この前、ギルドで捕まえてよ～く聞いたわ」

「……ファーノ工房長のおっしゃる通りです」

視線を完全にそらしきった店員を、ルチアが追撃する。

「気持ちはわからなくもないけど、女の子に対して失礼すぎ！　おかげであれからダリヤは地味路線まっしぐらだったんだから」

「ルチア、それは私の個人的な好みだから。あの日が原因じゃないわ」

婚約中はトビアスの趣味に合わせていたし、元から派手な格好は好まない。

卒業式で多少嫌な思いをしたとはいえ、目の前の彼のせいにするのは違うだろう。

「ええと、謝罪は受け入れましたので、この話はこれで――冬物のコートを見せて頂けますか？」

落ち着かぬ雰囲気に、なんとか話を変えようと声をかける。

「もちろんです。よろしければ、一着お勧めさせて頂けないでしょうか？　もちろん、お気に召さない場合は結構ですので」

店員らしく言う彼に、ダリヤは了承した。

その後に勧められたのは、赤みの強い茶のコートだった。表面は艶《つや》やかな革で、裏は柔らかな赤い布が張られている。華美ではなく、かといって地味でもない。

袖を通し、思わぬ軽さと暖かさに驚いた。

「とてもよくお似合いです。そちらのコートは、魔羊《まよう》の革に軽量化の魔法付与を、裏地は魔蚕《まかいこ》の布を使用しております」

驚きが顔に出ていたのだろう。先に詳しく説明された。言い方によっては、魔導具のコートである。お値段もそれなりにするが、長く着られるとのことで、無駄遣いにはならなそうだ。

ルチアがその後にコートを確認し、太鼓判を押してくれた。

購入を申し出ると、店員に笑顔を向けられる。そこでようやく、学院時代の少年の顔が重なった。

「ありがとうございます。コート代全部とは言えませんが、半分はサービスさせて頂きますので」

「いえ、ちゃんとした価格でお願いします」

「ダリヤ〜、ここは思いっきりまけてもらえばいいじゃない」

「だめよ、ルチア。次からこのお店に来づらくなっちゃうから」

服にうるさいルチアが気になるという店だ。気兼ねなく来られなくなってしまうのは避けたい。

それに微風布《アウラテーロ》の話をしたということは、服飾ギルド関係で付き合いがあるのだろう。そこに自分のことを持ち込みたくはなかった。

きちんと会計を終えると、店員と客としての挨拶をして、店の外へ出る。

「ダリヤ、ちょっとここで待ってて。服飾ギルドからの伝言を忘れたから」

「わかったわ」

ルチアが店に戻っていく横で、ダリヤは心底ほっとしていた。

卒業式のことはとっくに忘れていたつもりだった。

だが、胸の奥、まるで小さな棘《とげ》が抜けたように感じる。

もしかすると、彼が気を使い、話を作ってくれた可能性もあるが――それを尋ねるのはやめようと思った。


窓越しのダリヤの背を見つつ、ルチアはまだ見送っていた店員に小さく声をかける。

「ありがとう。まけてもらった分、後でこの店に微風布《アウラテーロ》を回すわ」

「そこはお気遣い頂かなくても大丈夫です。ただロセッティ会長には内緒にして頂ければ……」

「じゃ、半分回した上で、内緒にしておくわ」

あの赤茶のコートは、ルチアの見立てでは倍近い値段がするはずだ。

贖罪《しょくざい》か、気持ちの清算か、この青年は黙ってその差額を支払うつもりだったらしい。

あの卒業式の後、ルチアが自分に対して行ったことを知っても、この青年は一言も自分を責めなかった。むしろ当然のことのように受け止めていた。たぶん、それだけの罪悪感はあったのだろう。

元クラスメイトで、現在は服飾関係で自分とつながりのある者だ。

ルチアには、ひとつ、尋ねておきたいことがあった。

「残念だけど覚えられてなかったわね。入学初日に、半泣きのあたしを右手に、大泣きのあなたを左手に教室に連れてってくれたこと……で、お勧めはしないけど、これからダリヤ相手に頑張る気ってある？」

「いえ……」

店員は首を横に振り、ぎこちなく笑った。

洋服店の店員達は耳が早い者が多い。副店長である彼も、おそらくダリヤと黒髪の青年の噂《うわさ》は聞いているだろう。だが、本当のところを教えるつもりはない。

「次はちゃんとお客さんとして来るわね、副店長」

「お待ちしております、ファーノ工房長、ロセッティ会長」

店員が営業用の笑みに切り替えて、自分と、すでに外にいる彼女を見送る。

店の外では、振り返ることもなく、街並みに目を向けるダリヤが待っていた。

「お洋服は見たから、あとは甘いもの三昧《ざんまい》よ！　昼食はこのために抜いたんだから、思いきり食べられるわ」

「ルチアは十分細いじゃない……」

ルチアは背は高くないが、スタイルがいい。

今日はベビーブルーと紺のツーピース、ブラウスの裾はゆるく波打つペプラムの凝ったデザインだ。スカートはタイトスカートで裾にレースが飾られている。いつもながらお洒落《しゃれ》である。

ダリヤの方は、灰色の入った薄いピンク色の、シンプルなワンピースだ。正確には、ローズドラジェという色だという。

こちらは以前、ルチアが勧めてくれた一着だ。よく伸びて動きやすいので選んだ。

なお、二角獣《バイコーン》の毛入りが決め手であることは、ルチアには言っていない。

「見た目は服でカバーできるから。それにダリヤだって別に太ってないじゃない。あたしの場合、体重より服がまずいの。服飾魔導工房で夜まで仕事して、そのまま食事に行ったり、夜食をとったりしてるから、それが原因だってわかってるんだけど」

「夜遅くの食事って、どうしてか腰まわりにつくわよね……」

「そうなのよ！　このままいくと冬物が入らないわ。体重はともかく、頑張って作った冬物のワンピースが着られないとか、楽しみが減っちゃう……」

ルチアの言葉に、塔のクローゼットを思い出し、乾いた笑いが浮かんだ。

「じつは私も、ルチアとフォルト様に作ってもらったドレスのウエストが、きつくなっちゃって」

「あれ、ゆるめられるわよ。ダーツ多めにとってあるから、ほどく？」

「だめよ、それをやると戻せなくなりそう……」

二人でため息をつきつつ歩いていると、焼き菓子の甘い香りがあたりに漂いはじめた。

これから行く菓子屋の隣の喫茶店では、焼きたてが食べられるのだ。

「この話は明日からにしましょ！」

ルチアの大変建設的な提案に、ダリヤは笑顔でうなずいた。


「あ、ランドルフ様……」

ちょうど店の前に来たとき、通りをこちらに向かってくる男が目に入った。ヴォルフよりも背が高く、小山のような体格なので一目でわかる。

「ダリヤ嬢、ファーノ工房長、ごきげんよう」

ランドルフもすぐ気がついたようだ。書店の袋を手にしているので、その帰りかもしれない。

互いに型通りに挨拶をした。

「……お二人とも、今日の装いがよく似合っている」

やや固い声で自分達を褒めるランドルフに、貴族の礼儀作法の本を思い出した。貴族男性は挨拶の中で女性を褒めるのが基本らしい。しかも、どこを褒めて良い悪いも細かく、なかなか大変だ。

案外、彼も苦労しているのかもしれない。

「ありがとうございます！　グッドウィン様のお召し物も……」

言いかけたルチアが、ランドルフの頭のてっぺんから爪先まで、素早く視線を走らせた。

ランドルフの私服は、白いシャツに厚地の茶のベスト、オリーブがかった茶の上着、下はそれを一段濃くした感じの、ゆるみのあるトラウザーズだった。

靴は三枚の黒革を丁寧に合わせ縫いした、凝った感じのスワールトウと呼ばれるものだ。父カルロも一足持っていた。

どれもそれなりに似合っていると思うのだが、友は眉間に深く皺《しわ》を作った。

「失礼ですがランドルフ様、ちょっとよろしいでしょうか？　そのお洋服は、オーダーですか？」

「ああ。体が大きいので店のものは入らない」

「ええと、よろしかったらですが、お休みの日はVネックのセーターなんかもいいと思います。あと、スワールトウの靴でしたら、トラウザーズは今お穿《は》きになっているゆとりがあるものより、ストレートか、少し裾のスリムなものの方が合います。せっかくかっこいいのに、もったいないです」

「そうか。この靴に、このトラウザーズは合わないのか……服のかっこよさがなくなると」

『本体のことなんだけど、まあいいか』。ルチアがそうつぶやいたが、相槌《あいづち》は打たなかった。

「あとお洋服の色ですけど、今お召しになっているその緑系の茶より、バーントアンバー……同じ茶で赤が少し入っているもの、小豆色とかチョコとか、そういった方がお似合いになると思います」

ランドルフの髪は赤銅色、目も赤茶だ。確かに緑の入った暗い茶より、赤系の茶が似合いそうだ。

「すべて茶色としか見ていなかったが、いろいろ種類があるのだな」

「ええ、同じ名前の色でもかなり違いますし、人によって合う色、合わない色がありますから」

「黒か茶と指定して、あとは店員任せにしていた」

「もったいないです！　せっかくのオーダーなんですから。黒や茶だけじゃなく、グレー系でローズグレイ、ベージュ系ならサンドベージュもお似合いになると思います」

ルチアが完全に服飾師モードになった。すらすらとお勧めの色や形を説明しはじめる。

二人の会話は続いているが、ここは馬車も通る道である。道幅があるので通行人の邪魔にはならないがちょっと目立つ。こちらをちらちらと見ていく者もいる。

「あの、道で話すのもなんですから、よろしかったらお店でお話ししませんか？　そこなんですが、菓子店の隣が喫茶店なんです。焼き菓子は焼きたてが食べられますので」

「焼き菓子……？」

「そうね！　とてもおいしいお店なんですよ、グッドウィン様！」

ルチアも笑顔で同意してくれた。だが、ランドルフの返事は数秒遅れた。

「……よいのだろうか？　菓子を出す店に男子は少ないと思うし、目立つだろう。そもそもいきなりで、自分はお二人の邪魔だと思うのだが……」

ランドルフの顔に、思いきり迷いがにじみ出ていた。

甘いものが好きで、目の前においしい店があるのに、男性だからと遠慮している。

おそらくは女性二人である自分達と同席することも迷っているのだろう。

でも、せっかくの機会だ、焼きたてのおいしい菓子を味わってほしい。

「ランドルフ様、この店はアップルパイが有名ですし、お勧めです。あと、この時期は秋の果物のタルトなどもおいしいと思います」

「アップルパイ……」

自分の言葉に、ランドルフの硬い表情が微妙にゆるむ。

ここからどうやって説得すべきかと考えていると、ルチアが両手のひらを軽く打ち鳴らした。

「じゃ、行きましょう！」

ルチアの決行力で、喫茶店行きは呆気《あっけ》なく決まった。

喫茶店に入ると、半分以上の席が埋まっていた。客は主に女性だが、ちらほらとカップルで来ている男性の姿も見える。

ルチアは衝立《ついたて》のある、一番奥のテーブル席を予約していた。店員に人数の追加を申し出ると、問題なく受けてもらえた。

テーブルをはさみ、ランドルフを向かいに、ダリヤとルチアは並んで座る。

窓は小さい薔薇《ばら》を描いた模様ガラスで、光はよく入るが、往来の人々の顔まではわからない。落ち着いてお茶が飲めそうな場所だった。

「一応つけておきますね」

ルチアがバッグから取り出したのは、小さな銀色の三角錐《さんかくすい》だ。盗聴防止の魔導具である。

ダリヤも持ってはいたが、自分で出すことはほとんどなかったので、すっかり忘れていた。ルチアの適応力に感心する。貴族のランドルフが同席するのなら、あった方がいいだろう。

それぞれ綴《と》じられた紙のメニューを持つと、何を頼むかに頭を悩ませはじめた。

定番のものはもちろん、秋らしく果物系の菓子も多く、目移りしてしまう。

「ダリヤ、何にする？」

「秋だから、アップルパイとマロンケーキにしようかしら」

「私はアップルパイと梨のタルト……桃のタルトも捨てがたいわ。ここのチーズケーキもおいしいのよね……あ、グッドウィン様はお決まりになりました？」

「王都でこういった店には来たことがないので……お勧めはあるだろうか？」

落ち着かない様子の彼に、ルチアがメニューを開きつつ説明する。

「ここのアップルパイはぜひ！　あと、秋ですから、スイートポテトや果物のタルトもお勧めです」

「ええと、かぼちゃのプディングもおいしいです」

以前、緑の塔でパンプディングを食べていたランドルフを思い出し、ダリヤも提案してみた。

彼は眉間に皺を寄せ、とても真剣に――少しばかり怖い顔で悩んでいる。

「この際、いろいろ頼んで、カットして三人で分けてみませんか？　って……あの、こういうのって失礼でしょうか？」

提案してから、ルチアが探るように聞き返した。確かに貴族の行儀作法的にまずいかもしれない。

「いや、自分はありがたい。王城ではないので気を使わないでほしい。それと、自分のことは『ランドルフ』と呼んでかまわない。王城にはグッドウィンの名が多い」

「じゃあ、私も『ルチア』でお願いします」

ルチアも最近は名前呼びが増えているようだ。ちょっとだけうれしくなった。

「……しかし、男が甘いものを食べるというのは、あまりないようだな」

確かに奥に来るまでに見た店内に、男性は少なかった。

気にしなくていいことを気にしはじめたランドルフに、ダリヤは尋ねてみる。

「ランドルフ様、昨日も鍛錬だったんでしょうか？」

「ああ、そうだ。ヴォルフも一緒だった」

「ええと、ヴォルフのことを聞いたのではなくて……その、甘いものは疲れがとれるので、鍛錬や遠征の『疲れとり』にいいのではないかと。それに男性が甘いものが好きでも、まったくおかしくないと思います」

「自分に気を使って言ってくれるのは、ありがたいが……」

言い淀《よど》むランドルフに、自身で自身を縛りつけた見えぬ鎖を感じた。

それは自分にも以前にあった、『こうあるべき・こうするべき』という呪縛だ。

夢や理想でそうなりたいと願うのとは違う、義務感と焦燥感の重苦しい鎖。

気がつけば、ダリヤはランドルフに再度尋ねていた。

「ランドルフ様、女の私がお酒を飲むのは、おかしいと思いますか？」

「いや、思わないが」

「『男が甘いものなんておかしい』と言うのは、『女が酒を飲むなんておかしい』と、一緒じゃないでしょうか？　男だから女だからとか、そう誰かに言われたとしても、自分の好きなものは好きでいいと思うんです。そうしないと、ずっとうつむいて、我慢ばかりすることになってしまいますから」

ランドルフの赤茶の目が、瞬《まばた》きもなく自分を見た。

つい自分の今までを重ね、偉そうに言ってしまったかと慌てる。

「そうか……確かに、ダリヤ嬢の言う通りだな……」

深くうなずいた彼の向かい、ルチアが右手を軽く挙げた。

「ダリヤに同意！　ランドルフ様、好きなものは好きでいいと思います、男も女も関係なく。ということで好きなものを注文しましょう！」

そのまま店員を呼ぶと、それぞれに注文を伝える。

「あたしはアップルパイと梨のタルト、あと紅茶をお願いします」

「私はアップルパイとマロンケーキとコーヒーでお願いします」

「……アップルパイとスイートポテト、かぼちゃのプディング、あとカフェオレをお願いしたい」

店員は注文をとると、笑顔で去っていった。

注文するのに緊張したのか、ランドルフが薄く息を吐いている。

「ランドルフ様は、甘いもの好きをおかしいと言われたことがおありなんですか？」

「学生時代は隣国にいたのだが、あちらは、男が甘いものが好きだと笑われることが多い。塩の強い干し肉で、辛く強い酒を飲むのが男らしいと言われていた。学生でも男子は甘いものはほとんど食べない。食事もそのような感じで男女で区別されていた。女性の皿には甘いデザートがあるが、男性の皿には甘さのない、クラッカーやソルトバタークッキー、ナッツなどがのる」

「それ甘党に、なんて拷問ですか……」

深く同情した。横のルチアも深くうなずく。

「うちの国でもたまに、『男性が甘いものは』って言う人がいるけど頭が古いです。服飾魔導工房では、男性陣も夜に甘いもの、がっつり食べてますよ。フォルト様なんかケーキとシュークリームをダブルで食べてるし……どうしてそれで太らないのか、ちょっと知りたいですけど」

それは自分も知りたい。整った体型のフォルトを思い出し、切実に思う。

「服飾ギルド長は甘いものがお好きなのか……」

「甘いものというか、おやつ全般好きだと思います。残業しながら、下町の焼き菓子食べたり、飴《あめ》かじったりしてますし。でも、フォルト様だけじゃないですよ。女性陣も干物かじりながらデザイン画を描いたり、染料の計算したりしてますから。うちの工房、かなり自由なので」

それは工房長のルチアの影響ではないだろうか。そう思ったが口にしないことにする。

話していると、店員がアップルパイとケーキ、飲み物を運んできた。

アップルパイは焼きたてで、まだ湯気が上がっている。甘酸っぱいリンゴの香りと、バターのふわりとした香りが混ざり合い、なんともおいしそうだ。

昼食を食べていないせいか、お腹が鳴りそうになり、慌てて力を入れて止める。

「冷めないうちに頂きましょう」

アップルパイにナイフを入れると、さくりと小さく音がした。

ここのアップルパイは生地がサクサクで、中には砂糖煮にしたリンゴがたっぷり入っている。はむりと口にしたパイ生地は、バターの風味がとてもいい。そこからとろりと出てきたリンゴのフィリングはまだ熱い。それでも、食べられるくらいではあるので、リンゴの甘酸っぱさを楽しみつつ味わう。角切りにされたリンゴは大きめで、食感も楽しい。

やはりアップルパイは、秋が一番おいしい――そうしみじみと思った。

向かいでは、小さく切った一口をゆっくりゆっくり噛《か》みしめるランドルフがいる。

一口目をようやく呑《の》み込むと、武人らしい顔がやわらかにほどけた。

「焼きたてというのは、こんなにおいしいものなのだな……」

小さく、それでいてしみじみとつぶやくランドルフに、今までの我慢が偲《しの》ばれる。

「ええ、本当においしいですね」

ダリヤに、少しだけはにかんだ笑みを返すランドルフは、少年めいて見えた。それが素の彼のように思え、うれしくなる。

アップルパイを食べ終えると、ルチアの提案通り、それぞれのケーキをナイフでカットし、互いに分けた。

「マロンケーキは栗《くり》の風味がとてもいいな。秋らしい味だ」

「スイートポテト、すごく甘いわ。砂糖の甘さとは違う感じ……今年のサツマイモって甘いのかしら？」

「梨のタルトは甘みがひかえめだけど、梨がすごくおいしいわ。生地の部分にアーモンド粉が入っているみたい」

「どれも本当にいい味だった……」

それぞれ食べつつ感想を言い合い、気がつけばランドルフの皿はすべてカラになっていた。

かぼちゃのプディングも、入っていたカップが新品に見えるほどきれいに食べ終えている。

体格のいいランドルフである。胃には余裕があるだろうし、一口ずつではなく、気に入ったものはもっとしっかり食べたいのではないだろうか。

自分達は昼食も食べていないのだ、ランドルフが気にせぬよう追加で食べればいい。食べすぎたら夕食を抜けば済む話だ。

ダリヤはメニューを開き、当たり前のように尋ねてみた。

「ランドルフ様、次は何にしますか？」

彼の視線がゆっくりと自分に向く。

その赤茶の目には、もう迷いも照れもなく、ただ楽しげな光にあふれていた。

「その前に、一つ、願いがある」

「なんでしょう？」

「今日という良き日、美しいお二人に出会えたことに感謝を――お礼として、ここの代金は自分に持たせてほしい」

「あの、私の分は自分で……」

「ありがとうございます、ランドルフ様！」

ぺちり、ルチアに指先で膝を叩《たた》かれた。素直におごられろということらしい。

「ありがとうございます、お言葉に甘えさせて頂きます……」

「ああ、ぜひそうしてくれ」

この後、種類違いの七皿を堪能したランドルフは、幸せそうな笑顔を隠さなかった。

幕間 金の梟と紺の烏

先祖代々の侯爵家とはこういうものか――イヴァーノは従者から身体検査と持ち物の確認を受け

つつ、作り笑顔で思う。

貴族街の奥、厚く高い塀《へい》で囲われたその屋敷は、古めかしいが傷みを感じさせなかった。

灰色の壁、黒い屋根。二人がかりでなければ開けられぬ玄関ドア。一階の窓はすべて腰より高く、閉じる雨戸は厚い金属製である。二階の窓の横、細いスリットと丸い穴があるのは、矢を射るための造りだと本で読んだ。

まるで要塞《ようさい》のようなこの屋敷は、文官より武人の家という方がしっくりくる。

これが王城の財務部長、ジルドファン・ディールス侯爵の屋敷だとは思えぬ者もいるだろう。

だが、調べてみれば、ディールス侯爵家は代々騎士の家系だった。すでに亡くなってはいるが、ジルドの父は元第一騎士団副団長、ジルドの弟、息子二人も王城騎士団に入っている。

家族の中で文官はジルド一人である。なんとも不思議だった。

今日はダリヤがルチアに頼んで塔の模様替えをするというので、馬車は別に借りた。

メーナに御者を頼んだが、行く先が『ディールス侯爵家』だと告げたら、珍しく聞き返された。

先ほど馬車を降りるときに顔を見たが、彼にしては珍しく、少々青かった。

ロセッティ商会で初めての礼装で御者役、その行く先が侯爵家では緊張もするだろう。だが、人員が少ないのであきらめてもらうしかない。ついでに今後を考えると、早く慣れてもらう方がいい。

メーナの待ち時間が手持ち無沙汰だろうと思い、商業関係の本と金物缶の飴《あめ》を渡しておいた。

イヴァーノが降りるときには、早くも一個目の飴をがりがりと囓《かじ》る音がしていた。

自分が戻るまでに飴が残っていればいいのだが——そう思いつつ歩みを進めた。

長い廊下を何度曲がって戻り進むのか、建物で迷うことはまずない自分も、覚えるのが辛《つら》い。

おそらくは貴族の館《やかた》独特の造りなのだろう。攻め込んできた者も迷うに違いない。

階段前、案内役の従者が自分に振り返ったとき、『申し訳ありませんが、帰り道もご案内頂けますでしょうか？』と心細そうな声を出して聞いてみた。

従者には笑いをこらえてうなずかれた。一安心である。

これから会うジルドファン・ディールスがどういう男か、イヴァーノにはまったく読めない。

それでもつなぎをつけておきたいと思うのは、ロセッティ商会の立ち位置のためだ。

今、グイードに何かと手を回してもらってはいるが、手放しで信頼はできない。

弟であるヴォルフがダリヤとあのように親しいのだから、ないとは思いたいが、もし彼の不興を買えば、ロセッティ商会は簡単に斜めになるだろう。

そうなれば、商業ギルド長のジェッダ子爵、服飾ギルド長のフォルト子爵でも止められまい。

その他の貴族にもそれなりに警戒はしている。

ロセッティ商会自体には、まだ高位貴族と事を構える力はない。

高位貴族とのトラブルに対応できる力となると、王城財務部長であるジルド、そして魔物討伐部隊長のグラートしか浮かばない。ダリヤに対して借りがあると感じてくれているのならば、万が一のときに助けを願えるだろう。

自由というのは好きに動けて、邪魔が入らないことだ。

本音を言えば、公爵家にも王族にも、ダリヤの、ロセッティ商会の邪魔はさせたくない。

いつの日か、そのぐらいの信用と財力を動かせるほどになりたいものだ——そんなことを考えていると、ようやく客室に着いた。

「ようこそ、ロセッティ商会、メルカダンテ副会長」

ジルドはすでに客室の奥、黒革のソファーに座っていた。

庶民の自分を侯爵家当主が待つ――通常ではありえない対応に、時間を勘違いし遅れたかと思いきりあせる。

「気にするな。待たせるより待つ方が楽な性分なだけだ。かけたまえ」

手元の書類を従者に渡すと、自分の考えを見透かした言葉が飛んできた。

気持ちを切り替えて挨拶をし、持ってきた金属缶を従者に預ける。中身はカマスやカレイなどといった魚の干物である。グラートの勧めだ。

「ありがたく受け取ろう。手土産を持ってきたということは、私に頼みごとかね？」

「今回はご挨拶です。もし何かあったときには、ご相談させて頂ければ幸いです」

「何もないのか？　私に聞きたいことがあるのかと思ったが」

「いえ、今のところはございません」

「そうか。では、話を変える。スカルファロット家経由で、新しい商会員が入ったと聞いた。どこまで聞いている？」

思わず肩に力が入ってしまった。

貴族とはこういう生き物だ。情報を血肉のごとく巡らせている。何一つ知らせてはいないのに、こちらの動向が筒抜けであることに笑いしか出ない。

マルチェラのことを隠し通すのも難しいだろう。最低限の説明はすることにした。

「彼は元々会長とヴォルフレード様の友人で、商会の保証人です。スカルファロット家経由で会長の護衛騎士として……」

「貴族の系統くらいは聞いているか」

全力で顔を作ったが、ジルドはこちらを見てはいなかった。従者から羊皮紙を受け取ると、銀のナイフで赤い封蝋《ふうろう》を優雅に外す。

「マルチェラ・ヌヴォラーリは、侯爵家の家系だ」

「え？」

「そこまでは聞かされていなかったか。グイードが『跡』を消したから、今後、たどれる者は少ないだろうが念のためだ。もう一人、救護院育ちの者の経歴もある」

茶色く古めかしい羊皮紙を目の前に置かれたが、何も書かれてはいない。

「紅血《こうけつ》設定を。それは魔羊《まよう》を加工した魔導具だ。以後、君が魔力を流している間だけ、下の文字が読める。覚えた後は燃やせ」

羊皮紙の上に重ねられた羽根ペン、その先端はペンではなく細い針だ。ちくりという痛みを我慢し、羊皮紙に血を二滴垂らす。すると、茶色い羊皮紙から、赤黒い文字が浮き上がってきた。

自分も名前だけは知る侯爵家の綴《つづ》りが、マルチェラの名前と共に浮き上がる。

一段下にあるのはメーナの名だ。マルチェラは生まれたあたりから、メーナは救護院に入ったときから現在まで――事細かな二人の経歴に、ジルドの情報網の広さを痛感する。

「ありがとうございます。こちらからは何をお返しすればよろしいでしょうか？」

「何もいらん。私はそちらの会長からの『借り』を返しているだけだ」

「会長としては、もう十分にご支援頂いているとのことですが……」

なんとも律儀《りちぎ》なことだ、そう思いかけてやめる。

貴族は家が絡むか、実利がなければ動かない――フォルトからそう教わった。

実際、グイードを見てもそう思う。ヴォルフが絡まなければ、彼はダリヤを視界に入れることすらないだろう。

では、なぜ目の前のジルドがここまで便宜を図ってくれるのか？　ダリヤに想《おも》いを寄せているというのはありえない。ロセッティ商会に金銭を求めることもない。魔導具に利用価値を見出《みいだ》す立場にあるとも思えない。

自分ではジルドの本意を読むのは無理だ。正面から尋ねることも難しい。

内で迷いつつ視線を上げると、その琥珀《こはく》の視線に射抜かれた。

「メルカダンテ副会長、君は決定的な勘違いをしている」

「勘違いとは……？」

「貴族男子として、受けた『借り』を返さぬわけにはいかぬ。私は借りを受けている間、そちらの商会長に『つながれている』状態だ。私が借りを返し終わったと思えるまでは、面倒でも付き合ってもらうぞ」

その目には一切の濁りはなく、言い終えて固く結んだ唇は、ひどく貴族らしかった。

瞬間、イヴァーノは理解する。

なるほど、確かにジルドは貴族だ。しかもその内にいるのは、とても義理堅い『騎士』らしい。

遠征用コンロの一件で、ダリヤをグラートとの諍《いさか》いの種として巻き込んだ男。

最初は頭にきたが、グラートから内情を聞かされて納得した。あのとき、泥をかぶろうとしたのはグラートという友のため、我が身のことは二の次だった。

本当のダリヤを理解し、グラートとの確執をほどいた者として、感謝の気持ちを『借り』と言うあたりはやはり意地っ張りだとしか思えないが。

「ディールス様、それならひとつ、私からお願いができました」

「なんだ？」

「借りのなくなったその後も、お付き合いをお願いしたいのですが、どうしたらいいでしょうか？」

笑顔で問いかけた自分に、ジルドは胡乱《うろん》な目を向ける。

「……カマスの一夜干しは意外にいけたな」

「では、次は森大蛇《フォレストラスネイク》などはいかがでしょう？」

「この前、グラートが束で持ってきた。隊で獲《と》ったらしいな」

「グラート様に先を越されてしまいましたか」

「あれも悪くはなかった。そのうちに新しいものがあれば持ってきてくれ。話の種になる」

グラートとの付き合いも順調らしい。次の手土産は、二人の酒の肴《さかな》になりそうなものを探す方がいいだろう。

「ああ、借りを返す件だがな、私はそちらの商会長に、二十年近い『苦い酒』を解決してもらった。よって利子をつけて二十五年。今年はそう残りがないからな、来年からの数えでいいだろう。辛口の赤ワインに合う干物でもあれば、さらに足すが」

「ありがとうございます。会長にも必ず申し伝えます」

イヴァーノは吹き出しそうになるのをこらえ、全力で表情《かお》を整えた。

来年から二十五年。ジルドはそのとき、一体いくつになるのだ？　生きているかぎりはダリヤの助けになる、そう素直に言わないのがこの男だ。

『ジルド様は親切だが、意地っ張りで、素直ではない』、ダリヤが困り顔でそう言っていたことに、深く納得した。

「ロセッティ商会の今後に備え、いろいろな貴族と交流を持っておくといい。そのあたりは会長より君向きだろう。王城の魔物討伐部隊御用達の商会になったのだ、向こうから来るだろうしな。本来ならグラートがこういうところを教えるべきだが、あやつはこの手のことにうといからな……」

「ご教授に感謝致します」

同じ侯爵だが、グラートは裏での画策は不得意らしい。性格的な問題かもしれない。

「君も『噂雀《うわさすずめ》』の使い方はそれなりになったようだな。二つ名も流れてきた」

「私に二つ名ですか？　会長にではなく？」

思わぬ言葉に聞き返した。自分の二つ名を聞いたことはない。

「『紺の烏《からす》』とか言われているようだな」

「『芥子《からし》の烏』ではないんですね」

目立つ髪ではなく、目の色でつけられたらしい。どこのどなたかは知らないが、よく見てくださっているものだ。

「君の目が、『師匠』に似た色だからだろう」

自分が『師匠』と仰ぐのは、商業ギルドの副ギルド長であるガブリエラだ。その目は紺色で、自分の目は紺藍。少しは似ているが、まったくの偶然である。

「君はジェッダの親族だという話が出ている。ガブリエラの血縁だとな」

「ご迷惑をかけているとお詫《わ》びしなければいけませんね……」

その噂だけは勘弁してくれと内で思う。ガブリエラに失礼なのもあるが、愛妻家のレオーネが何と思うかが大変怖い。これに関しては、ある程度親しい自分だからこそ、心底そう思える。

「心配はいらない。噂を流しているのはジェッダ子爵当人だ。まだまだ君を羽の下に置きたいのだろう。ずいぶんと大切にされているな」

「ありがたいことです。しかし、鳥ですか……」

商業ギルド長夫妻に、また借りが積み重なった。

しかし、鳥とは微妙だ。褒められているのか、けなされているのか謎である。

「そう残念そうな顔をするな。鳥は賢さの象徴とでも思っておくといい。嫌ならいずれ鷹《たか》か鷲《わし》にでも変えてやることだな。あとはロセッティ会長にもいくつかあるようだが……聞かせぬ方がよいと思う」

「会長には伝えませんので、私が伺ってもよろしいでしょうか？」

「まず、『赤猫《あかねこ》』だな」

「……呼び名としては、まあ、かわいい方じゃないでしょうか」

それは遠征用コンロのときのジルドの言動のせいではないかと思いつつも、とりあえずうなずく。

「他に、靴の乾燥中敷きのおかげで『靴の番人』、遠征用コンロから『食の改革者』」

悪くはない。むしろ後者はなかなかかっこいい。聞かれても問題なく答えられるではないか。ダリヤも喜びそうだ。

「だが、それにつながって一番多いのは……『水虫からの救いの女神』を略し、『水虫の女神』」

「絶対に黙っておきますっ……！」

それは悪意か、どうしてそう略した？　文句を叫びたくなるのをこらえつつ、イヴァーノは額に手を当てて目を閉じた。本日は胃痛より頭痛を感じる。

「言っている者は感謝しているつもりらしいが、本人の名誉を考えるとな……」

「まったくです。会長のことを考えるなら他の言い方にして頂きたかった……」

これに関しては、ジルドと大変気が合った。

「失礼ですが、ディールス様、グラート様も二つ名を？」

「グラートは魔剣のおかげで『灰の魔人』、私は王城の財布係のおかげで『金の梟《ふくろう》』とか言われているな。だが、私が目を通すのは宝物庫の金貨ではなく、経理簿の数字だからな。赤くせぬよう苦労する……」

無意識にか、胃のあたりに左手を当てたジルドに、妙に親近感がわいた。

「ところで、今後、酒を同席したい貴族はいるかね？　相手によるが、私の方で顔つなぎぐらいはしてもいい」

「そうですね……個人的には、ディールス様とぜひ」

「私と？」

自分の言葉はひどく意外だったらしい。ジルドはとても奇妙なものを見る目を返してきた。

「私に面白い話はないぞ。財務の話はほとんどできんし、枠以上の融通は利かせられん」

「どちらもいりません。できましたら、高等学院の頃のお話をお伺いしたいです。私は王都の出身ではなく、学院に通ったことがないので、少しばかり学院生活というものに憧れておりまして」

世辞でも嘘《うそ》でもなく、前からちょっと気になっていたことを聞いてみた。

そしてもう一つ。職務には忠実で、必要なときは悪役も平気でこなす。それでいて、その後のダリヤへの迅速で親切な対応と、不思議なほど二面性がある。

イヴァーノは純粋にこの男――ジルドファン・ディールスに興味がわいていた。

「学院生活か……それならば話すことは山とある」

ジルドは真顔になり、少しばかり身を乗り出してきた。

「『イヴァーノ』、この後は暇かね？」

「はい。特に予定はございません、ディールス様」

「ならば商会の馬車は戻させるか。帰りは家までこちらで送ると言付けておく。ああ、今後は『ジルド』でかまわん」

「ありがとうございます、『ジルド』様」

侯爵当主のいきなりの名前呼びは、正直心臓に悪い。しかし断る選択肢はない。

ただ、メーナを待たせっぱなしにしなくて済むのには、ほっとした。自分の胃はともかく、部下の胃は少しぐらい守ってやりたい。

ジルドが従者に客間に料理を運ぶよう命じる。従者に告げられたやたら長い料理名に、もはやテーブルに何が載るのか見当がつかない。

その後、彼は背後の扉付きの棚から酒の瓶を出してきた。見事に濃い琥珀の蒸留酒である。続いて透明度のとても高い、薄ガラスのグラスが二つ、テーブルに並べられた。

「では、私がグラートに苦労させられた学院生活について、たっぷりと聞いてもらおうか」

「それはまた……興味深いです」

これは長くなりそうだ。イヴァーノはソファーにしっかりと座り直す。そして、指一本だけ、襟をゆるめた。

「初等学院であやつに会ったその日から、宿題と課題を手伝わされたおかげで、座学の成績が上がった。そのせいで高等学院は騎士科を希望したというのに、文官科にも入らされてな……」

「ジルド様、二科同時選択ですか？　かなり大変だと伺いますが」

「それなりに大変だったが、グラートにいろいろと巻き込まれたことの方がはるかに上だった……」

グラスにたっぷりと注がれた琥珀の酒は、水も氷も足されない。それとひどく似た琥珀の目が、少々昏《くら》く揺れた。

「グラートの話ついでに、歳《とし》の近い貴族達の、若かりし日の色彩豊かな話も教えてやろう。この先、使えるかもしれんぞ」

やはりジルドは素直ではない上に、ロセッティ商会に対しては、いい人らしかった。

やがて、テーブルには彩りのよい料理が並んだ。イヴァーノはジルドの勧めに従って口をつけつつ、話を聞く。

「元々、私とグラートの家は派閥が同じで、親戚も重なっている。幼い頃からそれなりに付き合いはあった。そう多くはなかったが」

「では、初等学院に入られてからご友人に？」

「まあ、そうだな。友人というか——同じクラスになったのだが、宿題はまったくしてこないわ、子供じみた悪戯《いたずら》はするわで、担任が手を焼いていて……手のかかる弟のように思えてな。ああ、これはグラートには内緒にな」

ジルドには元々弟達がいる。面倒見の良さは、幼馴染《おさななじ》みでクラスメイトであったグラートにも発揮されたのだろう。

「わかりました。でも、私にはどうもグラート様が子供じみた悪戯をするというのが、ぴんとこないのですが……」

自分が知るグラートは、騎士服と鎧《よろい》が似合う、頼れる魔物討伐部隊長だ。明るく冗談を言うことはあるが、職務に真剣で、しっかりしたイメージしかない。

「学院に馬車で来たのに敷地内で遊んで授業に遅れ、授業中のノートは悪戯書き。廊下で靴下滑りをしたり、教科書を入れる鞄《かばん》に小石が何個入るかに挑戦したり……あとは学院の屋根に上ったり、塀を駆けたりだな。周囲も巻き込むので、グラートと同じクラスになった不運を嘆いたものだ」

「それは、また……」

なんと言うべきか、グラートの悪戯が、完全に庶民の子供のものと重なる。担任はさぞかし胃と頭を痛めていたことだろう。

「あやつは貴族も庶民も関係なく付き合い、誰からも好かれていたが、襟をつかめるのは私だけだったのでな」

いくら学院内は平等を謳《うた》っていても、侯爵家の嫡男のグラートを止めるのはなかなか難しい。同じ侯爵家、友人のジルドであれば適任だ。しかし、子供の身には大変だったろう。

「ジルド様がお止めになっていたわけですね……」

「……靴下滑りは絹より綿だな。あと、屋根からの眺めはそう悪くなかったぞ」

ジルドの言葉に、フォークにのせようとしていた身の厚い蒸しエビを、思いきり突き刺してしまった。

二人が当時から親しい友人――いや、悪友だったのは確からしい。

しかし、このエビはナイフで外すべきなのか、しれっと食べてしまっていいものか。

貴族の食事作法を必死に思い出していると、向かいのジルドが蒸しエビに深くフォークを刺し、そのまま口にした。その口角が上がっていたので、自分もそのままフォークのエビを齧《かじ》る。

ぷりぷりとした身は、塩味もちょうどよく、なかなかにうまかった。

「高等学院になると、私は騎士科と文官科の両方だったので、グラートと一緒にいることが減っていった。そうしているうち、あやつは学院をさぼり、護衛騎士をまいて外に行くことが増えてな」

「それはジルド様のせいではないですし、仕方がないことかと。でも、グラート様がそんな学院生活を送っていたというのは……その、正直、意外でした」

魔物討伐部隊長として人望もあり、騎士としても強い。そんな彼が、学生時代に遊び歩いていたというのは驚きだ。

「グラートの弟は神童と呼ばれるほど頭が良かった。グラートは騎士向きだったからな。『当主は弟にさせればいい』とよく言っていた。兄弟仲は良かったから、余計に意地も気遣いもあっただろう」

バルトローネ侯爵家の後継問題も絡んでいたようだ。貴族というのは、そのあたりも大変なのだろう。

それでも、今のグラートは当主である。家の取り回しは弟君がしているという話は聞いているが、当主交代にはなっていない。兄弟仲が悪いという話もない。

「ジルド様がご相談にのられたのですか？」

「いいや、すべてグラートが自分で選択した。魔物討伐部隊に入ることも、当主になることも。私も学院時代は子供だったのでな。たいしたことはできなかった。家出をしたグラートの襟をつかんで連れ帰ったり、学院で殴り合いの喧嘩《けんか》をしたぐらいか。教師にも父にもかなり怒られたが」

とてもひどい話をしているはずなのに、ジルドはどこか楽しげだ。つい、その顔をじっと見つめてしまった。

「その、こう言ってはなんですが、本当に仲のいいご友人だったのですね」

「まあ、そうだな。喧嘩など何度しても、翌日は話せるのが当たり前だと、そう思うような仲ではあった……」

ジルドの遠い目は、グラートと重なる思い出を見ているようだった。

だが、それほどの仲は一度断たれた。

「魔物討伐部隊に入った私の弟が亡くなって、グラートとは交流を断った。向こうから声をかけてくるまではと、事情も確かめずに意地を張った。グラートもグラートで、一人で背負い込んで……ずいぶん長く、苦い酒を飲んだものだ……」

最後の一言は、本当に小さな声で——それ故に本音だと、イヴァーノにもわかった。

「では、今は『うまい酒』ですね」

礼儀としてどうなのかはわからないが、琥珀の酒をジルドのグラスに注《つ》ぎ足す。

彼は思いがけぬほどにやわらかく笑んで、それを手にした。

「ところで、イヴァーノの『先生』の一人、オズヴァルド・ゾーラ商会長の学生時代の二つ名を知っているかね？」

「当時から『銀狐《シルバーフォックス》』ではなかったのですか？」

「その上にもう一言付いていてな、『初恋のハンカチを収集する銀狐《シルバーフォックス》』だ」

「初恋のハンカチを収集……」

それは集めていいものなのか、いや、集められるものなのか。

「グラートもそれなりにもらっていたが、ゾーラ商会長は別格だったな。ハンカチを受け取ったら、すぐ贈り主の名を書いたカードをはさんでおかないとわからなくなると言われていた。あらかじめ自分の名のカードを入れる女子生徒もいたほどだ」

「それは、また……」

オズヴァルドの生活は学生時代から華やかだったらしい。冒険者ギルドのジャンが、先生と仰ぐわけである。

いや、自分にとっても商売に関する先生ではあるが、そちらを学ぶ予定はない。

「ああ、一応覚えておくといい」

そう言った後、ジルドはすらすらと貴族男性の名を続ける。イヴァーノは胸ポケットから手帳を出すと、それらをしっかり書き留めた。爵位も当主か一族かの立ち位置もバラバラだが、どんなつながりだろうか。

「高等学院時代、彼らの今の細君が、ゾーラ商会長に刺繍《ししゅう》入りハンカチを贈った者達の一部だ。その者達の前ではゾーラ商会長の名を控えた方がいい。もちろん、『オズヴァルド先生』呼びもな」

「重々気をつけます……」

家名を見直してくらりとする。正直、今、オズヴァルドが無事なのが不思議である。

「だが、そちらの数よりも、ゾーラ商会長の学生時代からの『女性のご学友』は多い。貴族女性を味方につけた商会は手強《てごわ》いぞ」

手広く顔も広い銀髪の先生を思い出し、イヴァーノは苦笑するしかなかった。

「王都の高等学院というのは、こういったことでもいろいろと華やかそうですね」

「それも目的の一つだ。婚約者のいない者が、領地から来て相手を探す場にもなるからな。相手がいても探す者もいれば、恋路が絡まる者もいたが」

「貴族の婚姻は家に左右されることが多いと伺っておりますが、それは問題にならないんですか?」

「場合による。両家の利益を考えて婚姻が組み直されることもあれば、第二夫人や第三夫人といった形をとることもある。第二夫というのも少ないがあるな。爵位だけでは判断できぬ、経済性、魔力の継承の可能性なども絡んでくる」

「なるほど……」

貴族の婚姻は、どこまでも家と一族が基準らしい。一般庶民とは決定的に違う。

「どうしようもない場合は、頭を冷やさせるために領地に連れ帰ったり、病気として学院をやめさせたり、留学させたりか。中には考えなしに駆け落ちをした者もいたな。君が知る家では――」

ジルドの話に、文字を綴るのが追いつかなくなりそうだ。

この日、イヴァーノの手帳は、多くの黒い歴史で埋め尽くされた。

修羅場と名付け

恋と修羅場は王都の花——言葉で聞くと少々ましだが、現実は大変怖い。

「嘘《うそ》つき！　他に付き合っている人がいるなんて聞いてない！」

「悪かったよ。でも聞かれてはいなかったし、君にも男友達はいるじゃないか」

「聞かれてないからって二股なんて、自由恋愛派じゃないって言ってたくせに！　男友達だって仕事の仲間で、恋人付き合いなんかしてないわよ！」

二階へ上がる踊り場で、男女の諍《いさか》いの声が大きく響く。商業ギルドの奥階段、人通りは少なめとはいえ、何をやっておられるのか。

あの横を通り過ぎるのは無理だろう。今来た通路を戻り、他の階段へ向かうべきか考えていると、隣のメーナがささやいてきた。

「会長、ちょっとだけおそばを離れていいですか？」

「かまいませんが……」

「ここの、柱の陰にいてください。ちょっと通れるようにしてきますので」

持っていた羊皮紙入りの大箱を床に置き、メーナが軽々と階段を駆け上がる。ダリヤはその背中を、驚き半分不安半分で見送った。

「はい、ちょっと失礼しまーす！」

「なによ、あなた？　止めるの!?」

「ええ、止めに来ました。これだけにぎやかで丸聞こえだと、人が寄ってきますので」

「あ……」

「そちらの方、一階の受付が混雑してましたけど、大丈夫ですか？」

「す、すぐ行きます！」

逃げるように階段を下り、ダリヤの前を走っていったのは、ギルド職員だった。確か一階の事務部門にいたはずだ。顔は覚えているが、一度も話したことはなかった。

「ちょっと待って！　話はまだ終わって……」

追おうとした女性の前へ、メーナがその身を傾けて止めた。そこだけを見て、ダリヤはそっと柱の陰に戻る。

「追いかけてどうするんです？　ギルドで大声出して悪目立ちしたいです？　もういいでしょ、あんなのは」

「あんなのって……何なの、あなた？　いきなり出てきて、話の邪魔をして！」

高めの声がヒステリックに響く。だが、ダリヤが彼女の立場でも、きっと同じようなことを言っただろう。あのまま最後まで話し合いをさせた方がよかったのか、判断がつかない。

「自分だけと付き合ってると思ってた男に、他にも女がいたってだけの話ですよね？　ついでに、男の方は問いつめても逃げる気満々で、他の女と手を切るとは言ってない。せいぜい、別れ話がもつれるだけじゃないですか？」

「わかったふりで言わないでよ、あなたに関係ないじゃない！」

「ええ、関係ないですけど、あんなのに未練あります？　つけこまれてズルズル付き合うのがご希望なら、止めませんけど」

メーナがいきなり声を平坦《へいたん》にした。

「そんなこと……」

否定しかけ、しきれない女性の声は泣きそうな響きで――思わずメーナに『やめてあげて』と声をかけそうになる。

「こんな嘘をつかれたら、これから付き合い続けても、あれも嘘かこれも嘘かって不安になるんじゃないですか？　そんな男は捨てた方がいいですよ。ほら、一度あることは二度あるって言うじゃないですか。浮気者って治りませんから」

反論が聞こえない。泣かせてはいないか、さらに不安がつのりまくる。ダリヤは足を踏み出しかけては戻し、止めに行くべきか迷った。

だが、続いて響いてきたのはメーナの優しい声だった。

「大体、釣り合ってないですよ。お姉さんぐらいきれいだったら、もっといい男と付き合った方がいいです」

「……口がうまいわね。彼の味方のくせに。あなたもギルド職員？」

「ギルド職員じゃないですし、あんなのの味方はしませんし、赤の他人です。ついでに僕は自由恋愛派なんで。隠れて他と付き合って泣かすのは、男女とも最低だと思ってます。あと、お姉さん、鏡、見直してきた方がいいです」

「え？」

「髪型が古いし、服の形も似合ってない」

「何よそれ、私がおばさんぽいっていう嫌み？」

「違いますよ。髪は額を出して左右は軽く流した方が合いそうだし、服はウエストラインのある、もっと明るい色がきっと合います。スタイルがいいのにもったいない」

メーナが自由恋愛派だということに深く納得した。なんとも話術とアドバイスが磨かれている。

あと、服に関してはちょっと友人の服飾師、ルチアを呼んできたい。

「どうしても腹が立つなら、友達にあの男との泣ける噂《うわさ》をばらまいてもらって、商業ギルドから居場所を奪うのも手ですけど。あんなのと自分の名前を並べられるのは、馬鹿らしくないです？さっさと忘れて、友達とおいしいものでも食べに行った方がすっきりしますよ、きっと」

きっと彼は笑いながら言っているのだろう。声の明るさと楽しげな響きに、説教臭さはまるでなかった。

「はぁー……あなたが女だったら、友達になりたかったわ」

深いため息の後、続く声からは怒りと棘《とげ》が消えていた。

「自由恋愛派じゃなかったら、新しい恋の夢くらい見たかもしれないわ。残念ながら、年下は趣味じゃないけど」

「それは残念ですね。でも、きれいなお姉さんは目の保養ですので、お元気になられたら昼食でもご一緒させてください、割り勘で。僕はギルドによくいますので」

「わかったわ」

二人が互いに名乗り合うのを、ダリヤは不思議な思いで聞いていた。

「この階段を下りると、さっきのが待ち伏せしてる可能性もあるので、念のため、上がって二階の廊下を通って、他の階段から下りるのをお勧めします」

「まったく至れり尽くせりね。そうするわ」

「そのうちやり直してくれって来るでしょうから、全力でひっぱたくといいですよ。もっとお勧めなのは、『どちら様？』と思いきり笑顔で尋ねることですけど」

「ないと思うけど覚えておくわ。その……ありがとう、助けてくれて」

「どういたしまして」

遠ざかっていく足音と気配に、ダリヤは彼女のこれからの幸運をこっそり祈った。


「お待たせしました、会長」

驚きというか、見事というか、メーナの対人スキルは本当にすごい。早足で戻ってきた彼を、ついまじまじと見つめてしまった。

「会長、僕の顔に穴があきそうなんですが……」

「いえ！　あの、純粋にすごいと感心して……！」

慌てる自分に気を悪くした様子もなく、メーナはくすりと笑う。水色の目が悪戯《いたずら》っぽく光った。

「こんなのは慣れですよ。痴話喧嘩《ちわげんか》の仲裁は長くやってますから」

「え？　メーナは確か私より二つ下ですよね？」

「そうですが、救護院は早く大人になりたい奴ばっかりなんで、十代にもなれば恋愛は花盛り。当然、恋愛でもつれるのも喧嘩もしょっちゅうで、口のうまい奴が仲裁に駆り出されるんですよ。で、それに慣れると僕みたいになります」

「なるほど……」

「それに女性をつまらないことで泣かせたくないじゃないですか。どうせなら前向きにきれいでいてもらわないと、目の保養が減ります」

自由恋愛派ならではの言葉かもしれない。

ダリヤが婚約破棄されたとき、隣でメーナのように言ってくれる人がいたら、その場で前向きになれた可能性もある。自分は周囲に恵まれていたのでなんとかなったが、一人で乗りきるのが辛《つら》いこともあるだろう。そう思うと、先ほどの女性が少しだけ気にかかった。

「あの、もう大丈夫ですよね？　さっきの方……」

「ふっきれた表情《かお》してたので、大丈夫だと思います。恋から醒《さ》めるときは、男は階段を早歩きで下りるように醒めますけど、女性は三階の窓から飛び降りる勢いで醒めますからね」

「え、そうなんですか？」

「僕が知る限りですが。たぶん、男の方が未練がましいんですよ、昔の女を覚えているっていう点では。ところで、会長は自由恋愛派じゃなく、固定恋愛派ですよね？」

「そうですが、今、恋愛は考えてないです。仕事で手一杯なので」

「あれ？　失礼なことをお伺いしますが、ヴォルフ様は？　会長の恋人だとばかり思ってたんですが……」

「え？　違いますよ！　友達です。本当にお世話にはなってますけど……」

「そうなんですか」

あっさりとうなずき、メーナは床に置いていた大箱を持ち上げる。そして、二人で、階段へ向かって歩き出した。

「ヴォルフ様ってすごくかっこいいですよね。最初に会った時、うらやましすぎると思いました。特にあの金色の目って、珍しいし、目立ちます。ご兄弟で並んだらすごそうですね」

「ええと、ヴォルフのお兄様は金色ではないです」

「同じじゃないんですか。あ、考えてみれば、兄弟で目の色が違うことも多いのかな……そのあたりはよくわからなくて」

メーナの家族について一瞬だけ聞きそうになり、即座にやめた。救護院の出身だということは、おそらくは孤児だろう。聞くべきことではない。

「一昨日、マルチェラさんのところに行ったら、イルマさんの弟さん二人がいらしてて。イルマさんと目も髪も同じ色じゃないですか。顔も兄弟でそっくりだし。それを思い出したら、ヴォルフ様も兄弟で似てるのかもしれないと思ったんです」

「イルマ達にそっくりって言うと、たぶん機嫌が悪くなります……」

「もう言ってしまいました、『ご姉弟《きょうだい》でそっくりですね』って。その場で全員に『似てない！』とそろって叫ばれましたけど」

イルマとその弟達が一斉に叫ぶ姿が目に浮かぶ。息も合っている姉弟である。

似ていないとお互いに言うのだが、紅茶色の髪、赤茶の目、顔立ちと、一目で姉弟だとわかる。

ちなみに全員、父親似だと思う。こちらもイルマには否定されるが。

「皆さん、子供の名前で悩んでましたよ。まだ男か女かもわからないのに、候補が二桁ありました」

「生まれるまでには時間があるので、まだまだ迷えそうですね」

マルチェラとイルマの子供は双子である。さぞかし名付けには頭を悩ませるだろう。だが、きっと、それも楽しく幸せな時間に違いない。

「男だったら『ベルノルト』とか、女だったら『ベルティナ』とか、なかなか優雅な名前もありました。そういえば、会長のお名前って、花の『ダリア』からですか？　一つ音が違いますけど」

「花からなんですけど、古い読みだと『ダリヤ』です。『ダリア』は隣国から来た花なので。あちらで一輪だと『ダリア』で、植物園みたいに複数咲くのは『ダリヤ』と呼ぶそうです」

「隣国言語の複数形ですか。でも、『ダリヤさん』は一人なのに、なんで複数に？」

「ええと、たくさん花咲くように、共にいる人が多いようにと父がつけたらしいんですが……」

名前に反して地味な上、家族はおらず、自分一人になってしまった。名前負けとはこういうことかもしれない。

「なるほど、それなら商会長としてもぴったりのお名前ですね」

「……そう、です？」

メーナの思わぬ言葉に、つい疑問形になってしまった。その考えはなかった。

「会長には友達もいるし、商会仲間も、仕事仲間も多いじゃないですか。それに何より呼びやすくていいお名前です。僕なんか『メッツァナ』って、よく呼び間違えられるし、綴《つづ》りも面倒で……もう最初からメーナでよかったんじゃないかと思いますよ」

「でも、『メッツェナ』は、かっこいいお名前だと思います」

「ありがとうございます。救護院の院長がつけてくれたんですけど、もうちょっと呼びやすくて書きやすい名前をつけてくれたらって思い続けてきたんですが。でも、僕なんかまだいい方なんですよ。院長が『適当な名前だと軽く見られやすい』とか言って、ややこしい名前ばっかりつけるので」

救護院の院長は、子供達の名付けに凝る方だったらしい。どんな名前かちょっと気にかかる。

「ややこしいお名前、ですか？」

「ええ。『アンヴェータ』に『ステファーニャ』、『ジェスティリス』に『ダナウィーニ』、って感じです。皆、凝ってますよ」

「……素敵なお名前だと思います。でも、全員だと覚えるのがちょっと大変そうです」

「子供には呼びづらいですし、さすがに仲間内は愛称です。『アン』に『ステフ』、『ジェス』に『ダナ』って感じで。でも、院長だけは名付けた名前で呼んでますね。大変記憶力のいい先生で、僕が十年前にした悪戯もいまだ忘れないので」

確かに凝った名前とも言える。ちょっと貴族っぽい感じもする。けれど、院長が子供達の将来を深く考えてつけているのだろう。素敵なことだと思えた。

「すごい先生ですね。でも、メーナはどんな悪戯をしたんですか？」

「院長の寝室に忍び込んで、カツラの裏側に糊《のり》をつけました。けっこう強いのを、たっぷりと」

思わず足が止まった。なんという悪質な悪戯をしているのだ。忘れられるわけがないだろう。

「すごく怒られましたよね、それ？」

「いえ、一言も。『風が強いのでちょうどいいです。これで外出します』と笑顔でした。少しズレてましたけど……」

院長先生は大物である。子供の扱いが完璧でいらっしゃるようだ。感心しかない。

「子供心に、この先生には絶対かなわないと思いました。なので、それから言うことを聞くようになりました。今も、たまに酒持って、会いに行ってます……」

珍しくばつが悪そうに笑うメーナに、とてもいい先生なのだろうと、そう思えた。

ロセッティ商会で借りている部屋の前に来ると、メーナは片手で羊皮紙の入った大箱を持ち直す。そして、ドアを開け、ダリヤを先に通してくれた。中に入ると荷物を置き、ダリヤがいつも座る椅子をさっと引く。騎士の勉強をしているマルチェラより、エスコートが早く、しかも自然である。

「あ、ありがとうございます」

そして、まだエスコートされることに慣れぬダリヤだった。

「お礼はいらないですよ、会長。微笑《ほほえ》んで頂ければ、それで」

おまけにメーナから指導を受ける始末である。反省したい。今日から貴族のマナー本を、寝る前に三十分は再読しようと誓う。

ダリヤの横に座るマルチェラは、ノートに必死に文字を綴っている。今日スカルファロット家で習ってきた騎士の礼儀作法をまとめるためだ。

あちらではメモすらも禁止、その上、毎日帰り際に確認試験、翌日も抜き打ちで聞かれるとのことで、かなり大変そうである。

マルチェラが綴り終わるまで声をかけないのが、商会員の暗黙の了解になっていた。

「メーナ、どこかで貴族向けの行儀作法を習いました？」

向かいで手帳に目を通していたイヴァーノが、視線を上げて尋ねた。メーナのスマートなエスコートに感心したのかもしれない。

「習ってはいないんですが……まあ、少し貴族女性とお付き合いをしたことがあります」

「その方から教わったわけですか？」

「いえ、貴族のマナーとエスコートの本を借りて読んで、あとは実践で。でも、合ってるかどうか尋ねたりはしてたので、彼女に教わったと言ってもおかしくないですね」

本を読み相手に聞いてここまで覚えたとは、見事な努力である。

メーナは照れた様子もなく、運んできた羊皮紙を棚に移しはじめた。

「その方も『自由恋愛派』ですか？」

「いえ、違います。その頃は、僕もまだ自由恋愛派ではなかったですし……すぐ別れました」

棚を向いたメーナの表情はわからない。ただほんの少し声が低くなった気がする。

「やっぱり貴族と庶民じゃ身分差がありますしね。しかも僕は親無しですから。世界が違いすぎて無理でした」

ちくり、胸の奥に痛みが走る。

庶民と貴族の差は大きい。たとえ自分が男爵位を得たとしても、元は庶民だ。

世界が違いすぎるという感覚も思いも、王城へ出入りするようになってより明確にわかった。

「そう言うな、メーナ。案外、世界は狭くて、捨てたもんじゃないかもしれないぜ。お前がロセッティ商会に入って、ここにいるんだから」

暗くなりかけた雰囲気を一掃したのは、マルチェラだ。

メーナはそうですね、と言いながら振り返る。すでにいつものやわらかな笑顔だった。

ダリヤは話を変えようとし、ふと思い出したことを彼に尋ねてみる。

「そういえば、メーナは乗馬ができると聞きましたが、どのぐらいで馬に乗れました？」

「馬の世話を手伝いながらで、二ヶ月ですかね。会長も乗馬をなさるんですか？」

「これから乗れたらいいなとは思っています」

運動神経のよさそうなメーナで二ヶ月である。

運動にまったく自信のない自分の場合、はたして何ヶ月で乗れるようになるだろうか。

「副会長も馬には乗れますよね？」

「一応なんとか乗れます。大人しい貸し馬で、短時間限定ですが」

意外だった。イヴァーノが馬車を操れるのは知っていたが、馬に乗れるというのは初めて知った。

「イヴァーノは、前に商業ギルドのお仕事で乗馬を？」

「いいえ、妻と出かけるためです」

「会長、そこは庶民がわざわざ乗馬っていったら、デートですよ」

「デートに馬ですか？」

「ええ。デートで一頭の馬に二人乗り。近くの宿場街まで日帰りか、泊まりというのが多いですね」

前世、バイクや車でドライブデートをする感覚だろうか。

「ダリヤちゃん、馬車じゃだめなのか？　馬に乗りたいだけならヴォルフに頼めばいいだろ。相乗りの方が楽じゃないか？」

「いえ、自分一人で乗れるようになりたくて……」

ヴォルフに家の馬に乗ってみないかと言われたが、あまりにも不格好なところは見せたくない。教わる前に少し慣れておければと思ったのだ。でも、さすがにこの場でそれは言いづらい。

「あの、メーナに乗馬を教えてもらうことはできますか？」

「ええと……僕は自己流で、教えるのはうまくはないので。ちょっと難しいです」

「急に聞いてすみません。やっぱり乗馬の先生からちゃんと習うべきですよね……」

馬に乗れるのと人に教えるのはまた別だろう。悪いことを聞いてしまった。

ダリヤが反省する横、苦笑したメーナが、『恨まれそうです』、唇だけでそうこぼす。

イヴァーノが、そっとうなずいていた。


「今日の分は、書き終えた……後は寝る前にもう一度復習だ……」

マルチェラがようやくノートを閉じたとき、ノックの音が響いた。

いつもの時間には少し早いが、ギルドが本日分の手紙を持ってきてくれたのだろう。そう思いつつ、ドアの向こうを見ると、青い顔のギルド職員が立っていた。

「あの、ロセッティ会長に、服飾ギルド長のルイーニ子爵が面会をとのことですが、お通ししてもよろしいでしょうか？　その、お急ぎのようで、すでに廊下に……」

声を上ずらせたギルド員に、慌てて了承し、全員で立ち上がる。

先触れもなく、かつ廊下で待機しているということは緊急の用件だろう。靴の中敷きや五本指靴下、微風布《アウラテーロ》に何か問題が起こったのだろうか――そう心配しつつ、急いで部屋に迎え入れた。

「先触れもなく、突然申し訳ありません。ダリヤ嬢に、少々お伺いしたいことがありまして」

「なんでしょうか、フォルト様？」

テーブルの向かい、紅茶を断り、挨拶もそこそこに切り出すフォルトに身構える。

その疑うような青の目に、なぜか前世のクレーム客を思い出した。

「先日、ダリヤ嬢がグッドウィン伯爵家の方を、ルチアに引き合わせたと伺ったのですが」

「はい？」

「やはりそうでしたか。グッドウィン伯爵家の方が、ルチアにどのような用向きだったか、お尋ねしても？」

待ってほしい、自分は驚きで聞き返しただけだ。肯定の『はい』ではない。

詰問めいたフォルトに対し、ダリヤは続けて説明する。

「グッドウィン様は魔物討伐部隊の方です。喫茶店の前で、たまたまお目にかかっただけです」

「偶然お会いして、その後に喫茶店へ三時間ですか？」

ルチアに護衛がついているのはよく理解した。行動調査もしているとは知らなかったが。

声が微妙に低くなっているフォルトに、仕方なく説明する。

「ルチアがグッドウィン様に対し、今着ている服が似合っていないと。その後で似合う服や色の話になって……道では邪魔になるので、喫茶店でお茶を飲み、お菓子を食べながら話しました」

嘘ではない。甘物談義の合間に確かにランドルフの服の話もした。

最終的に帰る十分前になって、ルチアがおすすめの服と色をガリガリとメモして渡していたが。

「そういうことでしたか……大変失礼しました。ルチアにグッドウィン家に行かれるかと心配して

しまいまして」

ランドルフの実家、グッドウィン伯爵家は国境の守護を仕事としている。

ルチアの働く場ではないだろう、そう思いかけて考え直す。

逆に考えれば、国境沿い、隣国を相手に洋服を販売する商売ができるかもしれない。あるいは隣国で服飾師として働く可能性も――フォルトの心配が正しく理解できた。

喫茶店では、ルチアが盗聴防止の魔導具を起動させていたので、話の内容が聞こえなかったのだろう。聞こえていれば、引き抜きではないとわかり、フォルトは確認に来なかったに違いない。

「他から声をかけられても、ルチアはきっと行かないと思います。服飾魔導工房のお仕事がとても楽しそうですから」

「そうですか……それならばよかったです」

フォルトはいきなり華やかに笑った。よほどルチアの引き抜きが心配だったらしい。

ルチアは服飾ギルドの服飾魔導工房長である。五本指靴下をはじめ、微風布《アウラテーロ》関連で、王城騎士団から貴族、庶民向けまで幅広い商品を請け負っている。

その上、服飾師ルチアとして、洋服のデザインや制作に関わることも増えている。

今やフォルトの片腕とまで噂されることもあるのだ。引き抜かれてはたまらないだろう。

「お忙しいところ、失礼しました」

来年の微風布《アウラテーロ》に関する話を一言追加する形で、フォルトは帰っていった。

見送りの済んだダリヤは、少しばかり疲れたので休憩をいれることにする。休憩用に商業ギルドの一階で、甘い菓子を人数分買ってくることにした。

ちょっとハラハラが続いたので、今日は特別である。

一緒に行こうとするマルチェラにコーヒーを淹《い》れてくれるように願い、ダリヤは商会部屋を出た。

「さっきいらしたのが服飾ギルド長ですか。噂通りすごい男前ですね。で、ルチアさんですか……」

「まあ、そうですかね」

メーナが感心した声を出し、イヴァーノが微妙に濁す。

フォルトは、ルチアにランドルフとのお見合い的な紹介をされたと思ったのだろう。実際はダリヤと一緒にいるときに会った、ただの偶然らしい。

だが、多忙なギルド長の業務を短時間とはいえ放り出し、わざわざ尋ねに来たのだ。ルチアへの執心ぶりと保護の深さがよくわかった。

「服飾ギルド長って確か既婚ですよね？　ルチアさんなら第二夫人も難なくこなしそうですけど」

「そのあたりは、まあ、家と仕事の関係もありますからね……」

「貴族と庶民ですもんね……」

同情か共感か、少しばかり声のトーンを落とした二人に、マルチェラが鳶《とび》色の視線を投げる。

「なあ、それよりうちの会長について、何か言うことはねえか……？」

その問いについては、誰も答えなかった。

疾風の魔剣と首長大鳥

秋の森、朝は冷え込みがきつくなってきた。

魔物討伐部隊の遠征先、そのテントの中で、ヴォルフは赤鎧《スカーレットアーマー》を装備し荷物を確認していた。

昨日の移動中、ずっと小雨が続いたため、馬はいつもより疲れているはずだ。

だが、今朝は妙に機嫌のいい嘶《いなな》きが聞こえる。

遠征用コンロのおかげで、自分達は冷える朝、温かな食事をとれるようになった。

馬の食事も少しは改善してやるべきだろうと、今回はリンゴと梨が多めに与えられている。馬達は甘いものが好きなので、とても喜んでいるようだ。

テントから出ると、後輩のカークが不思議そうな目を向けてきた。

「ヴォルフ先輩、その短剣は予備装備ですか？　なんか二本、紐《ひも》でつながってますけど」

「ああ、外で試せたらいいと思って持ってきたんだ。短剣を二本投げて、つないだワイヤーで斬る」

「変わった武器ですね。スカルファロット家のものですか？」

「まあ、そんなところ……」

自分がダリヤからもらった形なので、ある意味、スカルファロットのものとも言える。

それでもカークにごまかしているようで、わずかに罪悪感があった。

「ヴォルフ、こんな細いワイヤーで何を切るんだよ。チーズか葉っぱくらいか？」

「待った、ドリノ！　指が切れる！　これ、ミスリル線！」

カークの隣、ワイヤーに指をひっかけて引っぱりかけたドリノを、慌てて止める。彼はそのままで固まった。

「作った奴おかしい！　短剣で斬らずに、ミスリル線つないでこっちで切ろうとするとか、何考えてんだよ!?」

短剣を作ったのはダリヤで、短剣二本をつないでくれるよう頼んだのは自分である。

速度が出て、切れ味はよく、魔物討伐に役立つかもしれない。何ひとつおかしくはない。

「そこは革新的な開発と言ってほしい」

「確かに、斬新な発想だな……」

ランドルフがドリノの後ろ、赤茶の目を細めて短剣を見ている。

「中型の魔物であれば、足止めになるかもしれん」

「ホントに使えんのかよ？」

「ああ、ちゃんと使える」

ドリノの疑いのまなざしに応え、ヴォルフは近くの木の前、地面に枯れ枝を数本立てた。

両手で同時に短剣を投げると、鋭い風切り音の後、木につき刺さる音が甲高《かんだか》く響き、枯れ枝はばらばらとあたりに散った。こっそり練習した甲斐《かい》あって、狙い通りの動きである。

「すごいです、ヴォルフ先輩！」

カークが驚きの声をあげた。

「ありがとう、カーク。でもすごいのはこの短剣だから」

「短剣がすごいのか、それとも、そのミスリル線がすごいのか……」

「おい、待て、ヴォルフ。それ、ただの短剣じゃないだろ。どう見ても勢いが……あ！　それ魔剣か？」

「ああ。風魔法が付いていて、速度が上がってる。『疾風《しっぷう》の魔剣』って呼んでる」

「……お前もやっと、家にわがままを言えるようになったんだな」

なぜかドリノがほろりとしている。兄か父にねだったと思われたらしい。

実際に願ったのはダリヤにである。だが、ここで言うのは避けた。

「ヴォルフ先輩、グラート隊長と同じで、スカルファロット家専用の短剣ですか？　家宝とか？」

「いや、専用でも家の家宝でもないよ。血統付与もしてないから」

短剣自体は、武器屋のお買い得品、しかも点数割引品である。強く投げること自体がスイッチになっているので、紅血《こうけつ》設定もしていない。本当は自分専用に紅血《こうけつ》設定をしたいとも少し思ってしまったが。

「あの、ヴォルフ先輩……失礼でなかったら、一度投げさせてもらえませんか？　風魔法と相性が合うか知りたいので」

おずおずとカークが尋ねてきた。

一拍迷ったが、風魔法の使い手である彼であれば、相性はいいかもしれない。これればかりは魔法の使えぬヴォルフでは試せない。

「ああ、かまわない。触る前にこの手袋を。ミスリル線だから、間違うと指が落ちる」

「わかりました！　すごく切れ味がよさそうですから、気をつけます」

砂蜥蜴《サンドリザード》製の金属を張った手袋を外し、カークに渡す。彼には少々大きかったが、手首のベルトをきつめにして合わせていた。

疾風の魔剣を手にしたカークは、ヴォルフと同じく、木の前で枝を地面に刺す。

「じゃ、投げます！」

カークは右手だけで投擲《とうてき》した。

少し右に逸《そ》れたかと思った短剣は、高い風切り音をあげて軌道を変え、思いきり木に刺さる。

ヴォルフが投げたときよりもさらに速い。

気がつけば、枝は音もなく地面に散っていた。

「疾風の魔剣って、風魔法とすごく相性いいです！」

明るく言った彼に、周囲の者達は目を丸くし、口をぱかりと開けている者もいる。

「ほとんど見えぬほどの速さだったな……」

「おい、カーク、どんな魔法を使った？」

「短剣を風魔法で押して、あと、ずれたので軌道をちょっと補正しました」

「そうか、疾風の魔剣は風魔法と相性がいいのか……」

同じ系統の魔法で、相乗効果が出たらしい。あの威力は、ちょっとうらやましい。

「おい、大丈夫なのか？　魔剣って高いだろ。もし、魔物に刺さってそのまま持ってかれたら……」

「持ってかれるのは困るけど、使う魔物を選べば平気だよ。そのあたりに落ちたら回収するし、刺さったまま逃げようとしたら、その魔物をなんとかする」

「ヴォルフ先輩なら、なんとかできますよね！」

「そうだな。お前、空、走れるもんな……」

納得したらしいドリノは遠い目で言うが、周囲からの反論はない。

「楽しそうなことをやっているな」

こちらに歩いてきたのは、魔物討伐部隊長のグラートだ。今回、副隊長のグリゼルダは王城待機となっている。

グラートに短剣について尋ねられたので、ダリヤのことは伏せ、屋敷から持ってきた武器として説明した。

「スカルファロット家の『疾風の魔剣』か……使えるかもしれんな。首長大鳥《くびながおおどり》で試してみてもかまわんぞ」

本日の討伐対象は、首長大鳥《くびながおおどり》という魔物である。

鷺《さぎ》を巨大化させ、肉付きを少しよくしたような鳥だ。草食であり、本来の生息地である深い森の奥にいてくれるなら問題ない。人里近くに来て、果樹園や麦を播《ま》いた畑を狙うのが困りものである。

果樹は枝ごと食べ、翌年の収穫までもなくしてしまう。麦畑にいたっては、やわらかい土ごと麦を食べ、その後に土を魔法でがちがちに固めて帰る。

また、食事を邪魔されたりすると、土魔法の石礫《いしつぶて》で攻撃してくる。なんとも厄介な習性の鳥である。

小さい個体であれば村人でも倒せるが、今回は高さ三メートルほどと報告書にあった。長く生きているか、変異種の可能性もある大きさだ。そのため、魔物討伐部隊が呼ばれることになった。

どんな魔物でも怖いときには怖い。

首長大鳥《くびながおおどり》も、人や獣は食べぬとはいえ、翼を広げればかなりの横幅になる。その体から生み出される土魔法は脅威だ。以前、石礫が目から頭内に入り、亡くなった魔導師もいる。

このため、今回は前に出る魔導師も革兜《かわかぶと》をつけ、目の部分は銀網でカバーすることになっている。

「狙うとすれば、やはり翼でしょうか？」

「そうだな、風切羽《かざきりばね》でも狙えれば楽になるが。羽に少し当たるだけでも違うだろう。ただし、狙っていいのは遠距離攻撃で空にいるときだけだぞ。隊員をスライスされてはかなわんからな」

グラートはそう言って笑ったが、さっきのカークの投擲を見ていた者達は、引きつった笑いになる。断面のきれいな怪我《けが》は治りやすくはあるが、それでも全力で遠慮したい。

その後、首長大鳥《くびながおおどり》への作戦を話し合い、待ち伏せの場所へと移動することとなった。


目の前の広い畑は丁寧に耕され、いかにも麦を播きました、というように人の足跡までついている。実際には小麦の殻を種代わりに播いただけだが。

畑の横には、リンゴと梨の入った袋を、口を開けて置いてある。馬の食料から借りてきたものだ。

先に襲われた近くの畑を確認してきたが、土はとても硬く、畝《うね》すらもなくなるほど平らにされていた。なかなか土魔法のうまい個体らしい。

畑としては惨状だが、この首長大鳥《くびながおおどり》を街道づくりに使えないかと軽口を言い合ったほどだ。

周囲の小麦畑はほとんど襲われ尽くしているため、ここは目立つ。

ただし、逆に警戒してやってこない可能性もあるので、ただただ待つばかりである。

畑から少し離れた林で、隊員が隠れ待つこと四時間半。

太陽の位置がだいぶ変わった空を、滑るようにその鳥は飛んできた。真っ白な体から、羽の先に向かうにつれ濃い茶に変わる。羽の先端は、黒に近いほどの濃茶だった。

隊員達は息を潜め、さらに姿勢を低くし、畑への着地を待つ。

土煙を上げながら、首長大鳥《くびながおおどり》は畑に降り立とうとする。が、その翼が巻き起こす風の強さに、麦の殻が多く空中を舞った。

麦が殻だと理解したか、それとも違和感を覚えたか、首長大鳥《くびながおおどり》は着地してすぐ、また空へ飛び立とうと助走を始める。

「気づかれたか！」

「だから、麦をけちってはダメだと言ったじゃないですか！」

「弓、放て！」

一部が少々もめている中、グラートの命令の声が大きく響く。

林の端で待機していた弓騎士達が、一斉に矢を射かけた。

「クワン！」

どこか犬にも似た鳴き声が響き、矢の過半数がはじかれたように落ちた。

砂のカーテンのようなものが一瞬だけ見えた気がする。

「砂壁《サンドウォール》か！　鳥のクセに頭がいいな！」

「ほめてる場合か！」

弓騎士達は不満そうだ。だが、矢を止めるために首長大鳥《くびながおおどり》が魔法を使ったことで助走距離は短くなった。なんとか宙空に浮かんだが、すぐ逃げられるほどの速度はない。

「魔導師、足止め！」

続けての指示に、魔導師達がそろって魔法を放つ。

「氷槍《アイスランス》！」

「氷縛《アイスロック》！」

放たれた最初の氷魔法は、鳥の脚に突き刺さり、凍らせる。さらにその上に魔法を重ねがけすれば、氷の重さで、鳥は高度を上げられず、その場で翼をばたつかせた。

「全員、目に気をつけろ！　カーク、翼を狙え！」

「いきます！」

指示に従い、カークが全力で短剣を投げた。

ゆらりと飛ぶ首長大鳥《くびながおおどり》、その風切羽を狙い、軌道を風魔法で補正しつつ、速度を上げる。

風が裂ける音が高く響いた。

そのとき、危機を感じたらしい魔物が、空中でいきなり姿勢を変える。

すぱん！　妙に間の抜けた音がした。

鳥はきょとんとした表情《かお》になり、首から上が右にずれていく。同時に、鮮やかな赤が噴き出した。

首長大鳥《くびながおおどり》はそのまま落下し、地面にどさりと大きな体を横たえる。

白と茶の羽根が何十枚か、青空に舞った。

「やりましたよ、ヴォルフ先輩！　疾風の魔剣って、すばらしいです！」

「カークもすごいじゃないか！」

本当は自ら使いたかったヴォルフだったが、カークの方が得意なので任せた。

だが、その彼が疾風の魔剣を褒めてくれたのが、なんともうれしい。

「風魔法の腕を上げたな、カーク！　頑張ったじゃないか！」

「最高の一撃でした！　これなら素材も傷まないですね！」

魔導師達がカークをベタ褒めしている。一部何かが違っている気もするが、彼が仕留めたのは確かである。

「あ！　この鳥、すぐにひっくり返そう。これなら血抜きがすぐできる」

首長大鳥《くびながおおどり》はたき火で焼いてもいけたもんな。草食だから臭みがないんだっけ？」

「ああ。最近は麦と果物を食べてたから、脂のノリもよさそうだ」

首長大鳥《くびながおおどり》は、村で倒してもいい食用になる鳥である。身は硬いが味はなかなかいい。

「これなら素材もきれいに採れるな。嘴《くちばし》と魔核と心臓と胃と……あとなんだっけ？」

「風切羽です。羽毛もできるだけお願いできますか？　魔導部隊と神官の方で使いたいので」

「かまいませんが、羽毛も何かの付与になりますか？」

「洗って乾かしてから、冬の防寒具に入れます。鍛え方が足りずに恐縮ですが、動きが少ない待ち伏せでは冷えがきつく……あと、クッションに大変良いと聞きまして。馬車に慣れぬ者はその、腰と尻にくることがありますので……」

「なるほど……なるべく多く取るようにします」

魔物討伐部隊員は馬にも馬車にも慣れているが、魔導師や神官には切実な悩みであるらしい。

以前であれば、必要事項だけを話し、互いに必要素材を簡単に分けて終わっていた。

だが、遠征用コンロを囲み、一緒に飲食を重ねるうちに、腹を割って話すことも増えた。

おかげで、遠慮なく話ができつつある。

「羽毛はむしって麻袋に入れて……肉が多いから、たき火で焼きつつ、遠征用コンロで煮るか？」

「焼き鳥はどうだろう？　甘ダレが馬車にあるし」

「ロセッティ商会長がくれたミックススパイスもあるぞ。あれでソテーはどうだ？」

「全部やるだけの肉はあるだろう。あとは、帰るだけだしな」

隊員と魔導師達は、たき火とコンロ、酒の準備にと忙しく動き回っている。

首長大鳥《くびながおおどり》の本体は太い木二本がけで吊《つ》るされ、血抜きされていた。

血のしたたりが少なくなったのを見届け、カークが声を張り上げる。

「皆さーん、解体と羽毛むしり手伝ってください！」

「おお！」

隊員達の返事は高らかに響いた。

そこから少し離れ、畑の端に転がるのは、大きな鳥の頭。

鳥はこげ茶の目を丸く開けたまま、疑問符を浮かべた顔で転がっていた。

「……うむ」

ランドルフは歩みよると、その目をそっと閉じ、開かないようにしばらく押さえる。その眉間に、微妙な皺《しわ》が寄った。

「どうした、ランドルフ？」

「なんというか……少し、自分の中の騎士道がゆらいだ気がした……」

伏せた目で小さく言う彼の背を、ドリノは二度叩《たた》いた。

「考えるな、忘れろ」

「おお！　カーク、腕を上げたな！」

「焼き物は得意になってきたんで！」

たき火であぶる首長大鳥《くびながおおどり》の肉、その火加減を風魔法で絶妙に調整するカークがいる。

遠征用コンロも便利だが、やはり直火《じかび》での調理も捨てがたい。

隣の畑はちょうど首長大鳥《くびながおおどり》が固めてあったので、そこに防水布を広げ、遅い昼食をとることになった。完全成功と言える今回の遠征に、ほとんどが晴れやかな笑顔である。

各自、遠征用コンロで焼いたり煮たり、好みで首長大鳥《くびながおおどり》を味わう。

少々、肉質は硬いが、その肉自体の味は濃い。革袋のワインにもよく合った。

塩に胡椒《こしょう》、ミックススパイスに甘ダレと、味も様々で飽きがこない。

「疾風の魔剣、やっぱりすごくいいです！　ヴォルフ先輩、これ、同じものか似たものを購入させて頂くことはできないでしょうか？　分割になると思いますが、なんとしても払いますから！」

「その……家で聞いてくるから、少し時間をくれないか？」

「無理なお願いだというのはわかっていますので、できればでいいです。これがあれば、俺は今より少しは戦力になれるかと思うので」

カークの願いについては、ダリヤと兄に相談するしかないだろう。ダリヤが作ったとは知らせずにカークに渡せたら――そう考えていると、ドリノが焼けた肉串を取りつつ言った。

「いっそさ、ワイヤーをもっと長くして、ワイバーンあたりも真っ二つにできりゃいいのにな」

「投擲では限界があるだろう」

「そうですね、俺が投げる力じゃ厳しいです。やっぱり身体強化が欲しいですね」

「……それで、弓を勧められたのか……」

「ヴォルフ、今、弓と聞こえたが？」

自分の名を呼んで近づいてきたのは、弓騎士の一人だった。ちょうど鳥肉を運んでいて、横を通るところだったらしい。ヴォルフには先輩にあたる隊員だ。

「はい、矢に風魔法を付与すれば、よりいいんじゃないかという案もあったので。でも、二人同時に放つとか、二本同時に射るのは難しくないですか？」

「一人でかまわん。剛弓《ごうきゅう》に変えて二本矢つがえで練習するなり、なんとでもする！　カークの投擲より、弓を射る方が勢いもあるし、長距離から狙える。効果は高くなるはずだ」

「ミロ先輩、お言葉ですけど、俺は風魔法で押せますし、軌道補正もしてますよ」

「私は風魔法がないから補正はできんが、命中率はいいぞ。身体強化をかければ大剛弓も引ける」

「風魔法で軌道補正……身体強化で大剛弓……」

少しばかり競り合いのようになってきた二人の言葉の一部を、ヴォルフが低く復唱する。

その金の目が一度閉じられ、その後に笑みと共に開かれた。

「丈夫な矢に強い風魔法を付与してもらって、それをもっと長くて太いミスリル線でつなぎ、ミロ先輩が大剛弓を持って、カークがさらに風魔法で押す、これでどうだろう？」

「いいですね！」

「それだ！」

「先輩は命中率がいいわけだし、魔物がもし動いたらカークが補正できるし、すっごい効果が出そうだな！　ワイバーンもいけるかもな！」

そのまま、矢の材質は何がいいか、ミスリル線の長さはどれぐらいが最適か、そして、弓と風魔法の話へと盛り上がっていく。

ランドルフが無言のまま、少し同情のこもったまなざしを手元の鳥串に向けていた。

◆◆◆◆◆◆

「……俺、歳《とし》をとったのかもしれない……」

げほり、向かいに座るドリノが飲みかけの黒エールに咳《せ》き込んだ。

ここは王城近くの酒場だ。

魔物討伐の遠征後は、王城で医師による体調確認を受ける。その後は自由になるが、いくつかのグループに分かれ、反省会と称して飲みに行くことが多い。

首長大鳥《くびながおおどり》の討伐から戻り、ヴォルフは他の隊員達と共に、しっかり食事ができる酒場に来ていた。

「ええと、ヴォルフ、いろいろ大丈夫か？」

「遠征で不規則だ。疲れも残りやすいのだろう」

微妙な顔でフォローする友人達の横、隣のテーブルの先輩がこちらにくるりと向き直る。

「ヴォルフ、森大蛇《フォレストラスネイク》の干物はいるか？　持ってるぞ」

「アルフィオ先輩、何を勧めてんですか？」

「おい、ヴォルフレード！　若人《わこうど》が何をほざいてる？」

「ヴォルフ〜、そういうことは俺らの歳すぎてから言えよ〜」

「鍛錬が足らん、鍛錬が！」

自分達より先に来て、すでに酒でできあがっている先輩達から、遠慮のない声がとぶ。

ヴォルフは苦笑しつつ返事を濁し、手元の黒エールに口をつける。

自分に対するこんな声がけは、以前はありえないものだった。だが、ワイバーンで運ばれた春以来、一気に距離が縮まったように感じる。

「で、真面目な話、どうした？　言いにくいなら後で聞くけど」

「聞くだけになるかもしれんが、話してみてはどうだ？　ヴォルフ」

「最近、眼鏡をしていない王城でも、前みたいに女性から声をかけられなくなった。きっとこれは俺が歳をとって、若さがなくなり、見た目が落ち着いたからではないかと……」

酒の強さは変わらないように感じるが、もしかすると早めの老化が始まったのかもしれない――そう真面目に説明をした自分に、ドリノが顔を伏せ、ふるふると肩を震わせた。その肩を、ランドルフがぽんぽんと叩く。

「滅べ、この勘違い野郎！」

「ヴォルフ、自分を客観的に見ることを強く勧める」

「でも、王城では本当に声をかけられなくなったし、絡まれることも減ったんだ！」

ヴォルフの強い主張にドリノは首を横に振る。そして、ヴォルフの隣に座る後輩に視線を向けた。

「カーク、お前はヴォルフへの声がけが減った原因に、見当がつくよな？」

「ええと、俺がよく先輩の隣にいるから声をかけづらいのかと。あと、しょっちゅう鍛錬で訓練場にいるので……」

緑の目が少し困ったように揺れ、ドリノから自分に視線が移った。

「そうか、カークのおかげだったのか……」

どうやら、王城でカークと一緒にいることが多くなったせいで、女性からの接触が減ったらしい。たいへんにありがたいことである。

「俺、ヴォルフ先輩の邪魔になってませんか？」

「いや、ありがとう。とても平和で助かってる。カークさえよければ、これからも一緒にいてくれ」

「もちろんです。俺でよければ！」

固く握手しあう二人を、周囲は生ぬるい目で見守っていた。


「妙な会話になってるが、二人とも真面目に言ってるからな……」

「そっとしておこう。今回の遠征はいろいろ疲れたので、甘いものを頼むことにする」

ランドルフは店員を呼ぶと、アップルパイをホールで頼んだ。

店員は一瞬目を丸くしたが、笑顔で注文を受ける。

「ランドルフ、今日の肴《さかな》はアップルパイか？」

「ああ、疲れがとれる。それと——自分は甘いものが好きだ」

「うん、知ってた。まあ、はっきり言わないから気にしてるのかもとは思ってたけど。別に好きならいいだろ」

「そうか……」

ドリノにあっさり肯定されたランドルフは、少し拍子抜けしたらしい。力を入れていたらしい肩をゆるめ、わずかに口角を上げている。

「でも、今まで言わなかったのに、どういう心境の変化だよ?」

「ダリヤ嬢だ。甘いものは疲れがとれると教えてくれ、男がケーキを食べてもなんらおかしくはないと言ってくれた。そう言われてみれば、別段隠すことはないと思ってな。今後は堂々と食べることに決めた」

宣言通り、店員から受け取ったアップルパイの皿をテーブルに置き、一切れを小皿に移す。丁寧にナイフでカットすると、赤エールを横に置いて食べはじめた。

「……ランドルフ、ダリヤといつ、その話を?」

カークと話していたはずの友が、ダリヤの話になった途端にこちらを向いた。

「遠征の前だ。中央区で会って、喫茶店で甘いものをご一緒した。たいへん楽しかった」

「……そう」

ランドルフは二口目のパイをぱくりと口にし、ゆっくりと咀嚼《そしゃく》する。

ヴォルフの方は無言で、コップの黒エールを一息にカラにした。微妙に空気が重い。

「ああ、そのときはルチア嬢も一緒でな。服のアドバイスをもらえ、たいへん参考になった。ルチア嬢からも甘いものを勧められ、三人で食べた。美しい女性二人と甘いものをご一緒するというのは、本当にいいものだな」

「そう……ランドルフ、今日は甘いものに甘い酒で、存分に飲もうか……」

目だけで笑うランドルフに対し、硬く整えた笑顔を返すヴォルフが怖い。少しばかり雲行きが怪しくなってきた。

ドリノは眉間に指を当てたが、何も言わないことにする。

今回は完全にランドルフの自業自得だ。帰りは身体強化をかけた誰かが、兵舎まで彼を背負うことになるかもしれない。自分は早めに退散することにしよう。

妙な空気の中、カークが新しいエールの瓶を持って、テーブルを迂回《うかい》してきた。

「ランドルフ先輩、甘いものがお好きなんですね」

「ああ、好きだ。おかしいと思うか？」

「いえ、俺も好きです。中央公園の屋台でクレープとか、フルーツサンドとかよく食べますから」

「クレープとフルーツサンド……」

「食べたことありません？　種類もたくさんありますし、クリーム増しとか、蜂蜜増しとかもできるんです」

隣に座ると、ランドルフに勧められたアップルパイをフォークに刺し、カークも食べはじめる。

「カークは一人で屋台へ食べに行ってたのか？」

「いえ、婚約者と一緒に行ってたんですが、しばらく誘わないでくれと言われてしまって……」

「喧嘩《けんか》でもしたか？」

「違います！　女性は体型をすごく気にするじゃないですか。全然太ってないのに、秋になったら、甘いものはしばらくやめるとか言い出して……」

「ああ、なるほど」

「それは本人に任せろ。ドレスの一式追加は財布にくるぞ……」

四人の娘をもつ先輩の言葉が、なかなかに深い響きで落ちた。

その隣、無言で眉間を揉《も》むのは同じく既婚、間もなく嫁入りさせる娘がいる魔導師である。

「女性は少しふくよかなくらいがいいというのにな。むしろそこは、新しいドレスをねだってほしいものだ」

「さすが、アストルガ先輩、言うことが違う……」

「ニコラ、そこまで言えるなら、とっとと再婚しろ！」

「それについては……急だが、冬祭りに結婚することになった」

目を伏せて言った男に、周囲が一気にわいた。

「おめでとう、ニコラ！　だが、いつの間にそんな付き合いを？」

「この野郎！　でもよかったな！　もっと早く教えろよ、水くさい。で、なれ初めは？」

「先日、相手の家からの申し出で見合いをし、その場で婚約をということになった」

「ほう、進みが早いな。お前も押すときは押すんだな」

「いや、相手が妻にしてくれと。あちらの家格が上なので、父と兄の強い勧めもあってな……」

言い淀《よど》んだ彼は貴族の出身である。家絡みの結婚なのかと、周囲は同情を視線に込めた。

「訳ありか……お前も大変だな」

「家格的に断れないってやつか……家族も止められないほどか……」

「あっちも二度目の結婚とかか？　それとも思いきり年上とか？」

「いや、そうではない……」

ニコラは一度仲間に向けた青い目を、再度伏せた。

「その……魔物討伐から王城に戻るときの移動で、大剣持ちの私を見たとかで、大変熱心というか、情熱的というか……若いのだからもう少し考える時間をとるようにと勧めたんだが」

「かーっ！　相手の一目惚《ひとめぼ》れで押されたのか。うらやましいこった。で、若いって何歳だ？」

「……十八になったばかりだ」

隣のテーブル周辺が一気に冷えた。

他のテーブルから音もなく移動してきた先輩もいる。それに逆行し、ドリノがこちら側にするりと移動してきた。ランドルフもアップルパイの皿を持って無言で続く。

魔物討伐部隊は危険な仕事と遠征が多いことから、独身率が高い。それと共に離婚率も高い。

結婚の話は非常にめでたく、とてもとてもうらやましいと思う者も多いのだ。

特に、自分達よりも先輩の世代は、その傾向が強い。

ニコラに根掘り葉掘り聞く者、ひたすらに強い酒を注《つ》ぐ者、べしべしとその背中を身体強化をかけつつ叩く者など、嫉妬に満ちた参加したくない空間ができあがっていく。

「隊の移動中に一目惚れされるって、めずらしいですね」

「同じ部隊で同じ日に帰ってきても、まず縁がない話だな。ま、一目惚れ相手がヴォルフじゃなくてよかったじゃん」

「そこで俺の名前を出さないでほしい」

「確率の問題だ」

「ランドルフ、その確率はどういう計算？」

まだ少々機嫌の悪いヴォルフが、声の主に胡乱《うろん》な目を向ける。その視線を涼しげに受け止めながら、ランドルフはまたアップルパイを食べはじめた。

「でも、一目惚れから結婚っていうのも、浪漫《ろまん》だよなぁ……」

「そうですか？　俺は愛は時間をかけて育《はぐく》むものだと思いますけど」

「これに関してはカークに同意する」

「育《はぐく》む前に砕け散る場合は、どうしろと？」

「……芽の出ない種もある」

「真面目に答えんな、せちがらすぎんだろ……」

テーブルをひとつ隣に移り、ぼそぼそと話していると、店員が皿を運んできた。

白い大皿には、カットされたみずみずしい梨がのっている。こちらもランドルフの注文らしい。

「カーク、どうだ？」

「頂きます！　あ、中央公園の屋台でも梨のパイが出てるんですよ。果物は定番ですけど、秋は特においしくて。あとはパンケーキにメープルシロップがけなんかもいいですよね」

「メープルシロップか……クッキーを浸すのもいい」

「それもおいしそうですね。今度やってみます。今だとリンゴ揚げもおいしいですよ」

「リンゴ揚げとは？」

「リンゴを切って小麦粉の衣をつけて、油で揚げるんです。そこに砂糖をたっぷりまぶして……リンゴがちょっと酸っぱいのに、外側が甘くて、熱々がすごくおいしいんです」

カークがランドルフに対し、屋台の甘物について詳しく熱く説明している。

ヴォルフとドリノが無言になっていくのに対し、いつの間にか周辺の数人が姿勢を変え、耳をそばだてていた。

「ランドルフ先輩、明日の休みって空いてます？　よかったら、菓子の屋台巡りへ行きませんか？」

「ぜひ一緒に行かせてくれ」

「ヴォルフ先輩、ドリノ先輩もどうですか？」

「俺は、甘いものはいいかな……」

「俺も屋台は塩物がいいな……」

アップルパイと梨を交互に食べるランドルフを見つつ、ヴォルフとドリノは答えた。

ヴォルフはチーズ、ドリノは肉串を手にしている。甘いものは嫌いではないが、量は入らない。

「カーク、他を誘ってもかまわないか？」

「ええ、もちろんです」

「ロセッティ会長は、甘いものは疲れがとれると言っていた。『疲れとり』の甘物巡りに、他にも行く者はいないか？」

ランドルフの声を大きくした問いかけに、数人がこちらへ歩いてきた。

「ランドルフ、カーク、興味があるので、一緒に行ってもかまわないだろうか？」

「邪魔じゃなきゃ、俺も『疲れとり』に行きたいんだが……」

「その、行ってみたいです……」

「もちろんです。皆で一緒に食べ比べに行きましょう！」

少しだけ恥ずかしげに言った男達に対し、カークは明るい笑顔で答えた。

この日を境に、魔物討伐部隊内の甘物好きが結構な人数で判明する。

最初は『疲れとり』という建前だったが、次第に個人の好みとして、当たり前に堂々と甘物を楽しむようになっていく。

そして、この流れはやがて王城内にも広まっていくことになる。

これより少し先、ダリヤは王城に行くと、菓子の土産をもらう機会がたいへんに増える。

結果、今までに増してウエストを気にすることになるのだった。

温熱座卓と鮭鍋

塔の作業場、ダリヤは美しい純白の角を手にしていた。ジャンの持ってきた一角獣《ユニコーン》のものだ。

長さは二十センチほど、象牙のような質感だが、持ってみると想像のそれよりもずしりと重い。

角からこぼれる魔力は、ほのかに温かく、冷えた指先を温めてくれた。

つい先ほどまで、水晶のグラスに入れた海蟲《シーワーム》の粉に魔力を入れる練習をしていた。

三分間、魔力を均等に入れて付与するだけだというのに、昨日までの練習では数十回の失敗。きれいな青い砂はどろどろとした粘体になり、それをグラスから洗い落とすのに毎回苦労した。

そして今日、ようやく付与した海蟲《シーワーム》のグラス二つが、作業台の上にある。とろりとした青に、ところどころに金の粒が光り、なかなかに美しい。このまま飾っておきたいくらいだ。

時間をおいても分離しないところを見ると、成功と言っていいだろう。ダリヤはそう判断し、ようやく一角獣《ユニコーン》の角を手にとったところだった。

ジャンの妻の悪阻《つわり》対策のペンダントを作る際は、なるべく魔力を落ち着かせて作りたい――そう思っていたが、海蟲《シーワーム》への付与ができるくらいに安定するには、思いのほか時間がかかってしまった。悪阻は辛《つら》いものだと聞いている。できれば今日中に仕上げたい。

一角獣《ユニコーン》の角は薄く巻きが入っており、反りが少しある。魔封箱にある角は、それぞれ形が異なり、色も純白から象牙色、そして金や銀の反射光と微妙に違う。個体差がよくわかった。

手にしているのは一番状態のいい純白の角で、根元の直径は三センチちょっとある。そこを魔導具の糸鋸《いとのこ》で一センチほどの厚さに切り、楕円《だえん》に仕上げていった。

表面に頼まれた鈴蘭《すずらん》の絵を刻みつつ、ふと思い出す。

ジャンは『プロポーズのときに渡したのが、その花だった』と言っていた。

母の形見の鏡台にも、鈴蘭の模様がある。もしかして、父カルロが母にプロポーズしたときも鈴蘭を渡したのだろうか――長く幸福な恋を願う、その花を。

「……別に知らなくてもいいことよね」

頭を振って気持ちを切り替えると、無心で鈴蘭の花を刻み続ける。立体感のある彫り込みに仕上げると、磨き粉をかけ、全体を丁寧に拭いた。

純白のペンダントトップができると、手のひらにのせ、リボン状の虹色の魔力で丁寧に包んでいく。

自分の魔力が十になってから、ようやく一角獣《ユニコーン》の角にも付与できるようになった。

付与しているのは硬質強化だ。これでよほどのことがなければ壊れないだろう。もっとも、一角獣《ユニコーン》自体がそれなりに硬質な素材なので、行きすぎた対策かもしれないが。

付与を終えると、ペンダントトップと、小さいが輝きの強い日長石《サンストーン》に金属の輪をつける。

こちらは貴石を扱う店で、ジャンの樺《かば》色の目に近いものをとことん探した。悩みすぎたためか、『ご婚約用ですか？』と笑顔の店員に聞かれ、全力で否定した。

幸い、色味の近い美しい日長石《サンストーン》が見つかったが、しばらくあの店へ行くのは避けたいところである。

金の細い鎖をペンダントトップと日長石《サンストーン》に通し、そっと箱に入れる。純白のペンダントトップは、光の具合で日長石《サンストーン》のオレンジを反射させ、なかなかに美しかった。

ペンダントは仕上がったが、本日の魔力と時間には少し余裕がある。

ちょうど道具がそろっているので、イレネオからもらった一角獣《ユニコーン》の角を出してきた。少し金色を帯びた、純白の角だ。

イルマの腕輪に三分の二ほど使ったが、残りの分で自分のペンダントは作れそうだ。

最近、書類を書く機会が増えたので、肩こり防止に作っておくことにした。こちらは直径三センチの円形に切り、長めの銀鎖を通すことにする。

「痛みを止めるのに、岩山蛇《クラギースネイク》の牙はどうかしら……」

灰色の牙を魔封箱から取り出し、魔力を確認する。時折、指に静電気のようにちくりとくる、独特な魔力だ。

岩山蛇《クラギースネイク》の牙は、痛みの感覚を一定時間麻痺《まひ》させてくれるという効能がある。

魔物討伐部隊では、戦いの前に痛み防止として、岩山蛇《クラギースネイク》の内臓を粉にしたものを飲むことがあるという。それなりに効き目があるらしい。

前世のように手術が行われていれば、痛み止めとして使われていたかもしれない。だが、今世では治癒魔法やポーションが発達しているので日常生活での出番は少なそうだ。

治癒魔法がいらない程度の頭痛や腹痛を乗りきるのにも使えそうだが、それならば薬もあるし、なにより価格的に見合わない。

そんな少しお高い岩山蛇《クラギースネイク》の牙を、魔物討伐部隊からあっさりもらってしまった。

お返しを懸命に考えていると、『移動中に岩山蛇《クラギースネイク》が進路妨害をしたから、グリゼルダ副隊長が一人で倒した』とヴォルフに説明され、遠い目になった。

魔物討伐部隊といい、ジャン夫妻といい、魔物にとってはなんとも理不尽な存在に違いない。

「怪我《けが》はしないようにしているけど、念のため、あった方がいいわよね……」

一人で魔導具師の仕事をするようになり、気になることのひとつが怪我だ。

慌てずポーションで処置するか、神殿に行くために馬場まで移動できればいいが、痛みで動けなくなる可能性もある。痛みが止まれば、対処の幅も広がるだろう。

通常は一角獣《ユニコーン》の効果のみとし、岩山蛇《クラギースネイク》の牙は非常時だけ起動できるよう、表裏二枚でペンダントを作ることにした。

灰色の牙は一角獣《ユニコーン》の角よりもかなり硬い。糸鋸だけでは無理で、魔力を込めながらカットし、成形する。二つは固定せず、重ねておくだけにした。幸い、魔力のぶつかり合いはなかった。

こうして、表が岩山蛇《クラギースネイク》の牙、裏が一角獣《ユニコーン》の角という、なかなかに珍しいペンダントができあがった。

悩むのは、表面の模様だ。自分の名からの単純な連想で、ダリアの花も考えたが、なんとなく気がのらない。

昔、イルマと子爵以上だと家の紋章があるという世間話をしていて、『ダリヤの紋章ならスライムよね！』と言われたが、それこそ彫りたくはない。

悩んだ末、お守り代わりに犬を彫ることにした。

岩山蛇《クラギースネイク》の牙の上、番犬にいいという夜犬《ナイトドッグ》をシルエットで入れてみる。なかなかにかっこよく仕上がった。女性向けから一気にイメージが離れたが、鎖を長くし、見えない位置にするつもりなので問題はないはずだ。

鎖の長さ調整をしていると、門のベルが鳴った。外で待っていたのは配達の馬車である。

届けられたのは、ルチアと共に回った店で購入した洋服だった。枚数はそう多くないが、今までで一番冬服にお金をかけた気がする。

あのとき、同級生だった男性店員に勧められた赤みの強い茶のコートも入っていた。

新しい洋服はすべて三階に運び、クローゼットに吊《つ》るす。靴は厚い紙箱から出し、玄関横の靴棚に入れることにする。だが、靴を取り出すと、どうにも気になって、試し履きをすることにした。

あの日、ランドルフとのお茶会の後、馬場に向かう途中、ショーウィンドウ前で足が止まった。飾られていたのは、自分の髪と同じ色のハイヒールだ。靴の後ろにリボンのついたそれは、今世では少し珍しいデザインだった。

赤い靴など絶対に履かないだろう、そう思っていたのに、かわいさと質感が一目で気に入った。踵《かかと》が高すぎる、赤だと持っている服と合わせるのが大変そう、そんな思いもあったが振りきった。

自分の好きなものは好きでいいと思う、そうランドルフに言ったのは自分である。

ダリヤは初めて靴の衝動買いをした。

こうして手にしてみても、やはり好きなデザインだ。だが、やわらかな革を撫《な》でながら、踵の高さを確認してちょっとだけ眉が寄る。今世、初めての七センチハイヒールである。

ルチアは平気で十センチも履きこなすが、ダリヤにはこれでもかなり高い。

踵の高い靴は少しずつ慣れないとうまく歩けないし、慣らしておかないとひどい靴擦れになる。好きな靴でもそれは避けたいので、今日からちょっとずつ慣らし履きをすることにした。

「わぁ……」

靴を履き替えて立つと、視界が高くなったのがよくわかる。

一段上の棚に、踏み台なしでぎりぎり手が届きそうだ。ちょっと便利かもしれない。

ゆっくり歩いてみたが、靴店での調整のおかげか、痛みもなく、歩きやすかった。

しかし、階段は五段上っただけで、そろりそろりと下りてきた。安全に階段を上り下りするには、練習が必要そうだ。

そろそろ元の靴に履き替えようと思ったとき、今度は塔のドアベルが鳴った。

ダリヤはそのままドアを開ける。

「ヴォルフ？」

「急でごめん。遠征が一日早く終わったから、これだけ届けようと思って」

彼が手にしているのは、氷の詰まった袋である。氷の中央に塊《かたまり》の肉があった。

「それ、お肉ですか？」

「ああ、首長大鳥《くびながおおどり》のモモ。ちょっと硬いけど味はいい。焼いてもスープでも……あれ、ダリヤ？」

ヴォルフが不思議そうに自分を見た。自分から見る彼も少し違う。

そこでようやくハイヒールのせいで、視線がいつもより近いのだと気づいた。

ヴォルフはかなり背が高い。いつも見上げていたその顔が高さを変えるのは、ちょっとだけ不思議だ。

「えっと、新しい靴を買いまして、試し履きをしていました。いつもより踵が高いんです」

説明してから、前の靴を置いている椅子に向かって歩く。

ヴォルフの手前、おかしな歩き方にならぬよう必死である。そして、意地でも気づかれたくない。

「きれいな赤い靴だね。ダリヤにとてもよく似合ってる」

ヴォルフに褒められた瞬間、『私には派手ではないですか？』そう言いそうになってやめた。

自分が気に入って買ったものだ。似合うと言われたなら、これからは素直に喜ぼう。

「ありがとうございます」

振り返り、精一杯の笑みでダリヤは応えた。

「今回の遠征はどうでした？」

「その首長大鳥《くびながおおどり》を仕留めに行ったんだけど、一日で済んだから。それも半日は解体だったし」

氷漬けにされた首長大鳥《くびながおおどり》の肉は、なかなかに大きい。氷を含めて重量があるので、二階の台所までヴォルフが運んでくれた。

「今日はこれをお料理しましょうか？」

「いや、俺は遠征でたくさん食べてきたから。味がよかったから、それはダリヤが食べてくれればと思って。ある意味、君が仕留めたようなものだし」

「はい？」

ヴォルフが天狼《スコル》の腕輪で跳んで仕留めたのだろうか——そう考えていると、彼が言葉を続けた。

「この前の疾風《しっぷう》の魔剣を、風魔法持ちの後輩が投げて仕留めたんだ。一撃で済んだし、誰も怪我なく帰ってこられた」

「それはよかったです」

「それで、疾風の魔剣をもう一本作るか、矢にできないものかと……」

その後、ヴォルフから遠征の話を詳しく聞いて納得した。

首長大鳥《くびながおおどり》にはほんの少し同情したが、あの短剣で安全に魔物を倒せたなら、何よりである。

「作ってもかまいませんが、威力を上げたいなら、もう少しいい材質の短剣が必要ですね。でも、矢にした方が効果的なら、ミスリル線も太くする方がいいかもしれません」

「そうだね。あと、できればこの前作った魔剣は、俺の方で保管しておきたいんだけど……」

「かまいませんよ、ヴォルフの魔剣ですから」

「ありがとう」

なぜお礼を言われたのか不思議になり、ついその黄金の目を見返す。けれど、彼はただ、にこやかに微笑《ほほえ》んでいるだけだった。

少しだけ水が出せ、研ぎが要らないというだけの『嘆きの魔剣』も大事そうに持って帰ったヴォルフだ。きっと魔剣コレクションのひとつにしたいのだろう。

「短剣の仕様書を書きますので、それを参考に、魔力の多い魔導具師さんか魔導師さんに改良してもらってください。そうすれば威力も上げられると思いますので。そういえば、王城の大剛弓《だいごうきゅう》って、材質はなんでしょうか？」

「ワイバーンの骨だって。弦《つる》は魔羊《まよう》と二角獣《バイコーン》の毛だね」

「そうなると、私の魔力では付与に足りないと思います。あと、私が魔剣を作ったとわかるのはまずいので……」

イヴァーノに言われたことを思い出しつつ言うと、ヴォルフは深くうなずいた。

「兄に相談しようと思う。ただそうすると、魔剣のことは兄とヨナス先生に知られることになるけれど、問題ないだろうか？」

「大丈夫です」

グイードは弟のヴォルフを大切にしているし、ヨナスはグイードの友人で部下だという。なんの問題もないだろう。

「大剛弓で魔物に近づかずに仕留められるようになったら、赤鎧《スカーレットアーマー》の仕事がかなり減りそうだ」

「安全になっていいじゃないですか」

いつか余裕をもって討伐できるようになり、危険な赤鎧《スカーレットアーマー》役自体が不要になればいい――つい
そう思ってしまった。

「討伐の時は、遠距離攻撃の魔法は使わないんですか？」

「それなりに使うけど、魔物は魔法防御が高めなのが多いから。遠距離魔法や広域魔法は上級魔導師しか使えないし、強い風魔法や水魔法だと畑の土も作物もなくなってしまう。火魔法は攻撃力があるけど、火事の危険があるから森や草原ではなるべく控えているし。魔法は場所を選ぶから」

「魔力の強い人ほど、加減が難しいって聞きますからね……」

高等学院時代、強い火魔法を持つ者は、焼き芋をしようとして芋と薪《まき》を炭化、四散させていた。

氷魔法の得意な者は、夏に果物水を冷やそうとして、氷の中に閉じこめられたグラスをうらめしげに眺めていた。

最近では、マルチェラがレンガを作ろうとして、角のない、大きな丸い石になると悩んでいた。

漬物石としてひとつもらったが、密度が高く重い、赤レンガ色のモダンな仕上がりだった。

魔力が多いと、控えめにする制御の方が難しいそうだ。

「少し冷えてきたね」

「もうすぐ十一月ですから」

台所は換気のために窓を開けていた。吹き込んできた夕暮れの風は、かなり冷たい。

今年の夏は早く来たように感じたが、この分だと冬の訪れも早いかもしれない。

「ヴォルフはこの後、予定がありますか？」

「いや、屋敷に戻って休むだけ」

「すみませんが、力仕事をお願いしてもいいでしょうか？　魔導具で暖房器具を試作したんですが、二階に運ぶのにちょっと力がいるので」

「もちろん手伝うよ。どんな暖房器具？」

「ええと……座ったら動きづらくなるような暖房器具ですね」

「ダリヤ、危険な物はやめておこう！」

使っているところを思い出しつつ言うと、ヴォルフに真顔で止められた。

「危険ではないんですよ、ローテーブルというか、座卓に火の魔石と風の魔石をつけただけです」

「ローテーブルで、そのまま鉄板焼きができるとか、炎が上に思いきり噴き上がるとか？」

それは暖房器具ではなく調理器具だろう。あと、どうしてそう、強火力の物騒なものを想像するのだ？　幼少時に作ったドライヤーはともかく、火炎放射器になるようなものはそんなに作っていない。

「鉄板焼きのテーブルはありかもしれませんが、家で暖房に使うより、お店の調理器具かと。今回のは座卓の下を温かくするるんです」

「火は噴かない？」

「噴きません！　大体そんなことになったら、脚も床も焦げますよね？」

「うん、ほんの冗談……」

目をそらして答える彼に納得がいかない。

しかし、ここで説得するのも癪《しゃく》である。とりあえず、一階の仕事場へと移動することにした。


「これを運んでもらえますか？」

仕事場の隅に置いていたのは、木製の真四角な座卓と天板だ。

天板が厚めで少々重く、ダリヤでは、階段を上って運ぶのにぶつけぬ自信がなかった。

「わかった。二階でいいんだよね」

ヴォルフは座卓と天板をまとめて持ち、足取りも軽く階段を上る。いつもながら持っている物の重さが感じられない。

ダリヤはつい見送りそうになり、慌てて後に続いた。

二階に戻ると、座卓と天板は部屋の端に置いてもらい、二人掛けのソファーを壁際ぎりぎりにずらす。

すでにあるローテーブルと一人掛けのソファーは四階の書斎に運んでもらうことにした。

その間に、ダリヤは空いた床に大きな羊毛のラグを二枚敷く。どちらも厚手なので、床からの冷えは上がらないだろう。

戻ってきたヴォルフにラグの上に座卓を載せてもらい、その脚につけたスイッチを入れる。

座卓の裏面には、魔導回路を組み、火と風の魔石をセットすることにより、温かで弱い温風が出てくるようになっている。ドライヤーの応用である。

動作と温度を確認すると、座卓の上に厚めの毛布を二枚、交差させてかぶせた。その上に天板を載せればできあがりである。

ヴォルフは完成した毛布付き座卓を見つめ、目を丸くしていた。

「『温熱座卓』といいます。本当は正方形の上掛けがあればいいんですが、間に合わなかったので。やっぱり変ですか？」

「いや、珍しくて——床に座って使う暖房器具というのは初めて見たから」

上掛けが毛布なのでちょっとしまらないが、前世のコタツに近い。電気ではなく魔石なので、コードレスなのがありがたいところだ。

「椅子とテーブルでもできますが、この方がリラックスできるかと思いまして……靴は脱いで、ラグに上がって、足を入れてみてください」

薄く大きいクッションをヴォルフに渡し、向かい合わせに座った。

「確かに床に座る方が足を伸ばせるから、暖まりやすいかな……でも、少しぬるくないかな？　座ったら動けなくなるって、足が痺《しび》れるから？」

「それについては、後でもう一度、感想を聞かせてください」

この国では、暖炉や火の魔石による強めの暖房器具がほとんどなので、ぬるいと感じてしまうのだろう。

だが、温熱座卓は低温火傷《やけど》が怖いので、一定の温度より熱くなると、魔導回路側で魔力が止まるようにしてある。また、連続で使用すると四時間ほどで一度切れるようにした。

座ったら動けなくなるかどうかについては、しばらく時間をおいて確認したいところだ。

「しばらく稼働させたいのでこのままで……ヴォルフ、よかったら夕飯に付き合ってもらえませんか？　今日は簡単にお魚の鍋ですが」

「ありがとう。いつもすまない、今日は肉を置いたらすぐ帰るつもりだったんだけど」

「いえ、温熱座卓を設置してもらいましたし、後でこの感想を伺いたいので」

「わかった。レポートをしっかり書くよ」

以前、五本指靴下と靴の中敷きの使用感のレポートを頼んだことを思い出し、ダリヤは笑ってしまう。

「羊皮紙五枚はやめてくださいね」

そう言うと、今度はヴォルフが大きく笑った。

二人で台所に移動すると、二つの鍋に湯を沸かし、その間に切っておいた鮭《さけ》の身に塩をふる。

オルディネの鮭は味が濃いが、臭みが残ることが多い。塩をふって熱湯をかければほぼ取れるので、欠かせない下処理だ。

ヴォルフは横で白菜やキノコ、ネギなどを一口サイズに切っている。すっかり手慣れた様子だ。

鮭に湯をかけ終えると、小鍋に再び湯を沸かす。

鮭鍋と共に準備するのは、中辛の東酒《あずまざけ》と白い陶器の片口《かたくち》である。

「東酒を温めるのかい？　前に言っていた『燗《かん》』っていうものだろうか？」

東酒を入れた片口を沸いた湯にそっと沈めると、ヴォルフが興味深そうに聞いてきた。

いつも冷たいままで飲んでいた酒を、燗にするのが不思議なのだろう。

「ええ、そうです。今日は冷えるので、『ぬる燗』にしてみようと思いまして」

ぬる燗は四十度程度とぬるめだ。鮭鍋と相性がいい酒を選んだつもりだが、こればかりは食べて飲んでみないとわからない。

鮭鍋が仕上がり、錫器《すずき》のぐい呑《の》みを準備すると、居間の温熱座卓へと運んだ。

温熱座卓には小型魔導コンロ、その上の鍋で、鮭と野菜が白い湯気を上げる。その横に、ストックの蒸し鶏にマスタードを添えたものと、野菜の浅漬けを並べた。

あとは陶器の片口から、錫のぐい呑みに酒を注《つ》ぐだけだ。

「お酒、注ぎますね」

「ああ、ありがとう」

片口から、銀色のぐい呑みに注ぐ酒は、ややとろりとした質感に見える。

自分のぐい呑みにも注ごうとした時、ヴォルフに片口をそっとつかまれた。彼は当然のようにダリヤにぐい呑みを持たせ、酒を注ぎ返す。

ワインの時と変わりはない、ただ酒を注ぎ合うだけのことなのだが、妙に落ち着かなくなる。

「遠征の成功と、温熱座卓がうまくいくように、乾杯」

「ええと……鮭鍋がうまく煮えていますように、乾杯」

いきなり斜め上な乾杯になってしまったが、二人とも笑いもせず、酒を口にした。

ぬる燗にされた少しだけ濁りのある東酒は、口の中を冷やしも温めもせず、ただまっすぐに酒の味を伝えてくる。

この東酒は中辛だというが、やや甘口寄りらしい。するりと喉を通った後、米の酒らしい甘い香りが鼻に抜け、じんわりと体の奥に東酒独特の熱を宿す。

そして、口に少しだけ残る酒の味が、二口目《ふたくち》を誘うように浮き上がった。

「ぬる燗にすると、味が広がるんだね……」

ダリヤの向かい、ため息に似た声の主が、すでに空になったぐい呑みを眺めていた。そこに追加の酒を注いでから、深めの椀《わん》に盛った鮭鍋を勧める。

「塩味はついていますが、好みでショウガのすりおろしや唐辛子を使ってください」

本当は味噌《みそ》が欲しいところだが、あいにくと売っていない。このため、塩と少しだけのバターで味をつけた。

もし味が合わなかったり、臭みが残っているときは、ショウガか唐辛子をかけてもらうことにする。

「遠慮なく頂きます」

すっかり箸の使い方にも慣れたヴォルフが、一口目から鮭にいった。

思いのほか熱かったのだろう。はふはふと息を吐き、その後に丁寧に丁寧に咀嚼《そしゃく》している。

鮭はやわらかに煮えているはずだ。そんなに噛《か》まなくてもいいと言いたいところだが、味わっているようなので、そっとしておいた。

ダリヤも椀に取り分け、最初に鮭を食べてみた。ほろりと舌に崩れる身はやわらかで、臭みはまったくない。丁寧に骨取りをした甲斐《かい》があったようで、口に当たることもなかった。

青物、キノコ、白菜と一通りの野菜も食べてみたが、どれも鮭のうまみをしっかり吸い込んで、おいしく仕上がっている。

最後に汁を飲んだが、正直、これが一番おいしいのではないかと思える豊かな味だった。

「……この味わいは、どこから来たんだろう……？」

独り言なのか、空の椀に話しかけているのか、微妙に判断ができない。

黄金の目は少しだけ細められ、どこか悲しげにも見えた。

「どうしたんですか、ヴォルフ？」

「全部知っている材料で、それぞれ味もわかっているのに、なんでこんなにおいしいのかと……ダリヤの作る鮭鍋って、何か秘密があるとか？」

「何もありません。ヴォルフも横で見てたじゃないですか。火の通りにくい具材から入れて、ただ煮ただけです。調味料もごく普通です」

「なんだか納得いかない……」

どこが納得できないのか理解できないが、とりあえず椀に特盛りにしてヴォルフに勧める。

そして、雑談を交わしつつ食事を続けた。


鮭鍋を食べ終えると、二つのぐい呑みも片口もちょうど空になった。

「ぬる燗を作ってきます。ヴォルフは遠征で疲れているでしょう？　横になっていていいですよ」

「すまない。行儀が悪いけどそうさせてもらうよ」

ダリヤの言葉に従い、ヴォルフがその場で横になる。

昨日までの遠征での疲れ、今日の昼の隊での酒。そして今、鍋を食べてのぬる燗。部屋の温度は少し低いが、足は温熱座卓で温かく、体の下は厚手の羊毛ラグである。

瞼《まぶた》はすぐに下がってしまった。

ダリヤが追加のぬる燗を作って戻ってくると、黒髪の主はその身を丸くして目を閉じていた。薄いクッションを二つ折りの枕にし、上掛けにとっぷりと肩まで隠している。

教えてはいないのに満喫体勢を編み出している彼に、つい笑んでしまった。

だが、ヴォルフは熟睡してはいなかったらしい。ゆっくりと開いた眠そうな金の目が、じっとこちらを見返してきた。

「……これが天国か……」

「そこで死なないでください」

せつなげに言う彼を思わず止めた。

ぬる燗を座卓に置くと、ヴォルフはごそごそと体勢を変えたが、まだ起き上がれずにいる。

そのまま二つ折りのクッションを抱きしめると、深くため息をついた。

「ああ、よくわかった……これは動けない、本当に駄目になる……」

「だから言ったじゃないですか、座ったら動きづらくなるって」

「座ったら動きづらいどころじゃなく、なに、この出たくなさと何もしたくなさは？　もう『堕落座卓』でいいよ……」

いきなり罪つくりで縁起でもない名を付けないでほしい。

「これは『温熱座卓』です」

「これって、いつから開発してた魔導具？」

「一昨年です。一人用の小さいのを試作したんですが、父に使わせたら離さなくなってしまって……亀のように背負って移動しようとしたので解体しました。冬になったら大きい座卓できちんと作り直して、ここに置こうと思ってたんですが」

「そうか……」

その次の初夏、父が急逝し、慌ただしいままに過ぎてしまった。

何度か思い出しても、父の姿が重なって作る気にはなれなかった。

「今年、もうちょっと早く作って、冬に売り出せたらと思っていたんですが、何かと忙しくて」

夏の終わりに一度思い出したが、魔導具師の授業にスライム養殖場見学、イルマの腕輪制作に、ロセッティ商会に人員が増えたりで、すっかり忘れていた。

ようやく思い出したのは、風を冷たく感じた少し前――ヴォルフと武器屋に行った日のことだ。

父の思い出はいまだ胸が痛むこともあるが、気持ちを切り替えて作ることができた。

「テーブル自体が魔導具か。かなり高そうだね」

「いえ、座卓代とドライヤー二つ分が原価です。作るのも簡単ですし。なんなら兵舎に一台持っていきます？」

「すごく持って帰りたい……でも、見つかったら騒ぎになる気がする。もしくは俺の部屋がたまり場になる。その前に部屋が狭くて置くのが厳しそうだけど」

「スカルファロット家のお屋敷で、ヴォルフの部屋に置けばいいのでは？」

「自室に置いたら兵舎に戻れなくなりそうだ。その前に今、ここから出られない可能性が……いや、ここで負けては駄目だ！」

ヴォルフは気合いを振り絞るようにして起き上がると、片口を持ち、ダリヤのぐい呑みに注いでくれた。

「ダリヤ、作るのに時間がかからないなら、これから少し急いで作って売ってもいいんじゃないかな？　まだまだ寒くなるんだし、これを欲しがる人は多いと思う」

「そうですね。明日、イヴァーノに仕様書と図面を持っていって相談してみます。あ、マルチェラとメーナにも見てもらった方がいいのかも……」

「いや、実際にこれを試させて、みんな同じところに堕《お》としてからの方が早いと思う」

「堕としてからって……」

言い方が悪いが、少し納得もする。

ヴォルフも温熱座卓で一定時間くつろぐまでは納得しなかったのだ。理解してもらうには、口で説明するだけでは難しいだろう。

それに脚のスイッチが、使うときに今一つ面倒な気もする。このあたりはフェルモに相談した方がいいかもしれない。きっと使いやすくなるようアドバイスしてくれるだろう――いろいろと考えを巡らせていると、目の前のヴォルフが身を丸め、その白い頬《ほお》を天板にぺたりとつけた。

「行動力も意志力も奪うこの『堕落座卓』の力は、堕ちた者にしかわからないんだ……」

言いたいことは多々あるが、とりあえず、『堕落座卓』と確定的に呼ぶのをやめてほしかった。

◆◆◆◆◆◆

翌日、緑の塔、二階の居間には、ため息交じりの声が響いていた。

「これが『堕落座卓』、よく理解しました……」

「簡単な機構なのに、なんでこんなことになるんだよ……」

「僕はやったことないですけど、禁止されてる薬にハマるのってこんな感じですかね？」

「俺もやったことはねえが、近いんじゃないかって思えてくるな……」

不穏な言葉を交わしつつ、二台の温熱座卓にとっぷりと入っている男達がいる。イヴァーノとフェルモ、そして、メーナとマルチェラだ。

温熱座卓に足を入れ、二つ折りにしたクッションを頭の下に入れたり、抱きかかえたりして、それぞれ床のラグに転がっている。

それを眺めつつ、ダリヤとヴォルフはテーブル横の椅子に座っていた。

事の発端は昨夜、温熱座卓に入ったヴォルフが、商会員にも温熱座卓を試させ、正しく理解してもらおうと提案してきたことだ。

確かに実際に試してもらった方がわかりやすい。

それに、忌憚《きたん》ない意見が聞けるかもと思い、昼食を塔で全員でとることにした。

また、フェルモに温熱座卓の機構の相談がしたいとイヴァーノに伝えたところ、そのまま昼食会に連れてきてくれた。

皆が来るのを待つ間に、温熱座卓一台を追加で作った。そして、ヴォルフに買ってきてもらった魚介と野菜で簡単な鍋を作り、ありあわせの料理と、グラスに半分だけの東酒を出した。

満腹になったら、各自、自由にくつろいでもらうという、『温熱座卓お試し会』だ。

「敷物の上に座卓か、ちょっと東ノ国《あずまのくに》っぽいな……」

「『堕落座卓』ってこれですか？　中で温風が出るんですよね？」

「はい、そうです」

「外側は普通の座卓に毛布かけただけだよな。座卓に何か付与はあるか？　『堕落座卓』っていうからには、眠くなるとか、幻影が見られるとか？」

「いえ、何もないですよ。単純な暖房器具です。あと『堕落座卓』ではなくて、『温熱座卓』です」

「手足は確かに温まりそうですね。でも、もうちょっと熱くてもいいかと……」

「いや、これでいいんだ。とりあえず一時間もしたらわかってもらえると思う、この『堕落座卓』のすごさを……！」

ヴォルフの力説に、四人とも少々微妙な顔で温熱座卓に足を入れ、昼食会がスタートした。

座卓の上に小型魔導コンロを置き、魚介と野菜の鍋をつつき、仕事の話や雑談をする。

ヴォルフとダリヤはテーブルと椅子の方で、同じ料理を食べた。

鍋だけでは男性陣は午後お腹がすくだろうと思えたので、鶏の蒸し物や煮豆なども出した。

料理がうまい、酒が追加で欲しくなるといった声は上がったが、温熱座卓に関してはそれほど話題に上らなかった。

だが、食後すぐ、イヴァーノがラグの上にごろりと崩れた。

「おいしかったです……思いきり食べすぎるほどに……」

「本当にうまかった。しかし、酒が欲しくなる暖房器具とはな……」

両手を背中側の床についたフェルモが、じっと温熱座卓を見ながら言う。

並べて置いてあるもう一つの温熱座卓では、マルチェラがテーブルに肘をのせ、メーナと話している。聞き役となっているメーナは、毛布をもこもこと体に寄せ、笑顔だった。

そして、十分後の現在――気がつけば全員が、温熱座卓の周囲で転がっていた。

限られたスペース上、少々狭そうではある。だが、誰一人ソファーに移動しないし、立ち上がりもしない。一応、食後向けに氷を入れた炭酸水を出してみたが、誰も手をつけない。

そして、不穏な会話になっているのが今である。

「皆に『堕落座卓』を理解してもらえてうれしいよ」

最初に炭酸水に口をつけたヴォルフが、涼しい顔で男達に告げる。

本日、ヴォルフが一度も『温熱座卓』と呼んでいないことを指摘しようとしたとき、フェルモが首だけをこちらに向けた。

「よ～くわかった。これじゃぬるいと思ったが、こういうことか。熱くなりすぎない方がいいな」

「はい、一定温度以上にならないように、あと、時間がたつと最弱になって、その後に止まるようにしています。火傷と火事が怖いので」

「火傷と火事……そのあたりの注意は説明書にも詳しく書いておく方がいいですね。もしものことがないように」

イヴァーノが、ポケットから手帳を出してメモをしはじめた。それでも起き上がろうとも出てこようともしない。糊《のり》の利いたズボンは絶対に皺《しわ》になっているだろう。

「このまま、ずっと出たくないです……このまま眠りたい……」

「まったくだ。ダリヤちゃん、これが家にあったら、皆引きこもるぞ。食事処と酒場大打撃だ」

顔半分まで毛布に隠れたメーナと、自分の腕を枕にしているマルチェラに、つい笑ってしまう。くつろぎ方にも性格が出るらしい。

「それなら、床に座れる部屋を作って、温熱座卓を設置したら、お店にお客さんを呼べるんじゃないでしょうか？」

「ダリヤ、黒鍋《くろなべ》の副店長に堕落座卓を紹介してもいいかな？　この前、冬の集客の話をしてたから」

「いいですよ。お店の温熱座卓でのんびり飲めるのもいいと思うので」

「なかなか帰らなくて、店の回転率が下がりそうだな……」

「それなら時間で区切ればいいです。延長は追加料金で」

さらりと言ったイヴァーノが、手帳を眺めつつ言葉を続ける。

「せっかくですから、黒鍋さんでも、堕落座卓を宣伝してもらえればいいですね。あそこは結構騎士の皆さんが出入りしますし、天板にロセッティ商会って入れておけば、いい宣伝になりそうです。宣伝費分ぐらいは商会で勉強してもいいですし」

イヴァーノの提案になるほどと思っていると、毛布からメーナが顔を出した。

「堕落座卓に合うような、テイクアウトを増やせばいいんじゃないですか？　小型魔導コンロで温められるメニューで。あと、さっきの鍋みたいな感じで、食材をパックにして一人用とか二人用にしたら、売れそうな気がします。仕事で遅くなると、食べに行くのも面倒なんで」

「メーナ、いい考えですね！　後でギルドから食堂と食料品店に連携のお誘いをしてみますか。堕落座卓と小型魔導コンロとをセットで売るのもあり、冬に向けて小型魔導コンロと食材パックの宣伝をつけてもいいですね。そっか、逆に食堂と食料品店から広告費をとるのもありか……」

「イヴァーノの目が金色《かねいろ》になってきたぞ……」

いろいろなアイディアが出てくるのはとても楽しい。

しかし、誰も『温熱座卓』と呼んでいないのは気のせいだろうか。このままでは、『堕落座卓』が正式名称になってしまいそうだ。

「皆さん、言っておきますが、名称は『堕落座卓』ではなくて、『温熱座卓』です」

きっぱりと言い切ったダリヤに、全員が決まり悪そうな顔をする。

悪名の名付け親であるヴォルフにいたっては、視線をそっと壁に泳がせていた。

「つい、な……」

「ええ、つい……」

静まりかえった中、カランとグラスの氷が崩れた。ダリヤはその音でひらめく。

「あ！　水か氷の魔石も付けられるようにして、冷風を循環させるのもいいかもしれません。そうしたら夏も使える、『温冷座卓』ができます！」

「会長、それダメです！」

いい思いつきのつもりが、イヴァーノに全力で否定された。

「最初にこっちで売りましょう！　急いで作らなきゃいけないんですから。冷風が出るのは、登録だけしておいて、来年、改良型として一気に出しましょう。余裕のあるところは買い直してくれるでしょうし。型違いとか改良品は、また別に、再度売れるんですよ！」

「そうきたか。まあ、確かになぁ、売れるだろうな……」

「……イヴァーノ、黒い」

「商売人には褒め言葉です。とってもいい響きですよね、『黒字』って！」

勢いよく言う紺藍の目の男に、皆が苦笑する。

「でも、買ってくれる人に対して失礼じゃないでしょうか？　来年、さらに機能が追加されるのに、今年の製品にないのは――」

「失礼ではないと思いますよ。来年までに、ここから改良点が出てくるかもしれないじゃないですか。そこも含めて、来年改良型にすればいいです。それに、機構が増えたら時間がかかりますし、作るのが今年の冬に間に合わなくなります。温熱座卓で得られるお客様の幸福度が減ります」

「確かに、これはできるだけ早く欲しいよね……」

「これがあれば冬の冷えを忘れられそうだし、足腰が助かるって奴もいると思うぞ」

イヴァーノをはじめ、ヴォルフとフェルモにも説得され、ダリヤは折れることにした。

「わかりました。でも、価格的に不公平にならないよう、来年に出すときは、温熱ユニットを温冷ユニットにお得に替えられるようにしたいです」

「もちろんです、会長！　部品付け替え売りはお得ですしね！」

イヴァーノには大変喜ばれた。

「じゃあ、本体は商業ギルドを通すことにして、堕落座卓の上掛けと下敷き、二つ折りできる薄手のクッションは、すぐ服飾ギルドに回しますね。商業ギルドでもできますが、大量に布を扱うなら、あちらの方が早いでしょうから」

「毛布も使えるとはいえ、最初から一緒に量産してもらう方がいいだろうな。縫うのにはどうしても時間がかかる」

「一歩間違うと、王都でダブルの毛布とか、ロングの毛布が品薄になるかもしれませんね」

メーナの冗談を聞きつつ、ふと考える。毛布でも専用の上掛けでもいいのだが、乾きづらい冬、ちょっと洗濯が大変だ。洗濯店に持っていくにしても、なかなかかさばる。

「上掛けと下敷きに、布カバーが付けられればお洗濯が楽だと思います。汚したときにも替えカバーがあると便利ですし、色やデザインも部屋に合わせられるので。このあたりはルチアが得意だと思います。あと、薄手のクッションもカバーがあった方がいいかもしれません。すべて、なるべく燃えづらい素材でお願いします」

「わかりました、会長。上掛けと下敷きに、それぞれのカバー、薄めのクッションとそのカバーですね。フォルト様とルチアさん、きっと喜ぶと思いますよ」

「……大泣きするほど喜ばれそうだな」

笑顔でメモをとるイヴァーノの横、フェルモがぼそりとつぶやく。

「会長、これ、簡単に作れるなら、これから二台ほど急ぎでお願いできませんか？　俺、ガブリエラさんとフォルト様のところに持っていきますから。マルチェラとメーナは、馬車で買い出しをお願いします」

「わかりました、副会長。天板付きの座卓を二つ、これと似たサイズでいいですか？」

「いいえ、天板付きの座卓を、まずは店頭にあるだけ買ってきてください。どうせここにいる全員、欲しいでしょ？　欲しくない人、います？」

イヴァーノの問いに、誰も答えない。全員が欲しいと思ってくれるなら、とてもうれしいことだ。

作るのは、ドライヤーの応用で難しくはない。座卓を動かしてもらう作業を誰かに頼めれば、全員分でも半日あればできるだろう――そう考えていると、フェルモに声をかけられた。

「ダリヤさん、一人で数を作るのは大変だろ。午後空いてるから手伝うぜ。魔導具だから、俺にできることは少ないかもしれないが」

「ありがとうございます。機構は簡単なので、魔導回路以外は全部お願いできるかと思います」

「そりゃよかった！　フェルモ、今日は休みでお暇でしたよねー！」

「イヴァーノ、何が後で酒を奢《おご》るだ……これを見越してただろ？」

「いいえ、純粋に幸運なる偶然です。それにしっかり奢りますよ、今日の仕事が終わったら」

「すみません、フェルモさん。私がお酒の代金は出しますので……」

貴重な休みをつぶして手伝ってもらうのだ、それぐらいは出して当然だろう。そう思って言ってみたが、彼は首を大きく横に振った。

「いや、ダリヤさんからは受け取れない。世話になってるし、さっき昼飯をご馳走《ちそう》になったしな。ああ、そうだ、堕落座卓が早めに欲しいからってことで頼む」

「それなら、今日持って帰れるように作りますので」

「フェルモも、ハマったんだね」

「まあ、そうなんだが……うちのバルバラが冷え性だからな。部屋に置いといてやりたい」

ちょっと目をそらしつつ告げる彼に、とても納得した。愛妻家らしい言葉である。

「じゃ、製品を堪能しながら、宣伝文句を考えましょうか」

「『冬の暖房費削減の温熱座卓』はどうでしょう？　火と風の魔石の消費が少なめなので」

「それいいですね。暖房費はやっぱり気になりますから」

「いい文句が出てこないが、『皆で同じ部屋で過ごすための暖房器具』って感じは？　これ、大きいの作って居間に置いておけば、自然とそこに集まるだろ」

「なるほど……」

「同じ部屋で過ごすため……だと、二人用を作って『夫婦仲改善座卓』なんかもありですかね？ちょっと冷え気味の関係を温めるということで」

「副会長、それ、独り身の僕には、むしろ寒い話なんですが……」

「そこは『恋人仲進展座卓』も付け加えればいい。『温熱座卓を買ったんだ、部屋に見に来ないか？』とか、適当に理由つけられるだろ」

待ってほしい、後半はナンパや誘いであって、宣伝文句ではない。その内容なら、温熱座卓でなくてもいいではないか。

「さすがフェルモ、奥さんを道端で捕まえた男」

「おい、イヴァーノ、その話はやめろっつってんだろ……」

「奥さんを道端で？　フェルモさん、ぜひ詳しく教えてください」

フェルモは渋い顔で流そうとしているが、メーナが笑顔で尋ねている。すでに事実であることを知っているので、ダリヤはただ口をつぐむ。

「とりあえず、俺はこの冬、座卓づくりの職人が倒れそうなほど忙しくなることに、アクアビットを賭ける」

「じゃ、俺はこの上掛けと下敷きを作る職人の冬休みが、木《こ》っ端《ぱ》微塵《みじん》になる方にアクアビットを賭ける」

ヴォルフとマルチェラがジャガイモの蒸留酒を賭けて話し合っているが、成立していない。

大体、賭ける内容もひどい。

そんなに一気に普及する暖房魔導具——前世で言えばこれは家電だが——は、そうそうない。

「ダリヤさん、価格設定はどうします？　利益率は五割どころか六割は軽くいけそうですが」

「貴族向けはそれでいいですが、庶民向けは利益率を最小限で、数を出したいです」

「わかりました」

反対するだろうと思ったイヴァーノが、あっさりうなずいた。

「いいんですか、イヴァーノ？」

「ええ、会長のご希望通りで。利益率の高いのは貴族用に材質や装飾に凝ったのを作ればいいですし」

会話の中で貴族の服装を想像し、ふと気づいた。

貴族女性のドレスでは床に座るのは辛い。それに貴族男性の服も、皺だらけになったらまずい。騎士などのロングブーツも脱ぎづらそうだ。

かといって、いちいち着替えるのも履き替えるのも難しいだろう。

「貴族用は座卓じゃなく、テーブルに魔導回路をつけ、天板の下に薄い布をかけて、『温熱卓』にする方がいいかもしれません。貴族の服装だと床に座りづらいと思うので。あと、庶民でも膝が痛いとかで座りづらい人も、そちらの方が使いやすいと思います」

「それなら、お店でも選んでもらう方がいいかもしれないね。回転率を上げたいところは『温熱卓』で、なるべく長居させたいところは『堕落座卓』とか……」

ヴォルフと話していると、皆の会話がちょうど途切れたらしい。

視線を切り替えれば、紺藍の目を妙に細くしたイヴァーノがいた。

目の疲れからか、眉間を指で揉《も》んでいるフェルモが、自分に声をかける。

「ダリヤさん、今言った、テーブル状の『温熱卓』も、とりあえず仕様書と設計書を書くべきだ。後で修正が入ってもいいから」

「機構はほとんど一緒ですよ。風の強さは変えなくてはと思いますが……共通の利益契約で間に合うと思うんですが」

「似ててもドライヤーと靴乾燥機は別にしてるだろ。それに別々に書いておく方が、もしもの事故は防げるんじゃないか？」

「あ、そうですね。じゃあ、これから温熱座卓を作るついでに、テーブル型の『温熱卓』も試作しますので、できあがったら見て頂けないでしょうか？」

「ああ、もちろん。『ついで』、な……」

この後、温熱座卓から己を引き剥《は》がすように立ち上がった者達を含め、全員で一階の作業場に下りた。

作業場はそれなりのスペースがあるのだが、この人数だととても狭く感じる。

ダリヤは作業机に温熱座卓の仕様書と設計書を出し、試作回路を見せて説明した。

設計が詳しくわかるのはフェルモだけだが、全体としてそう難しくはない。座卓やテーブルの下、上掛けで区切った空間に、ドライヤーを弱くしたようなもので温風を出す——そう説明すると、全員が納得した顔になった。

「皆さん、ご意見や気になるところはないですか？」

「ぬるいとはいえ、火の魔石を使うから、熱に強い素材のテーブルや座卓を使う方が安心かな。耐熱付与ができればさらにいい」

「火の魔石をつけた部分だが、もう少し補強した方がいいんじゃないか？　大きな男が寝ぼけてうっかり蹴る可能性もあるだろ？」

「なるほど……」

それぞれの希望や指摘を図面に赤字で書き加えつつ、次の質問をする。

「気になっているのがここなんです。座卓の脚にスイッチと強弱調整器をつけてるんですが、掛け布団をかけたとき、ちょっと見えづらいかと思いまして」

「そのまま外に出るように線を延ばして、外側で調整できるようにすりゃあいい。横にスタンドを作って立てておけば一目でわかるし、踏むこともないだろ」

フェルモの提案は、有線リモコンにスタンドだった。確かにそれならわかりやすい。

「店なら逆に見えないようにした方がいいかもな。客が勝手に切ったり、悪戯《いたずら》したりしないように」

「子供がいる家なら、座卓の脚にある方がいいかもしれません。スイッチって子供にはいい玩具《おもちゃ》になりますから」

「テーブルの高さがあると、熱源が遠い分、爪先が冷えないかな？」

「それなら下にユニット付きの底板をつけて、そこから温風が吹き上がる形にすればいいだろ。上掛けを少し重いものにすりゃ熱も逃げない」

ヴォルフの問いかけに、フェルモが即答してくれた。なるほど、それならば足先から暖まりそうだ。

「テーブルの大きさはどのぐらいあればいいです？」

「二人卓、四人卓、六人卓。そのあたりでいいとは思うが、量産するときに家具職人に聞いたらどうだ？　テーブルの売れ筋から割合を出してくれるだろ」

ダリヤには考えつかなかった、大変ありがたい意見が続いた。やはり、用途に合わせて作り分けた方がいいようだ。

温熱座卓の仕様書にメモを付け加えつつ、テーブル型の温熱卓の仕様書と設計書も書いていく。

「じゃ、会長、これから持ってくる座卓とテーブルにガンガンつけてください。その間に量産ラインを作ってきますから」

「お願いします、イヴァーノさん」

さすが、できる商人で元ギルド員のイヴァーノである。

量産と流通に関しては彼に任せ、自分は温熱座卓と温熱卓、二つの改良と制作に励めばいい。

フェルモと相談し、安全でしっかりしたものにしなくては――ダリヤはそっと右拳を握る。

横に立つヴォルフは、そんなダリヤを楽しげに見つめていた。

その二人から少し離れ、イヴァーノの話はぼそぼそと続いていた。

「ガブリエラさんに相談して箝口令《かんこうれい》を敷いた上、座卓とテーブルを作ってくれる家具職人を確保しましょう。フェルモ、忙しいのは知っていますし、家具は専門ではないでしょうが、できるところだけでいいので協力してもらえませんか？　その分、ガンドルフィ商会への出資ははずみますから」

「もちろんだ。ついでに、家具職人に飲み友達がいるから、話して巻き込んどく」

「マルチェラとメーナは、これから条件に合う座卓とテーブルの買い付けに行ってください。条件はこのメモで、予算の許す限り、届け先は商業ギルドで。倉庫は俺がこれからガブリエラさんに泣きつくので大丈夫です。その足でフォルト様にも泣きついてきますから」

「それ、泣きつきに行ったフリして、泣かせてくるヤツだな……」

「さすがに同情します……」

とりあえずの形で仕様書と設計書を書くと、ダリヤは椅子から立ち上がる。

「座卓とテーブルが届く前に、暖房部分の魔導回路を、できるだけ作っておきますね」

準備のため、棚の引き出しから風の魔石をいくつか取り、木皿の上に置く。

何も言わないのに、ヴォルフがもう一つの木皿の上、火の魔石をそろえてくれた。

「俺はテーブルタイプより、堕落座卓の方がくつろげるな……やっぱり兵舎にも欲しくなるね。狭いし、家具は備え付けがあるから、置く場所がないんだけど」

とても残念そうに言う彼に、ちょっとだけ考える。

置き場所がないのなら、すでにある場所に組み込める大きさ、機構の方がいいだろう。

「それなら、小型魔石で、ミニサイズの温熱座卓を作りますよ。ベッドに入れられるくらいにしますから、そこでくつろげばいいです」

「そんなに小さくできるんだ。それなら置けそうだ」

「寝るときも使えるよう、もう一段、弱いモードをつけるといいかもしれませんね。温熱卓を作るついでに作っちゃいますから、今日、持って帰って……って、ヴォルフ、どうかしました？」

黄金の目が困惑に泳いでいる。しかも、その視線は自分を通り越していた。

「ダリヤ、後ろを見ればわかる……」

振り返れば、各自それぞれが動いていた。

メーナが無言で机の上に新しい仕様書と設計書の用紙を広げ、ペンを準備している。

フェルモは先ほどまでダリヤが座っていた椅子を引き、その隣の椅子に座っている。

マルチェラは家具店で買い付け予定のメモを再度開き、手には鉛筆を持っていた。

副会長のイヴァーノが、たいへんいい笑顔をダリヤに向けた。

「さて、会長——それも洗いざらい、書いて頂きましょうか」

「ギルド長、副ギルド長。ロセッティ商会のイヴァーノ、泣きつきに参りましたー！」

午後のお茶の時間を過ぎた頃、イヴァーノは商業ギルド長の執務室に滑り込んだ。

いつもなら、『レオーネ様』『ガブリエラさん』と呼ぶところ、わざとギルド長、副ギルド長と言い換えて。そんな自分を迎える二人は、少しばかり苦笑している。

ギルド長に当日の面会予約を取るのは難しいものだが、ロセッティ商会による『新魔導具・ご相談・できれば急ぎ』の三単語の手紙は、大変有効だったようである。

「飲んでいるの、イヴァーノ？」

「ええ、グラス半分ほど。で、新しい魔導具の説明に、こちらのスペースをお借りしていいですか？」

「かまわんぞ」

ギルド長室はなかなかに広い。空いたスペースを指さして了承を得ると、ギルド員に手伝ってもらい、運んできた温熱座卓を設置する。

早い方がいいだろうからと、ダリヤが居間に据えていた一台を持たせてくれた。移動前まで入っていたマルチェラとメーナには、少しばかり恨めしい視線を向けられたが。

執務室の絨毯《じゅうたん》の上、燃えにくい厚手の敷物を敷く。その上に温熱座卓と厚手の毛布二枚を重ね、天板を載せればできあがりだ。急拵《きゅうごしら》えなので、執務室に合わぬ外観なのは許してもらうしかない。

「こちらが試作の『温熱座卓』です。失礼ですが、靴を脱いで入って頂けないでしょうか？」

「何がしたいのか、先に聞きたいのだが？」

レオーネにひどく胡乱《うろん》な目を向けられた。

「足から体が温まる暖房器具です。中で温風が出ます」

「そういうこと。温まるまで少し時間がかかりそうね」

「入ったら、とりあえずこれを召し上がっていてください。俺はお茶を淹《い》れてきます」

座卓には籠《かご》に盛った薄皮オレンジと手拭きを置き、イヴァーノは東ノ国の緑茶を淹れに行く。

薄皮オレンジと東ノ国の緑茶は、ダリヤお勧めの組み合わせだ。

どこぞの喫茶店の組み合わせか、料理の本とかで知ったのだろう。酒にしても、食べ物にしても、ダリヤはなかなかの東ノ国びいきだ。

緑茶をトレイに載せて戻ってくると、二人は温熱座卓に入り、薄皮オレンジを口にしていた。

緑茶を勧めつつ、自分も温熱座卓に入る。

「これが仕様書と設計書です。仮なんで、数日後に正式に出します」

イヴァーノは書類を順番に天板上に並べた。

向かいのガブリエラが薄皮オレンジを渡してきたので、仕様書と引き換えに受け取る。

自分の隣、レオーネは設計書を眺めつつ、緑茶を飲んでいた。

「なかなかいいわね。ちょうどいい温かさでくつろげるし、火傷の心配もなさそうだわ」

「……悪くないな」

温熱座卓に入って緑茶を飲む二人は、とても落ち着いた様子だ。姿勢の崩れはない。

もしや、貴族というものは、自分達のように温熱座卓、いや、堕落座卓でリラックスすることがないのだろうか？　イヴァーノは一抹の不安を覚えた。

しかし、緑の塔ではあれだけの堕落力があったのだ、もう少し待つことにする。

「これを作るにあたり、倉庫と座卓を作れる家具職人が必要でして――」

温熱座卓に共に座り、説明と倉庫や家具職人についての相談を切り出す。

座卓を三人で囲み、こういった仕事の話をするというのは、なかなかに不思議な感覚である。

話を聞き終えたガブリエラが、浅く息を吐いた。

「ダリヤは、順番に開発するということができないのかしら？」

「順番に考えてましたよ。最初の温熱座卓は準備されてましたが、その後は一時間ちょっとで順番に」

温熱座卓に温冷座卓。次にテーブル型の温熱卓、ベッドの中に入れられる小型温熱座卓と続いた。

緑の目をキラキラさせ、片っ端から開発品を増やしていくダリヤは、まさに、自分の見込んだ『黄金の女神』だった。

「言いたいことは山のようにあるけれど、とりあえず倉庫はこちらで用意するわ」

「家具職人は私の名でギルドに呼び、口止めをして希望者を募《つの》るといい」

「ありがとうございます」

「……塔に戻ったら、新しい種類の卓が増えているかもしれんな」

低く冗談をつぶやいたレオーネに笑ってしまった。否定はしないが。

ふと気がつけば、先ほどよりも一段深く温熱座卓に入っている二人がいる。

イヴァーノは軽く咳《せき》をして、レオーネに切り出した。

「レオーネ様、貴族向けの温熱座卓や温熱卓についてですが、商業ギルド経由、いいえ、ジェッダ子爵家を通しての分は、『優先販売』なんてどうですかね？」

「望みはなんだ？」

さすが、商業ギルド長である。話が早くて助かる。

「ロセッティ商会、いえ、会長や商会員の身の回りに、情報屋を入れるのをやめてほしいです」

「私に、ロセッティ商会から手を引けということか？」

「いえ、知りたいことは俺かダリヤさんにおっしゃって頂ければ、明かせる部分は全部お話しします。うちの商会に人を置きたいのであれば、直接のご紹介をお願いします。情報屋って結構高いので、かかる経費がもったいないです」

「商売人らしい計算ね」

ガブリエラが紺色の目を自分に向けてきた。確認するようなその色合いに、イヴァーノはにこやかに返す。

「お褒めの言葉をありがとうございます。で、浮いた経費で、フェルモに——ガンドルフィ商会に出資して頂ければと。できましたらガンドルフィ商会の保証人もお願いします」

「いいだろう。他は——一番の希望は何だ？」

本当にレオーネは話が早くて助かる。確かに、自分が本当にしたい話はここからだ。

「俺がしていいお願いじゃないのはわかっていますが、弟子としてねだります。フォルト様に卸している白絹、前の値段に戻してください」

瞬間、二人の気配が固まった。

以前、自分が服飾ギルド長のフォルトに、貴族の流儀として薬草ワインを飲まされたことがある。自白剤のような効果のあるそれをうっかり飲んでしまった自分だが、大事には至らなかった。フォルトにはその場で高額な護身用の指輪をもらった上、貴族に対する注意を受けた。

それからは先生として、貴族向けの商売について多くを教えてもらっている。

だが、自分を『商売の弟子』と思ってくれていたレオーネとガブリエラには、薬草ワインの件は許せぬことだったらしい。家で販路を持っていた東国の白絹を、フォルトに対して二割値上げしたのである。

それを決めた時の二人はまさに貴族で、自分を思ってくれるのはうれしくも、少々怖かった。

「イヴァーノ、それはフォルトゥナート様からのお願いかしら？」

「いえ、今まで一回も言われてませんよ」

自分に言わぬのは、フォルトの意地だろう。

もっとも、ロセッティ商会が微風布《アウラテーロ》を持ち込んでいることで、利益は白絹分よりもはるかに上がっているはずだ。必要経費と流されているかもしれない。

「白絹の値段を戻すことで、フォルトゥナートに恩を売るか？　それとも、温熱座卓関係の布関係で、利益割合を上げるよう交渉でもするか？」

「その手もありますね。でも、違いまして……できるかぎり、俺がフォルト様と対等になりたいだけです」

「対等？」

訝《いぶか》しげな視線を向けるレオーネ、その言いたいことはよくわかる。

あちらは子爵で服飾ギルド長。こちらは庶民で商会の副会長。地位で対等になれるわけがない。

それはロセッティ商会に入り、貴族に揉まれはじめた自分がよく知っている。

「対等になってどうするの？」

「貸し借り無しにしないと、気軽に喧嘩《けんか》もできないじゃないですか」

「イヴァーノ……」

珍しく心配そうな声で、ガブリエラが自分の名を呼んだ。彼女の下についたばかりの頃、少々無理をして業務をこなしたとき、何度かこの声で呼ばれたものだ。

「白絹の件はいいだろう……ガブリエラに心配をさせるな。何かあれば言え」

愛妻家らしい台詞《せりふ》だが、自分を見る黒い瞳は、部下を心配する上司の目。つくづくとこの男は商業ギルド長、いまだ自分の上役なのだと思えた。

「ありがとうございます」

「ただし、こちらからも条件があるぞ」

「なんでしょう？」

「販促に必要だ。これを早めに二台、この執務室用とうちの屋敷用に回せ」

「待って、私の執務室にも要るから、三台で」

「かまいませんが、お屋敷には温熱座卓でも、執務室に置くのは温熱卓の方がよくないですか？

これで座って仕事をしてたら、格好がつかないかと……」

現状、さらに深く入っているように見えるのは気のせいか。この先、堕落座卓の横に転がる二人を想像し、商業ギルドの業務停滞を危惧する。

「実はここ数年、冬は冷えが膝にきてな……」

「執務室って広い分、足元が冷えるのよ……」

異口同音に言う二人に納得した。確かに広い部屋ほど足元は冷える。

「なるほど……だと、温熱座卓の素材を、執務室にふさわしいものにすればいいでしょうか？　それなら貴族向けの販促にもなると思いますし」

高級温熱座卓として、素材に凝って価格を上げ、ぜひがっつり儲《もう》けたいところである。

「耐熱化をかけた黒檀《こくたん》の座卓を三台持っていかせる。早めに加工を頼めるか？」

「もちろんです」

「下敷きは魔羊《まよう》。上掛けは魔羊《まよう》の薄物と、銀狐《シルバーフォックス》か深紅狐《クリムゾンフォックス》の毛皮でいいだろう。銀狐《シルバーフォックス》は屋敷の倉庫にあったはずだ。こちらで加工させるので問題ない」

「……わかりました」

上質な黒檀の座卓なら、目の前の座卓が三十は買えそうだ。

羊よりはるかに値段の張る魔羊《まよう》の布が敷物。銀狐《シルバーフォックス》は脚が速い上に賢く、なかなか捕らえられぬので有名だ。深紅狐《クリムゾンフォックス》はこの国では南の山にしかいない、さらに希少な魔物だった気がする。

貴婦人方の冬のコートではなく、堕落座卓の上にかけられる毛皮――ものすごい高級路線の堕落座卓になりそうだ。

「掛ける部分は少し長めがいいわね。でも、銀狐《シルバーフォックス》は去年、揃《そろ》いのコートに使ったから、足りるかしら？」

「まだあったと思うが。足りなければ、冒険者ギルドに依頼しよう。五匹もいれば足りるだろう」

銀狐《シルバーフォックス》はこの冬、ロセッティ商会を恨む権利が生まれるかもしれない。

「天板は一枚総彫り込みにするか。急ぎ、彫刻師を呼ばねばな」

「一枚総彫り込み……」

大きい天板一枚の総彫り込み彫刻。それを一体何日で仕上げさせる気だ。あと、それでは作業やくつろぎの実用品から離れ、鑑賞向けの美術品になってしまう。

「レオーネ様、それは書類を書くのに不便じゃないでしょうか？　あと、お茶のカップを載せたときの安定性もありますし……」

「飾り絵の方がいいかもしれないわね」

ガブリエラが、うまく助け船を出してくれたことにほっとした。

「わかった。では絵師を呼んで描かせよう。ギルドの分は今の流行を聞くとして、屋敷の座卓は、ガブリエラの肖像画にするか」

「あなた、私も使うのに、何の冗談？」

ガブリエラの少々上ずった声が響いたが、これは自分にはフォローができぬ。

「君が白いドレスを着ている肖像画があるではないか。あれと似たものを天板に描いてもらうのもいいかと……」

「それって結婚してすぐの頃の絵よね。やはり若いときの方がいいのかしら？」

「いや、どちらもいい。ならば今の肖像を天板に……」

「いい加減にして。私も使うのに、自分の姿が見えたら落ち着かないじゃない」

「そうか。では、天板は別に考えるとして……せっかく呼ぶのだ、一緒に今の肖像も描いてもらうか。屋敷の私の部屋にもう一枚あってもいいな……」

「いらないわよ！　もう何十枚あると思っているの？」

「私が要る。何枚あってもいい。本人には敵《かな》わぬが——」

温熱座卓の二角に座る二人は、ほぼ隣り合わせと言える距離である。真面目に言い合っているのか、冗談を込めたじゃれ合いなのか、微妙に判断がつかない。

あと、二人とも温熱座卓から出る気配もない。

一つだけわかるのは、もう自分はここにいなくていいということだ。

イヴァーノはするりと座卓から出て、声低く言った。

「……じゃ、俺は服飾ギルドに行ってきます」

◆◆◆◆◆◆

「服飾ギルド長、服飾魔導工房長、お忙しいところ失礼します。ロセッティ商会のイヴァーノ・メルカダンテです。新魔導具のご紹介に参りました——！」

肩に毛布をかつぎ、声高くドアをくぐる。

ここは服飾ギルドではなく、服飾魔導工房、二階の会議室である。

ルチアが工房長を務めるここは、まだ建てて数ヶ月、部屋の調度も新品ばかりだ。漂う木の香りもまだ新しい。

「ようこそ、イヴァーノ。しっかり二時間空けましたよ」

「こんにちは、イヴァーノさん。今度はダリヤ、何作りました？」

興味津々、そろってこちらを見るのは、フォルトとルチアだ。

商業ギルドに行く前に先触れを出しておいて正解だった。そろって時間をとってもらえたらしい。

「お時間をありがとうございます。ご説明にこちらの場所をお借りしますね」

イヴァーノの後ろから、温熱座卓と温熱卓、敷物をマルチェラとメーナが運んできた。

ダリヤが試作を急いでくれたので大変に助かった。仕上がったばかりのそれを床の上に組み立てると、彼らはすぐ会釈をして出ていく。ここからまた買い付けへ行くためである。

「こちらが『温熱座卓』、テーブルの方が『温熱卓』といいます」

イヴァーノは先にフォルトとルチアを温熱卓の椅子に座らせ、簡単な説明をした。

「なるほど、布で囲った空間を温風で温めるわけですか。これは無駄がない」

「さすが、ダリヤだわ。これなら魔石も少なめで済むし、暖炉や魔石ストーブより安全ね」

二人が仕組みについてほぼ納得したのを確認すると、温熱卓から温熱座卓へと移ってもらう。

そして、持ってきたバスケットから籠を取り出し、薄皮オレンジを盛った。

服飾魔導工房の事務員にお願いした緑茶が届くと、二人に試してもらうよう勧める。

「薄皮オレンジと緑茶……珍しい組み合わせですね」

「うちの会長のお勧めです。できましたらこのまま、まずお試しください」

怪訝《けげん》そうな顔をしつつも、二人が素直に手を伸ばしたので、話を続ける。

「こちらを貴族向け高級品、一般向け、飲食店向けとして広げていきたいと思っています」

「貴族の服を考えると温熱卓の方が出入りはしやすいですね。飲食店も温熱卓でしょう」

「女性が部屋でくつろぐなら温熱座卓かも。冬は足元が冷えやすいですから」

「こちらの温熱座卓は爪先から温まるのがいいですね。冷え性の方や高齢の方に喜ばれそうです。ただ、私は床にこうして座り続けているのは慣れないので、疲れそうな気がしますが」

フォルトは床に寝転がるという発想がなさそうだ。

実際、この姿勢も慣れてはいないのだろう。膝までしか入っておらず、背に緩みはない。

「足が温まってもお肌が乾かないから、女性に喜ばれそう。でも、温熱座卓は、スカートが皺になっちゃいそう……」

横座りで丁寧にスカートの裾を伸ばしているルチアは、さすが服飾師である。

「これはきっと流行《はや》るでしょうね。掛け物もカバーも大量に要りそうです」

「冬近いから、ダリヤにもうちょっと早く開発してほしかったけど仕方ないわ。微風布《アウラテーロ》と重なってたら死人が出てそうだし」

「まったくです」

ルチアの言葉をフォルトが一切否定しないので、笑おうとして笑えなくなった。

「ところで、イヴァーノ。商業ギルドの方では本体だけで、布関連はすべてこちらに回して頂けるのでしょうか？」

「そのつもりですが、商業ギルドでジェッダご夫妻が上掛けを毛皮で作る話はしてました。執務室に置くとのことで……」

「イヴァーノ、なぜ、その場に同時に呼んでくれなかったのですか？　毛皮ならうちの方が扱えるというのに、しかも利幅の大きいものを……」

フォルトがなんとも恨みがましい目を向けてきた。

まことにもってその通りだが、まさかレオーネが毛皮を指定するとは思わなかったのだ。

「すみません。でも、うちは商業ギルドの登録商会ですから。ただ、商業ギルドでは毛皮に関して一気に手は回せないと思いますよ。直接の卸《おろ》しはそうないので。とりあえず早めに確保しておいてはいかがでしょう？」

「イヴァーノさん、商業ギルドで作る上掛けって、毛皮は何を使う予定ですか？」

「ジェッダご夫妻は、銀狐《シルバーフォックス》か、深紅狐《クリムゾンフォックス》とおっしゃっていました」

「銀狐《シルバーフォックス》か深紅狐《クリムゾンフォックス》……」

そこだけを復唱したフォルトが、深くため息をつく。

「まさに高位貴族用ですね。そのあたりを使うとなると、こちらも冒険者ギルドに行ってちょっといろいろと重いお願いをしてこないと……」

「フォルト様、赤熊《レッドベア》の毛皮は火に強いってダリヤが言ってました。あとは一角獣《ユニコーン》と二角獣《バイコーン》の毛皮なんかも光沢がきれいなので使えるといいですね。あとは魔物じゃなくて、熊と狐《きつね》と貂《てん》と兎《うさぎ》と……」

その場でさらさらとスケッチブックに書きはじめたルチア。その余白にフォルトも自分のペンで書き込む。イヴァーノにはわからぬ毛皮の一覧表がすぐにできあがった。

「あとは布と中身ですね」

「フォルト様、中の綿に耐火魔法を付けます？」

「ええ、それが安全でしょう。それを丈夫な麻と綿の混合で包みましょうか。カバーは一般向けに羊毛織、その上級のラインで光沢ありの羊毛織、次が魔羊《まよう》ですかね」

「カバーの表側の、天板の当たらないところだけいい素材にして、他は安価な素材にしたら、価格は下げられますよね！」

「それはいいですね。あとは色と柄を多く準備する必要がありますね、織物工房に招集をかけましょう。そして早めに冒険者ギルドに行ってきます。ああ、先触れを出しておかないと……」

フォルトはその場で従者に指示を出し、ついでにと毛皮の一覧を書き写させる。すぐ確保させるつもりなのだろう。

そうしている中、温熱座卓の仕様書を見ていたルチアがフォルトの方に向いた。

「フォルト様！　カバーに刺繍《ししゅう》入りも作りたいです！」

「そうですね、刺繍工房にも声をかけなくては……」

「あ！　カバーはリバーシブルもいいですよね。表と裏、両方で使えるようにしておけば、汚れてもひっくり返せます。色が違えば気分も変えられますし」

「汚れが気になるなら、一番上を防水布にしたものも作りましょうか」

「それなら柄付きレインコートと同じ素材がいいです！　防水布そのままより防水効果は少し落ちますけど、色柄自由です！」

ダリヤの友人はダリヤに似るのか。いや、似ているから友人なのか――ルチアの弾みまくった声を聞きながら、イヴァーノは緑茶を飲みきった。

「ところでイヴァーノ、商業ギルドの執務室に置くと伺いましたが、銀狐《シルバーフォックス》か深紅狐《クリムゾンフォックス》の上掛けで、他は？　あと、温熱座卓の素材は何かは聞いていませんか？」

「それ、興味あります！　できればかぶらないようにして、服飾ギルドとこの工房に見本を置きたいので！」

二人に尋ねられて納得する。確かに売り込みには実物が一番早い。

服飾ギルドとしては、カバーのデザインと材質で商業ギルドとの差別化を図りたいだろう。

「下敷きは魔羊《まよう》で、座卓は黒檀の予定です。天板に絵を描く話もしています」

「……わかりました」

ああ、まずい、フォルトの声が一気に冷えた。

座卓そのものに関しては、商業ギルドの方が高級家具が手に入りやすい。ジェッダ子爵は国外の販路を持つ。黒檀はおそらく超一級品だ。フォルトはその部分では敵うまい。

「商業ギルドが黒檀と高級毛皮を準備するのならば、服飾ギルドでは魔蚕《まかいこ》の二重織をふんだんに使い、希少毛皮を組み合わせましょう！」

「フォルト様、それがいいと思います！　魔蚕《まかいこ》の布は、金糸、銀糸、魔物糸をふんだんに使って総刺繍仕上げ、外周はふわふわに角兎《ホーンラビット》の毛皮で縁取るのはどうですか？」

「いいですね！　敷物とクッションも外側はそろえ、中身をいっそ首長大鳥《くびながおおどり》の羽毛に……！」

「最高です！」

「……フォルト様、ルチアさん、それ、おいくらになるんですか……？」

思わず、一庶民として声が出た。

魔蚕《まかいこ》の二重織は、スーツ一着分で馬が買える値段だったはずだ。

あと、首長大鳥《くびながおおどり》の羽毛はどこから出てきたのだ。そんなに簡単に獲《と》れるものなのか。

「イヴァーノ、服飾ギルドとして、負けられない戦いというものがあるのですよ……」

「そうよ、イヴァーノさん、座卓そのものはともかく、布物で負けたら服飾師の名が泣くわ！」

忘れていた。このフォルトもルチアも、役目云々《うんぬん》の前に、服飾師という職人だった。

「貴族の婚礼家具職人には伝手《つて》があります。あとは、宝飾職人を呼びましょう」

「は？」

思わずフォルトの顔を見れば、青い目が妙に澄んでいる。戦いに行く前の騎士の目を見た気がして、イヴァーノはその隣に視線を投げる。

ルチアはテーブルに飛んだ薄皮オレンジの汁を、布で拭いていた。

「……そうだわ！　フォルト様、水晶で天板はどうですか!?」

「水晶天板！　その手がありましたか！」

「水晶天板？」

ついオウム返しに尋ねてしまった。聞いたことがないものだ。

「天板を一枚水晶で作ったら、下のカバーが透けて見えるじゃないですか。そこに総刺繍をするんです。それならきれいに見えるし、天板に絵を描くより服飾ギルドらしいでしょう？」

「その水晶天板は宝飾職人に任せましょう。枠飾りを増やしてもいいですね」

「……あの、天板にできる一枚水晶というのは、おいくらぐらいで……？」

思わず、一商人として声が出た。

そんな大きな水晶で透明度の高いものは、入手が相当難しいはずだ。

「大丈夫です、必要経費です」

服飾ギルド長は、整えきった笑顔で答えてくれた。

最高級温熱座卓から話と意識を引き剥がし、イヴァーノはようやく本題に入った。

「貴族向けのお話はここまでとして――うちの会長からは、庶民向けは値段をできるだけ下げたいとのことです。俺としては、お手軽にして、この冬に一気に普及させたいです」

「わかりました、在庫の多い布を出しましょう。中綿はストックがありますし、今回の案件は、微風布《アウラテーロ》の時より、関わる工房と職人が多くなりそうですから、庶民向けはそれなりに勉強させて頂きますよ」

「イヴァーノさん、微風布《アウラテーロ》のときから縫い子さんも増えてますから、けっこう早いと思いますよ」

「ありがとうございます」

その後、通常の温熱座卓と温熱卓についてと、今後の展開に関する説明を終える。

二杯目の緑茶で喉を潤し、ふと気づいた。

フォルトとルチアもいつの間にか姿勢を崩し、膝だけではなく腰のあたりまで入っている。

あともう少し、いっそ転がってくれれば、堕落座卓を真に理解してもらえるかもしれない。というか、自分の方がもうすでに転がって休みたい感覚に陥っている。

やはり一度堕落座卓で鍋でもし、満腹の状態でくつろいでもらうのが売り込みには最適だろうか――そう考えていると、天板をパンと軽く叩《たた》き、ルチアが立ち上がった。

「あー！　私はこれ、だらっとしすぎます。急ぎの仕事中は入らないことにします！」

堕落座卓に対し、初めて理性が勝利した声を聞いた気がする。歯止めが一番かかったのが、まさかルチアだとは――失礼な感心をする自分の前、彼女は温熱座卓から勢いよく離れた。

「工房の布と刺繍担当達を呼んできます！　説明するより、これに入れちゃった方が早いと思うので。あと、倉庫の布の在庫一覧をもらって、人数分の緑茶の追加も頼んできます！」

「お願いします、ルチア」

パタンとドアが閉まると、フォルトが天板の上にゆるりと両肘をのせてもたれかかった。その身体から張りつめた感じが急激に抜けていく。

ルチアがいたからここまで頑張っていたのかもしれない。ある意味、とても男らしい。

「わかってきましたよ。この温熱座卓というのは、その場に人を縫い止める効果があるのですね……」

「フォルト様、上着をください。そのままだと皺になります。あと、一度、寝具的に横になってみてください。良さが正しくわかりますから」

フォルトの従者は、冒険者ギルドへの先触れを事務所に出しに行っている。従者の代わりに上着を受け取ると、会議用の椅子の背にかけた。あいにくとこの部屋にハンガーはない。

上着をかけて戻ると、艶《つや》やかな金髪を乱し、フォルトがばたりと敷物の上に転がっていた。

この男には、本当に毛布の温熱座卓は似合わない。

リラックスというより、疲労感がにじみ出ている感じだ。見ようによっては倒れているようでもある。おそらくはたまっている疲れが、堕落座卓のおかげで隠しきれなくなっているのだろう。

「……イヴァーノ、真面目に聞きたいのですが、これは何かおかしくないですか？　何が何でもリラックスさせようとする悪意を感じます」

「おかしくはありませんし、悪意もありません。ただの暖房器具です。ヴォルフ様は『堕落座卓』

と呼んでいましたが」

「『堕落座卓』……なるほど、正しい名付けです」

真面目にうなずかれても、上掛けをもぞもぞとたぐり寄せている動作で台無しである。

だが、ゆるみのある今こそ、難しい話を通すチャンスかもしれない。

「フォルト様、ちょっとお願いがありまして」

「何です？　当たり前ですが、中身によりますよ」

「新しくガンドルフィ商会ができますので、ぜひお力添えを」

「ガンドルフィ工房のフェルモを、ダリヤ嬢と組ませたわけですね。うちで狙っていたのですが、先取りされてしまいました」

「先取りなんてしていませんよ、フェルモが自分で決めて、ガンドルフィ商会を立ち上げただけです」

しれっと言った自分に、フォルトが先ほどにも増して恨みがましい目を向けてきた。

嘘《うそ》は言っていない。商会立ち上げを勧めたのはダリヤだ。全力で推したのは自分だが。

「いいでしょう。何かあればお願いしますし、保証人や私の推薦がいる時は声をかけてください」

「ありがとうございます。あと、日頃お世話になっている俺からのお返しです。『白絹』、来月から値段が戻りますよ」

「……イヴァーノ、あなたは……？」

今度は訝しげになった目に、詳細を尋ねられる前に告げる。

「生徒が先生のために頑張ったんです、ちょっとは褒めてくださいよ」

「ありがとうございます。本当にありがたいことです……それと、あなたの成長速度に本当に驚いていますよ。そのうちに追い抜かれるのではないかと、いろいろと警戒せざるを得ないぐらいです」

「過分なお褒めの言葉をありがとうございます」

丁寧な声で、思いきり笑顔で言ってみる。

するといつも端正なフォルトの顔が、ばらりと歪《ゆが》み崩れた。

「ああ、まったく！　できるものならば、ダリヤ嬢にもあなたにも、服飾ギルドへ来て頂きたかった！　なぜ二人とも商業ギルドなのですか！」

温熱座卓にとっぷり入り、転がったまま叫ぶ美丈夫に、つい吹き出してしまった。

こんな取り繕わぬフォルトを見たのは、初めてである。

「フォルト様、大変光栄ですが、俺はともかく、うちの会長は引き合いが多いですよ。競争相手が商業ギルドと魔物討伐部隊と冒険者ギルドですから」

「それに加えて、次期侯爵のグイード様ですからね……」

ごろりと仰《あお》向《む》けになったフォルトが、声を一段低くする。

ヴォルフでもスカルファロット家でもなく、グイードの名前を挙げたのが意外だった。

「そこでグイード様が出てくるんですか？」

「ええ、来年侯爵となるあの方とは、事を荒立てたくはないですよ。水と氷の魔石に浄水下水。これが滞って困らないところなどないでしょう」

「まあ、そうでしょうね……」

ぶつかりたくないのは当たり前だろう。扱うのは生活に必須のものばかり。権力も功績もあり、爵位が上がるのが確定している。

加えて、個人的には、貴族としてのグイード自体が怖い。

「あの方に『お願い』をされたときほど、自分が騎士科卒でよかったと思ったことはないですよ」

「それ、どんな『お願い』か、聞かない方がいいですよね」

「そうですか、イヴァーノ、聞きたいですか、聞きたいですよね？」

「それは……」

不意にむくりと起き上がり、全力で話を向けてきたフォルトに、ちょっと困る。

正直、興味はあるが聞くのが怖い。

「大変良い笑顔でお願いされただけですよ。『うちの弟の大切な友人とその商会を、くれぐれもよろしく』と。真夏に雪が降るかと思いましたが」

「あー……それ、たぶん似たようなのを俺も経験済みです。かなり冷えましたね」

グイードの凍えるほどの威圧を思い出し、背中が寒くなる。

どうやらフォルトも同じ目に遭ったらしい。互いの目をのぞき込んで、完全に理解してしまった。

「イヴァーノ、大丈夫でしたか？」

「ええ、まあ……なんとか立っていられましたよ」

グイードと一緒の部屋から出るまで、泣きもせず顔を作った自分を褒めてやりたい。それぐらいには気合いで頑張った。廊下で膝が笑ったのは内緒である。

「あれで泣きも漏らしもしないなら、イヴァーノの胆《きも》は騎士並みですね。騎士科の威圧訓練も受けていないのに、たいしたものです。どうです、この際、副会長だけではなく、ダリヤ嬢を守る騎士も目指しませんか？」

「いえ、俺は小心者の商人ですから。うちの会長は、俺に守られるような人でもないですし」

ダリヤ・ロセッティは、自分が守るべきかよわい女性などではない。

彼女は、紛《まご》う方ないロセッティ商会の会長であり、とても部下想《おも》いの上司である――その細い腕で商会員達を守ろうとするほどには。

「それに、会長にはとびきり強い騎士がついてますので」

「……グラート様にジルド様、グイード様。確かにどなたも強そうです」

フォルトのその言葉を、イヴァーノはただ笑んで流した。

ダリヤの騎士は、魔物討伐部隊長でも財務部長でも次期侯爵でもない。もちろん、自分でもない。

黄金をふりまく女神を守るのは、黄金の目を持つ騎士である。

◆◆◆◆◆◆

イヴァーノ達が塔を出た後、ダリヤとフェルモとヴォルフは温熱座卓の試作・改良を行っていた。

最初は温熱座卓の外部スイッチや、脚部分のスイッチについて確認した。

次に、温熱座卓の機構部分、火と風の魔石と魔導回路を入れたユニットを、より薄く丈夫にするべく改良する。ここは小物職人であるフェルモの見せ場となった。

三分の二以下、それでいて耐久性が上がり、温風の循環具合は変わらないという、見事な改良がなされた。

そこまでの作業を終え、次はマルチェラ達から届けられる座卓やテーブルにユニットを取り付けるはずだった。

が、マルチェラ達はまず両ギルドに座卓と毛布を運ばねばならず、こちらに届くのには少し時間がかかる。その待ち時間、ヴォルフがふと、ささやかな希望を口にした。

「横になった時に腰に当たらないよう、堕落座卓の高さを変えられないかな？」

温熱座卓に体格のいい者が横向きで入った場合、高さが足りないことがある。

ヴォルフには、腰がぶつかる高さだったらしい。

「わかりました。もうちょっと高くできた方がいいですね」

「確かに、変えられた方が使い勝手はいいよな」

ダリヤは、温熱座卓の脚を取り替えられる仕様とし、三段階の高さに対応できるようにした。

その横、フェルモが『いっそ、脚を可変式にすればいい』と言いながら、蛇腹を応用した折り込み脚を試作した。

詳細は家具職人とつめることになるそうだが、かなり便利そうだ。

気がつけば、脚交換式と高さ可変式の温熱座卓兼温熱卓の試作品が仕上がっていた。

次にフェルモが『妻は冬、足先が特に冷えると言う』という話になった。

ダリヤも同意した。冬は膝より爪先から冷えがくる。石造りの塔では特に実感する。かといって、来客が多いフェルモの妻は、昼間、靴を脱いで座るのは難しい。

先ほど話していたとき、フェルモがユニットを下に置く形を提案してきたので、そのまま試作した。

温熱卓に底板を付け、そこにユニットを配置する。下から上へ温風を吹き出す、なかなかに暖かい、吹き上げ式温熱卓ができあがった。

そこへマルチェラ達が追加の座卓を届けに来たので、片っ端からユニットを取り付ける。作業をしていると、横でミニ温熱座卓を持ったヴォルフが、ふと言った。

「このユニット、もうちょっとだけ小さくて薄ければ……遠征に持っていけるかもしれない」

「もうちょっと小さく……」

「できないことはないな……」

一般消費者というものは、自由な視点で希望が言いたい生き物である。

技術者というものは、できるかもしれぬことは試したい生き物である。

職人というものは、作れるかもしれぬものは作りぬきたい生き物である。

三者の視点と制作条件がそろった場合、いい製品が生まれることも多い。

意見を言い合い、試しに作り、実際に動かし、修正を重ねる——それはとても楽しく有意義な時間である。

ただし、その後にできる製品の評価とその行方に関しては考えないものとする。

「ダリヤさん、この魔導回路……半分まで、いけるか？」

フェルモの濃緑の目が、ダリヤに向かって細められた。

期待を込められたそれにしっかりうなずくと、同じく返す。

「小型魔石を使って最短の魔導回路にすれば半分以下です。フェルモさん、筐体《きょうたい》を小型魔石ぎりぎりに薄く、蓋《ふた》付き、強度ありって……できます？」

「任せろ」

フェルモもまた、深くうなずいた。

以前、服飾ギルド長のフォルトが、ダリヤに『小型送風器』を見せてくれたことがある。上着の背中と袖に管を通し、風の魔石によって風を通すものだ。小型ではあるが、厚みはそれなりで、ダリヤの手二つ分はあるくらいの筐体だった。

温熱座卓のユニットは風と火の魔石を使ってはいるが、あの小型送風器よりも薄型にすることができそうだ。送風器も筐体の作りを変え、風の吹き出し口を筐体の三方向、背中に広く分散する形にし、風を弱めにすれば音も風の動きも、周囲からはわかりづらいだろう——ダリヤはそう考えつつ、小型魔石を使用し、筐体の本体と蓋の両面に魔導回路を組み、とことんサイズダウンして渡した。

フェルモも負けてはいない。熟練の小物職人らしく、ありとあらゆるところを削りまくった筐体を出してきた。

ヴォルフは二人の横、黄金の目を輝かせて眺めていた。

結果、温熱座卓を遠く遠く離れ、十五センチほどの正方形をした、薄型温熱ユニットができあがった。もはや、温熱座卓とは完全な別物である。

出力は弱めで、あいた穴から温風が一方向に吹く。小さい上に軽く、ヴォルフの手のひらにちょうどのった。確かに小さくはなったが、ゆるく暖める感じだ。

眠るとき、ベッドの中に入れたら使えるかもしれない——そう考えた時、ヴォルフが歓喜の声をあげた。

「これなら背負える！」

「はい？」

意味がわからない。なぜ背負う必要があるのだ。

持ち歩くなら火の魔石を金属製の小さな容器に入れ、布などで包む『魔導カイロ』がすでにあるではないか。しかもあちらは普及品でお手頃価格だ。

「背負ってどうすんだ、ヴォルフ様？　これより魔導カイロの方があったかいだろ？」

「魔導カイロは温度調整が難しいから背負っていられない。ずっと同じところで持っていると、火傷の心配もしなきゃいけないし、全体に広がらない。こっちなら、上からコートを着れば、冬の遠征先でもちょうどいい。休むときには毛布の中に入れたり、足元に置いたりできる。夏は冷風にできたら、さらにいい！」

言いながら上着を脱ぐと、そばにあった梱包《こんぽう》用の麻紐《あさひも》で器用に背中にくくった。

ヴォルフに背負われる小さな温熱ユニット。ダリヤは思わず声が出た。

「……コ、コタツムリ……」

「え、何？」

「いえ……ちょっと、背中にあるとカタツムリみたいだと……」

前世のコタツの単語の説明は端折《はしょ》り、今世にもいるカタツムリの話をした。

横にいるフェルモが笑いながら手を伸ばす。

「ヴォルフ様、ちょっと貸せ。背負うんなら背中にくっつきすぎないよう丸みをつける。ぶつかっても痛くないよう、角ももう少し削るから」

子供の玩具を手直しするように、フェルモがユニットを叩く。

手直しを始めると、横でヴォルフが細かい希望を述べはじめる。

「四隅に紐を通す穴が欲しい。動いても紐があまり動かないような穴ってできるかな？」

「ああ、できる。けど、紐でがっちがちに固定すると動きづらいだろ？　伸縮性のある紐を使った方がよくないか？」

「それだと助かる！」

「持ってきますね」

ユニットの四方に紐を通す穴――通した紐が滑らぬように加工した部品を付け、そこに伸縮性のある紐を通す。バランスはやや下の方を重く、安定性を良くした。

できあがると、ヴォルフが早速付け、上着を羽織る。

「完璧だ！　このまま式典にも出られるよ！」

ユニットは二センチ以下の厚みなので目立たない。上にコートやマントを着れば確実にわかるまい。

「風は強弱がつけられるし、背中がちょうどよく暖かいよ」

大変満足げに部屋を歩き回るヴォルフが、なんとも微笑ましい。

「これ、名前はどうする？　『カタツムリ式温風器』とか？」

「カタツムリより亀だろ。でも、甲羅ほど大きくないか……無難に『携帯温風器』でいいんじゃないか？　冷風も出るようにできたら『携帯温冷器』とか」

「わかりやすくていいですね」

フェルモの名付けのセンスは、ダリヤに似ているようである。なんだか安心した。

「これは堕落しそうにないから『携帯堕落』じゃ変だしね」

「ヴォルフ……そろそろ『堕落』の文字から離れませんか？」

思わず低い声が出た。

「ああ、わかった……」

ヴォルフは、ばつが悪そうに笑っていた。

三人で話し合いの結果、小型の温熱ユニットは『携帯温風器』と呼ぶことにした。

また、今回の試作品の魔導回路は、翌日以降、オズヴァルドに相談することになった。

ドライヤーからの応用とはいえ、稼働時間の長い魔導具になる。できれば安全性について他の魔導具師からのチェックが欲しい。

ゾーラ商会は、ロセッティ商会と互いに保証人となった『兄弟商会』だ。しかも、ダリヤは現在、オズヴァルドから魔導具師の授業を受けている。

彼が引き受けてくれるならば、貴族向けの高級感のある温熱座卓や温熱卓はゾーラ商会に任せたい——ダリヤは密《ひそ》かにそう考えている。自分では荷が勝ちすぎる。

後に、商業ギルドと服飾ギルド、そしてゾーラ商会が、王城と高位貴族への納品をめぐって三つ巴《どもえ》の戦いを繰り広げることになるのだが、ダリヤは知らぬ話である。

「追加の部品がいるので、今のところ、ここまでです」

「ユニットは全部付いたね。帰る途中に温熱座卓を持って、黒鍋の副店長のところに行ってくるよ」

黒鍋とは南区にある食堂の名だ。ヴォルフを含め、魔物討伐部隊員がよく利用しているという。

ロセッティ商会の懇親会を行った店でもある。

副店長は元魔物討伐部隊員で、ヴォルフとも親しいようだ。店に置く場合を考えた、忌憚ない感想が聞けるだろう。

「あとは明日王城に戻ったら、隊長に携帯温風器を見せて――いや、実際に背中に付けてもらってみる。その方が早そうだ」

「ヴォルフ様、黒鍋に行くんなら吹き上げ式も持ってったらどうだ？　店で靴が脱ぎづらいとかもあるかもしれないぞ」

「それもあるか……ダリヤ、二台借りていってていいかな？」

「ええ、そうしてください。あ、今日は兵舎じゃなくお屋敷に帰るんですよね？　二階の温熱座卓でよければ、ヴォルフ用に持っていってください。私の分はすぐ作れるので。フェルモさんも一台いかがですか？」

「ああ、俺はユニットだけでいい。座卓も毛布も家にあるから。日頃の礼にバルバラに合わせて高さを決めるさ」

愛妻家で職人らしい言葉が返ってきた。そして、フェルモの『礼』の言葉に思い出す。

「ヴォルフ、これ、グイード様とヨナス様に、『お礼』としてお贈りしたら変でしょうか？」

「兄は喜ぶと思う。ヨナス先生は……どうだろう？」

グイードの斜め後ろ、いつも無表情な護衛役の彼が、温熱座卓でゆったりとくつろぐ――その姿が、どうにも想像できない。

だが、ヨナスが使わなければ他の者に使ってもらえばいいということで、複数台を作って持っていってもらうことにした。

「あと一台、アルテア様の分をお願いできるかな？　いつもお世話になっているから」

「温熱座卓と温熱卓、どちらがいいです？　それとも脚が調整できる方にします？」

「いつも長めのドレスだから、座卓は苦手かもしれない。一応、可変式でお願いしたい。上掛けと下敷きは兄と相談して準備するから」

「わかりました」

「貴族のご婦人に贈るなら、天板を色ガラスの細工物にでもするか？　バルバラが大きいものを作ってみたがっていたから。好きな模様でもあれば細工に入れるぞ」

「フェルモ、それなら白百合《しらゆり》で頼みたい。もちろん、俺が支払う」

「試し分含めて、材料費の倍掛けでいいか？」

「それじゃ安すぎない？」

「材料だけでも結構するし、いろいろと試したいからな……そうだ。魔物討伐部隊の遠征用コンロと一緒で、端っこにでもバルバラの名を入れさせてくれ。貴族のご婦人に納めたとなれば、ガラス職人復帰のいい記念になる」

フェルモはヴォルフの懐《ふところ》を気遣って言った。アルテアというのは、ヴォルフが気兼ねなく話す親族だと思ったのだ。

納品先がアルテア・ガストーニ——ガストーニ前公爵夫人だと知って青ざめるのは、他貴族から多数の問い合わせが来てからとなる。

「しかし、また増えちまったな……」

フェルモが苦笑しつつ、作業場で小山となった開発品に目を細めた。

ユニットを付けた温熱座卓と温熱卓が、入り口のドア前に積み重なる。その手前には、脚交換式の温熱座卓、高さ可変式の温熱座卓兼温熱卓、吹き上げ式温熱卓、携帯温風器——狭くはないはずの作業場にみっしりだ。

ダリヤとしては大変満足感のある光景なのだが、確かに混沌《こんとん》としていた。崩れないように注意しなくてはいけないだろう。

「これ、冬前に隊で配られるといいなぁ……」

ヴォルフは積み重なった山を気にもせず、手にした携帯温風器をしみじみと眺めている。

「ヴォルフ様、温熱座卓だけでも結構大変そうだからな。まして、昼間にあれだけ種類も増やしたんだ。さすがに、携帯温風器は年明けじゃないか？　材料をそろえるのも大変だろ」

「冬の遠征に欲しいところだけど、ちょっと厳しいか」

残念そうなヴォルフだが、心配はいらない。

部下に絶対的な信頼を寄せるダリヤは、笑って答えた。

「いえ、イヴァーノなら、きっとなんとかしてくれると思います」


翌日、緑の塔にやってきたイヴァーノは、追加の製品と束になった仕様書・設計書、魔物討伐部隊への納品希望のメモを見て、しばらく目を丸くしていた。

しかし、さすができる商人である。一言の文句もなく、ただ『ふふふふふ……』と笑っただけだった。うれしげな彼に、ダリヤは心から安堵《あんど》した。

イヴァーノは同日、錬金術師と薬師が共同開発したという高額な胃薬を、まとめて七箱購入した。手元に二箱、マルチェラとメーナに一箱ずつ手渡すと、残りは某ギルドの上層部三人に『引き続き、どうかよろしくお願いします！』と丁寧に書いたカードと共に贈った。

追加新製品一式の報告後、それぞれが胃薬を服用したらしい。

翌週の打ち合わせ中、『この胃薬の効き目はあまりよくない』ということで意見が一致した。


温熱座卓を開発してから一週間が経過した。

オズヴァルドのところで安全確認をし、念のため、上部に反射板を一枚足すことにした。回路自体は変更がないので、そのまま進めることができた。

塔にこもって朝から晩まで、温熱座卓のユニットを作った。ひたすらに作った。気がつけば、納品用の一箱に入る八から上の数字が頭に出てこなくなり、脳内の数字が八進法になりかけた。

幸い下請けの魔導具工房の稼働が早かったので、四日目以降はそれほど無理はかからなかったが。

ロセッティ商会に回ってきた貴族向けの温熱座卓関係は、ゾーラ商会に回すことになった。高級素材の扱いはダリヤでは難しい。

オズヴァルドが大変喜んでくれたので、今までお世話になった分を少しは返せたと思いたい。

商業ギルドの家具職人、服飾ギルドの各種職人もとても忙しくなったらしい。

ダリヤも温熱座卓関連の作業は続くが、今日は塔で作業をせず、商業ギルドの二階、ロセッティ商会の部屋に来ていた。

「先日はありがとうございました。早く仕上げて頂いて大変助かりました。おかげさまで妻が食事をとれるようになり、体調も戻りました」

「それはよかったです」

テーブルをはさんだ向かい、笑顔で礼を述べているのは冒険者ギルドのジャンである。

先日依頼を受けた一角獣《ユニコーン》のペンダントで、無事、妻の悪阻が治まったらしい。

「お忙しいところ、またお願いで恐縮なのですが……」

横に座るイヴァーノが、ぴくりと耳をそばだてた。

冒険者ギルドからの急ぎの願いであっても、自分のスケジュールを考えて無理であれば止めるつもりだろう。

昨日、塔から商業ギルドへ残業に戻ろうとした彼を止め、自宅に直行するように会長命令を出してしまった自分としては何も言えない。

このところ、お互い仕事のしすぎにならぬよう、相互監視になっている気がする。

「できましたら、一角獣《ユニコーン》のペンダントを、もう一つ追加で作って頂きたいのです。前回はいらなかったそうなのですが、今回は悪阻が重いとのことで……」

おそらく友人や親戚のためだろう。あるいは効果を聞いた妊婦や、その家族が希望したのかもしれない。

一角獣《ユニコーン》のペンダントであれば、温熱座卓関連の合間でも作れる。悪阻に困っている女性がいるのならば、できるだけ力になりたかった。

イヴァーノへ視線を向ければ、彼はほんの少し逡巡《しゅんじゅん》したが、そっとうなずいてくれた。

「お引き受け致します」

「ありがとうございます。また、こちらを素材として使って頂ければと思いまして」

ジャンはそう言いながら、銀の魔封箱を机に載せた。中には前回と同じ一角獣《ユニコーン》の角が入っていた。

ペンダント制作後に残りを一度返却した、ジャンの持ち込み品だ。

「仕様は前回と同じでお願いします」

「わかりました。模様のご希望はありますか？」

「色石は同じで、その、バラの花でお願いできればと……」

色石が同じということは、ジャンの親戚かもしれない。そう思いつつメモをとっていると、イヴァーノがジャンに話しかけた。

「バラは好きな女性が多いですよね。プロポーズの定番とも言われていますし……」

「そうですね」

「色石の大きさは前と同じ方がいいですよね？　大きさに違いがあるとよくないのでは？」

「……ええ、そろえてください」

ジャンが少々視線を泳がせ、こめかみを指でかく。

その様子を確認したイヴァーノが、完全に営業用の笑顔で言い切った。

「もう一人の奥様がご懐妊ですか。おめでとうございます。心よりお祝い申し上げます」

「……お、おめでとうございます、ジャンさん」

以前の奥様が戻ってきて第二夫人となったのは先日のこと。

妊娠の悪阻対策のため、ダリヤは一角獣《ユニコーン》のペンダントを作った。続いて、第一夫人用のペンダントである。

おめでたい。仕事が増えてうれしい。それだけだ。他に言いたいことなど何ひとつない。

自分はただ無心に、確かな効果のある魔導具を作り上げればいいのだ。

「ありがとうございます……では、どうぞよろしくお願いします」

ジャンは照れを隠し切れぬまま、少し早口に挨拶をして帰っていった。

彼を廊下へと見送ると、イヴァーノがダリヤの正面の椅子に座った。大変に神妙な顔である。

「すみません、ダリヤさん……俺、部屋の外で言えないことを、ちょっとここで声を大にして言いたいのですが、いいでしょうか？」

「ええ、どうぞ……」

なぜかイヴァーノの言いたいことが手に取るようにわかる。

これは同じ商会で働く者として、意思疎通が図れてきたと思っていいのだろうか。

「ジャンさん、オズヴァルド先生にいろいろと似てきましたよね！」

「私もそう思いました……」

元上級冒険者だからなのか、それとも第一夫人が子爵家の出のせいか、オズヴァルドの教えのせいかはわからない。

だが、ジャンの妻に対する感覚は、貴族のオズヴァルドに近いようだ。

「おめでたくて大変に良いことですが。俺もオズヴァルド先生から商売を教わる生徒ですけど、これだけは学べないですね……」

「私も魔導具に関して教わる生徒ですけど、これに関しては学ぶのは無理な気がします……」

互いの意見が一致したとき、ノックの音がした。

「昼食に出る前にちょうど荷物が届いて――って、なんかあったか？」

「会長も副会長も、すごく難しい表情《かお》してますけど？」

書類と素材の入った魔封箱を持ってきたマルチェラとメーナが、心配そうに声をかけてきた。

外回りの後、昼食を食べに出る前に届いた荷物があったので、一度置きに戻ったのだという。

「今、冒険者ギルドのジャンさんが、二つ目の一角獣《ユニコーン》のペンダントの依頼にいらっしゃいまして」

淡々と説明するイヴァーノに、マルチェラの目は細く、メーナの目は丸くなった。

「まあ、それは、貴族の家に近い考え方なんだろうな……」

なんとなく悟った顔のマルチェラだが、理解できるのだろうか。スカルファロット家での騎士学習で、貴族に関するそういったことも学んだのかもしれない。

聞きたいような聞きたくないような微妙な思いだ。

「ゾーラ商会長ってすごいですね……奥様三人ですか……」

そして、ジャンよりもオズヴァルドに素直に感心しているメーナがいた。

「奥様同士で喧嘩とか、ないんでしょうか？」

「ないそうですよ」

「第一夫人が一番ってことですか？」

「そうでもないかと。俺、前にオズヴァルド先生と飲んだ時、『奥様三人で差がつかないもんですか？』って、素直に聞いたことがありますが」

「イヴァーノさん、なんつう質問を……」

マルチェラが呆《あき》れた顔を隠せないでいる。ダリヤもちょっと固まった。

「笑顔でさらっと言われましたよ。『等しく愛していますよ』って」

さすがオズヴァルドである、ぶれない。自分に理解はできないが。

「逆に聞かれましたよ。『あなたの奥様が、例えば、年齢や生まれた場所を別に、三人共に存在したとして、あなたは誰を愛せて、誰を愛せないというのがありますか？』と」

「……ああ、なるほど、難しいですけど、なんとなくわかりました」

「言いたいことはわかったが、まったく理解できねぇ」

ダリヤには、まったくわからない。

前世、一夫一婦制の国に生まれたせいか、それとも自分の個人的な感覚か。

男女にこだわりはないが、恋愛も結婚もお互い一人だけ、相手に誠実でありたいと思う。

これに関しては、オズヴァルドからであっても絶対に学べそうにない。

だが、妻と弟子の駆け落ち、その話を淡々と自分に告げた彼の横顔を思い出し——ふと気づいた。

妻が三人ということは、もしかすると心配も三倍ではないだろうか？　自分にはさらに無理そうな理由が積み重なっただけである。

それに、自分が第二夫人や第三夫人になるのも考えられない。それならば独身の方がいい。それだけははっきりわかる。

「男の鑑《かがみ》じゃないですかね、ゾーラ商会長は」

「メーナは本当にそう思うんですか？」

「ええ。奥様方に不満があるならともかく、皆を幸せにできてるんですから、素直にすごいですよ。陰から『先生』と呼びたいくらいです」

自由恋愛派のメーナにすればまさに先生なのか。それにしても、オズヴァルドはつくづく先生に向いているらしい。少々方向性が広すぎる気もするが。

「向き不向きに、支える甲斐性と気合いがなけりゃな。俺には絶対無理だ。俺は惚《ほ》れた女が一人いれば十分だ」

「これだから筋金入りの愛妻家は……マルチェラさんって、これで酒が入ってるとイルマさん自慢が一時間は聞けるんですよ」

からかいの口調でメーナが言うが、言われた男は一切笑わなかった。

「酒なんかなくても、イルマの良さなら二時間でも一晩でも教えてやる。さて、遅くなったが昼飯に行くぞ！」

この昼休み中、メーナはしっかりとイルマの自慢話を聞かされたそうである。

温熱座卓見学

「『温熱座卓』……座卓とテーブルで、天板下から温風が出る？　意味がわからん」

「温風で家具の脚が傷みそうだな……そんなものを俺らに作れってか……」

商業ギルドの奥の会議室、自分を含め、十人ほどの家具職人が納得のいかぬ顔で座っている。

商業ギルド長の名で内密の呼び出し。別室で副ギルド長であるガブリエラから書類を渡され、口止めのそれにサインした。

そして、どんな高級家具の制作か、それとも高度な細工の要る家具か――そう心躍らせて来てみれば、並ぶのは簡素な座卓六つ。しかも、天板と座卓の脚の間にはベージュの毛布が比率悪くはさまれている。

意味がわからぬまま、そこにいたロセッティ商会の副会長であるイヴァーノに靴を脱ぐように言われ、厚手の敷物の上に足を踏み出した。

「では、座卓の方に座ってください。少々お時間を頂きますので、お楽になさってくださいね」

イヴァーノの言葉に、職人達は六台の温熱座卓にそれぞれ入る。

そして渡されたのは紙一枚、わずか十行の説明書。座卓やテーブルの下に魔導具――温かな風が出るだけのユニットを取り付ける。そして、天板と脚の間に毛布を入れる。それだけの作りだ。

どう考えても、暖炉や火の魔石を使った暖房機の方がよほど暖かい。今、こうして入っていても、確かに楽ではあるが、風はぬるく暖かさが足りない。王都の冬には似合わない。

だが、不満を口にする前に、小型魔導コンロと小さな鍋、グラス半分の白ワインがそれぞれの前に置かれた。

「本日はお忙しいところ、ありがとうございます。顔合わせとして、ささやかですがお召し上がりください」

温熱座卓の上、小型魔導コンロでくつくつと煮えるのは、各自に小鍋丸ごと一つ。すぐにいい匂いを立ち上らせたそれは、鶏と野菜の鍋だった。味付けは塩だけなのに、酒の足りなさが悔しいほどにうまい。

小型魔導コンロは、ロセッティ商会販売の魔導具だ。大変に売れていることに納得した。

「もしかしてこれ、温熱座卓と小型魔導コンロのセットで売れるよう、俺達も一枚噛《か》めってことか？」

隣の家具職人の言葉に、なるほどと思う。可能性としてはありそうだ。

早々に食べ終えた者が、イヴァーノに薄く長いクッションを渡され、横になって休んでいる。汁の一滴も残らぬ鍋は、どう見ても食いすぎである。

しかし、その味の良さに自分も同じようなことになった。

そして気がつけば——いい感じにぬくい。

ぬるすぎると思えた温熱座卓の温度は心地よく、ついだんだんと深く入る形になる。向かいの職人も同じらしい。互いにぶつからないようにうまくずれ、転がって足を伸ばした。

全員が食べ終わって一息入れると、起き上がっている者は一人もいなかった。

ぐうぐうとイビキをかいて寝ている者、手を枕にうつらうつらとする者、視線を壁よりも遠くしている者——自分も動きたくなさに、毛布を胸まで引き上げつつ視線の先を変える。

「……おい、本当に俺らに何をさせる気だ？　イヴァーノ、いや、ロセッティ副会長？」

最年長の職人が、少々低い声で尋ねた。しかし、頭と手しか毛布から出ていないので、威厳も迫力もない。

皆、行儀が悪いが、ほぼ全員がイヴァーノと顔見知りか付き合いがある。

彼は長く商業ギルドの職員だった。自分も仕入れや書類などで何かと世話になったものだ。商業ギルド長夫妻の覚えめでたく、これから役職を上っていくであろうと思っていた彼は、あっさりそれを手放し、己を含め、わずか二名の商会に入った。

そこから始まったロセッティ商会の快進撃は、こいつが七割は担っているだろうというのが、親しかった者達の共通の見解だ。一部、八割か九割と言う奴もいるが。

そのイヴァーノの紺藍の目が、ゆるりと細められた。

「当商会では、この温熱座卓で、お客様にくつろげる冬を迎えてもらいたいと思っております」

営業用の笑顔で言う男に、起き上がらぬ職人達がぼそぼそと返す。

「なるほどな。俺はくつろぎすぎて、今日帰れる気がしねえよ……」

「そうですね……もう春まで、このままでいいかもしれません……」

「なんでこんなもんを考えつくのか聞きてえよ。開発者は天国の出身か……」

「いや、これを王都に広めようって、くつろぎを通り越して悪魔の所業だろ……」

褒めているのか、けなしているのかわからぬ言葉が流れる中、イヴァーノが真顔になった。

「何をおっしゃってるんですか？　皆さんは『くつろぐ側』じゃなくて、『くつろぎを作る側』ですよ」

「で、そっちの魔導具を座卓に付けるだけの簡単なお仕事です、これを一人百ほどってか？　冬の仕事にゃありがたいがな」

王都では家具はそれなりに必要とされるが、流行があるのは貴族ぐらい。庶民向け中心の自分達のような家具職人は、いきなり大量発注などを受けることはなく、急な儲《もう》け話は少ない。

それに、最近は隣国エリルキアの家具も入ってきている。木目のきれいなそれは、なかなか手強《てごわ》い競争相手である。

そんな中で、ユニットを付けるだけの仕事でも、数をまとめてもらえるならありがたいかぎりだ――願うような気持ちになったとき、イヴァーノが温熱座卓の上の方、両手を組んで言った。

「では、お仕事の依頼です。新規制作で、座卓本体とテーブル本体を一人当たり百。納品価格は通常の二割増し、材料費は前払いで、作業場から倉庫までの搬送はこちらで担当します」

「ほう、なかなかうれしい条件だな」

「ありがてぇ！　ずいぶん太っ腹じゃねえか、イヴァーノ」

「気にしている腹のことを言わないでくださいよ。で、納品次第、高さ変更のできる脚の付いたものなどの仕様違いを一人当たりもう百。おそらく数日遅れで個別仕様が来ます。貴族と商家の高級品、飲食店向けの大型や機能品、新規追加分などですね」

「おおっ、そりゃ腕が鳴る！」

「今年の冬は忙しくなりそうですね！」

「制作の合間に今ある座卓とテーブルにユニットを付ける作業と、温熱座卓・温熱卓向けに改修をお願いしたいです。ついでにテーブルと座卓の修理や色替えも請け負って頂ければと。次に――」

にぎやかになりかけていた職人達が、イヴァーノのどこまでも続く言葉に表情を硬くしはじめる。

「ちょっと待て、イヴァーノ、それ、納期はいつが希望だ？」

「即納――できるかぎりすぐです。できたものから納めて頂ければと。まあ、こちらから随時取りに行きますが」

「げっ……」

「わぁ……」

おいしい仕事を山と積まれても、度を超せば毒である。

「だから、皆さんは『くつろぐ側』じゃないって言ったじゃないですか」

再び笑顔となった男、最近ついた二つ名は、『紺の烏《からす》』。

師匠であるガブリエラの元を飛び立ち、範囲広く活躍しつつある。貴族とも親しく、あちこちで名呼びを許されているという話もある。

「ただし、作業は絶対に健康に害のない範囲でと、うちの会長からの『お願い』です」

「ロセッティ会長が……」

今は『ロセッティ会長』と呼ばれる、ダリヤ・ロセッティ。

新進気鋭の魔導具師で、次々と開発品を積み上げ、商会立ち上げ後、すぐに王城の出入りまで果たした。すさまじいやり手という噂《うわさ》もあるが、実際の彼女は優しそうな面立ちで礼儀正しい。

父であるカルロが元気だった頃、自分は緑の塔の一階、作業机の折れた脚を修理に行ったことがある。同じ部屋で、自分の作業をとても興味深そうに見ていた少女の澄んだ緑の目を思い出し――

商業ギルドの廊下、倒れて動かなくなったカルロを見た日を思い返した。

だから、彼女のお願いはリップサービスではないとわかる。後で職人仲間に、真面目に健康に注意するよう伝えた方がいいだろう。

「イヴァーノさん、さすがに俺達だけじゃ無理だ。口は守らせるから、職人の数を増やしてもいいか？」

「もちろんです。受けて頂けるだけ数は増やしますので」

家具職人の今年の冬休みは、木っ端微塵《こぱみじん》になることが決定した。


これからが楽しみなような、うすら怖いような気持ちになりつつ、温熱座卓から這《は》い出る。

新しく出されたコーヒーを飲んでいると、ロセッティ商会の若い商会員が包みを運んできた。

「お引き受け頂ける方にはユニットを二つずつ差し上げますので、試作してください。それで、一台はご自分用に、もう一台は『大切な方』に差し上げてください」

イヴァーノの説明に半分納得し、半分疑問に思う。

「『大切な方』って、サンプルで作業場に置いておく分じゃねえのか?」

「それは別途、材料と一緒にお持ちします。これは別です。今年の冬はとてもお忙しくしてしまうと思うので、ご家族や大切な方に、前もってご自身の仕事をお伝え頂ければと」

「なるほど、なんで忙しいか伝えておけってことか」

確かに、この仕事が入ったら年末年始に家族とのんびりというのは難しそうだ。冬のうちにこれを作るのだと理解を求めた方がいいだろう。

「それもありますが、これをもらった方はきっとくつろいで、笑顔になってくれると思うんですよ。奥さんの笑顔、子供さんの笑顔、家族の笑顔、恋人の笑顔――大事な人の笑顔を、自分が作った家具で見たくありませんか? うちの会長の魔導具は、全部それにつながるらしいですけど」

「まあ、それはわかる……」

笑顔を見たいが故の物づくり――ロセッティ会長は根っからの職人らしい。とても親近感を覚えた。

「ついでに、自分の作った温熱座卓を、『愛《いと》しい人』に渡して、そこから出せなくするっていうのもなかなかオツじゃないです？　自分に『はまって』くれるわけですから」

「なんともうまい冗談を言いやがるな、ロセッティ副会長」

「くっ、そんな話が通じる相手ばかりじゃねえんだよ……」

「『愛しい人』とか、さらっと言えたら苦労しません……」

グラス半分だが酔いはある。微妙なことをつぶやく者達が出た。

「これは個人的な買い物ですけど、なかなかきれいでしょ？　貴族向けのお店で見つけたんです」

イヴァーノがテーブルに二つ折りのカードを並べはじめた。

白に金や銀の飾りが入ったもの、水色やピンクの押し花を付けたもの、花や鳥の小さな画《え》が添えられたもの——一つずつすべて、デザイン違いであるらしい。

『愛しいあなたへ』『大切な君へ』『愛を込めて』『これまでの感謝を込めて』など、とても流麗で背中のかゆくなりそうな文字が——もとい、なかなか声にできぬ思いが並んでいる。

「ただの話の種ですけど、大事な人に対して、『言わなくてもわかってくれる』っていうのは最大の悪手だとか。これに署名を入れて、自分で作った温熱座卓の上に置いて渡したら、今後の関係が円滑に、格段に向上するんじゃないかなぁーと。なかなか話の続かなくなった相手とか、言葉足らずで冷えかけた関係の修復にもいいかもしれませんね」

げぼり、コーヒーが喉にきた。胸まで痛い。

「あとは恋人への正式告白、ああ、この際、勢いに乗ってプロポーズもありですかね。結婚資金はこの冬に貯《た》めて頂けばいいわけですし」

隣の座卓の若者が口を押さえ、激しくむせはじめた。

温熱座卓の天板を指でコツコツと弾《はじ》く先輩職人に、カードをちらちらと眺めている同世代職人に――誰も反論しないのは、まあ、そういうことなのだろう。

「カードは多数ご用意しておりますので、話の種に遠慮なくお持ちください」

今回の仕事を断る者は、誰一人いなかった。

⬢⬢⬢⬢⬢⬢

仕事で情報と準備が大事なことは、ダリヤもよく知っている。準備をできる限りしておき、あらかじめ覚悟を決めれば、多少のことは落ち着いて対応できるということも多い。

しかし、何事にも例外と限度というものはある。

本日、家具職人――主にテーブルや座卓を作っている職人十数名と、商業ギルドの会議室で顔合わせをした。

商会員の他、ガブリエラとフェルモも一緒に立ち会ってくれたため、それほど緊張せずに済んだ。

冬前に急な大量発注で忙しくさせてしまうことを詫《わ》び、身体を壊すような無理な作業だけはしないでほしいと伝えた。父と同世代の者が多く、どうしても言わずにはいられなかったのだ。

だが、さすが、皆一人前の職人である。気にせずともいい、仕事をもらえるのはありがたい、やりがいがあると言うばかりで、何一つ文句は出ない。かえって申し訳なくなった。

ただ、遠慮なのか一貫して、『ロセッティ会長様』と呼ぶのだけはやめてほしかった。

その後、疲労感の抜け切らぬところに、ガブリエラから昼食に誘われた。

彼女と雑談をしたら、少しは肩の力が抜けるかもしれない、そう思って受けた。

副ギルド長の執務室に入ると、なぜかギルド長であるレオーネがいた。その上、部屋には温熱座卓が二台並んでいた。

「せっかくなので、昼食がてら、ロセッティ会長に、商業ギルド長と副ギルド長の温熱座卓を見てもらおうと思ってな」

そうレオーネに言われ、笑もうとして頰肉《ほおにく》がひきつった。

目の間にある二台の温熱座卓は、一目見ただけで、どちらも超のつく高級品だとわかった。

「天板は一級品の黒檀《こくたん》で、一枚板だ」

「下の敷物は魔羊《まよう》で編んであるの。とても暖かいわよ」

楽しげに言いながら、二人はそれぞれの温熱座卓に入る。

レオーネの入った温熱座卓は、艶《つや》やかな白銀の毛皮が上掛けにされていた。

「銀　狐《シルバーフォックス》だ。家の倉庫に余っていたので、ちょうどよかった」

「す、素敵な毛並みですね」

確かルチアに、銀　狐《シルバーフォックス》は高級毛皮だと聞いた覚えがある。尻尾一本で普通の狐《きつね》の高級コートが買えるそうだが、一体これは何匹分の毛皮なのか。

そして、近づいてお茶のカップが直《じか》に置かれた天板を見て、思わず固まった。

漆黒の天板には、青い龍に対峙《たいじ》する銀の鎧《よろい》姿の騎士が、大胆な筆運びで描かれていた。この一枚だけで売られていそうな絵画である。怖くてカップを動かしたくない。

「ダリヤ、こっちに入って。お昼はサンドイッチを準備したから」

「あ、ありがとうございます」

ガブリエラの入っている温熱座卓には、真っ赤な毛皮をたっぷりとあしらった上掛けが掛かっていた。入らせてもらい、その毛並みのとろけそうな柔らかさに驚いた。

そして白い天板を見て、ため息が出そうになる。本物と見紛《みまが》うばかりの深紅のバラが、天板いっぱいに描かれていた。

「こっちは深紅狐《クリムゾンフォックス》の毛皮なの。私は冷え性だから、上掛けは長めにしてもらったのよ」

上機嫌で言うガブリエラが、芸術的天板にあっさりとサンドイッチのランチセットを載せた。共に出されたのは香りのいい紅茶である。

「朝から打ち合わせだったから、疲れたでしょう。楽にして、しっかり食べてちょうだい」

彼女の気遣いはとてもうれしく、ありがたい。

しかし、一庶民のダリヤは、深紅狐《クリムゾンフォックス》の上掛けに少しでもこぼしたら、天板に傷をつけたらとヒヤヒヤしてしまい、味がよくわからぬまま食べ続けた。

商業ギルド長・副ギルド長の執務室に置く温熱座卓だ。確かに、上質な素材と高級感、特別感は必要だろう。だが、これはもはや家具ではない。完全に芸術品・鑑賞品の部類である。

こんなに高級な温熱座卓は、きっと商業ギルドだけだ。販売品はもっとくつろげるものになるだろう――ダリヤはそう思いつつ、昼食を終えた。

なお、このダリヤの予想は完全に外れる。

商業ギルド長・副ギルド長の温熱座卓に入った貴族、そして商会長は、一人残らず購入を決めた。

その上で、各家・各商会で上掛けと天板、その素材とデザインを選び極めていく。

家や商会の矜持《きょうじ》をかけた高級温熱座卓、そして高級温熱卓が冬の話題になるのは、もう少し先のことだ。


「戻りました……」

「お疲れ様です、会長。ええと、俺も飲むので、コーヒーはいかがですか？」

よろよろとロセッティ商会の部屋に戻ってくると、イヴァーノに声をかけられる。紺藍の目には同情めいた光があった。

「お願いします……」

「すごかったでしょう？　商業ギルド長と副ギルド長の温熱座卓」

「はい、あの上で食事は無理です……」

「ですよね！　俺もギルド長室の温熱座卓で頂いた紅茶を、最初から最後まで、ソーサーごと手に持ったまま飲みましたよ。あの上には一滴もこぼせません」

これに関しては部下と完全に意見が一致した。

「あれと同じ黒檀の温熱座卓がレオーネ様のお屋敷にも入ったんですよ。今準備している天板は、黒に白い百合《ゆり》の花と蝶《ちょう》だそうです。レオーネ様は最初、天板にガブリエラさんの肖像画を描かせようとして、落ち着かないからと本人に止められてましたけど」

「さすがに、天板に自分の肖像画はきついですね……」

レオーネのガブリエラへの愛が深いのだとは思うが、自分の肖像画を見ながらお茶を飲んでくつろぐのは、難しすぎる。

「ですよね、俺もさすがに妻と娘の画を天板にしたいとは思えませんから」

ちなみに、屋敷の天板の裏面、温熱座卓でうたた寝をしていたガブリエラの寝顔が描かれているのは、画家とレオーネだけが知っている。

「こちら、本日分です」

砂糖を入れたコーヒーでようやく一息つくと、イヴァーノが便箋を何枚か渡してきた。手紙を開封したもので、ダリヤは必要な箇所を確認するだけの形だ。

見ていくと、一通だけ分けられており、まだ封が開いていなかった。

服飾ギルド長であるフォルトゥナート・ルイーニ。服飾魔導工房長ルチア・ファーノ。二つの名が並んでいる。封蝋《ふうろう》は珍しい赤と青のマーブル。押されているのは、ハサミ、針、糸――服飾ギルドの紋章だった。

「これは――フォルト様とルチアからですね」

「ええ、俺が開けていいか迷いまして」

確かに、この連名は初めてだ。イヴァーノからペーパーナイフを受け取ると、ダリヤは丁寧に封蝋を外した。

「服飾ギルドの温熱座卓が仕上がったので、二人とも見に来てください、とのことです――え？」

「どうしました、会長？」

「『天板は水晶の一枚板ですので、刺繍《ししゅう》がよく映えます』とあるんですが……」

「ああ、フォルト様、やっぱりやりましたか……この前行ったときに言ってたんですよ」

二枚目の便箋に移ると、ルチアと思われる筆跡で『すっごくきれいにできたから、とにかく見に来て！』とあった。署名もなしに躍りまくった字に、乾いた笑いしか出ない。

「服飾ギルドへ、早めに見に行った方がよさそうですね」

「イヴァーノ、もし時間が空くなら、一緒に行ってくれませんか？」

「もちろんです。ちょうどフォルト様に用事もありましたし。午後にでも行きましょう」

高級温熱座卓の鑑賞は、どうにも落ち着かない。部下が一緒に行ってくれることにほっとした。

「商業ギルドの温熱座卓もすごかったですが、服飾ギルドの温熱座卓も、とても高そうですね……」

金銭的なことを言うのは行儀が悪いかもしれないが、本音である。

「仕方がないですよ、会長。服飾ギルドの威信をかけた戦いのようなものですから。それに上掛けは布物ですから、服飾ギルドとしては商業ギルドに負けられないいんでしょう」

各ギルドの矜持はともかく、温熱座卓はくつろぐためのものだ。戦って頂きたくはない。

「でも、高級感といえば、オズヴァルド先生も負けてませんでしたよ。昨日お邪魔したら、客室にアイボリーの天板に無地の明るい緑の上掛けの温熱座卓がありまして……」

高級白木の天板に絹の上掛けなどだろうか？　そう考えつつ、続く言葉を聞く。

「上掛けはちょっと動くと草原みたいに色が変わるオパールグリーンっていう布でした。そこに鷲獅子《グリフォン》の毛を付与して、ところどころ金色に光るようになってて——矢も通さないそうです」

「じ、丈夫そうですね……」

コタツの上掛けに矢を通さない強度は必要なのか、大変に疑問だ。しかし、鷲獅子《グリフォン》の毛の付与はぜひ見学させて頂きたかった。

「俺もそう思いました。あと、天板が――オズヴァルド先生のお店の、『女神の右目』のカードがあるじゃないですか。あれと似た女神像が白木に細かに彫られてて、その上にもう一枚、ガラスの板を置いて、平らにしてました。なので、なんとか上でお茶は飲めました」

「ガラスがあれば、実用的かもしれませんね……」

絵画天板と水晶一枚板よりは安心できそうだ。しかし、比較対象自体がおかしい気もする。

「あと、王族に納める温熱座卓の仕様が決まったとおっしゃっていました。他に商業ギルドと服飾ギルドが仕様案を出してゾーラ商会が勝ち抜いたそうで――上掛けは白熊《ホワイトベア》の毛皮でたっぷりとしたフレアで、座卓は東ノ国《あずまのくに》のもので漆塗り、そこに螺鈿《らでん》という虹のような細工を職人に入れてもらうとか。他の貴族からも王族と似たものが欲しいと引き合いがあるそうですが、早くて一年待ちだろうって話でした」

「白熊《ホワイトベア》に、螺鈿《らでん》……」

確か、前世のホッキョクグマは絶滅危惧種だったが、今世の白熊《ホワイトベア》も国内にはいない。かなり遠い北の地で、獲《と》りに行くのも命がけだと聞いたことがあるのだが、記憶違いだろうか。

そして、黒い漆塗りの表面、青みがかった虹の光を瞬かせる螺鈿《らでん》細工を想像したが、どうしてもコタツの天板のイメージと一致しない。

「……すごく、細かそうですね」

「東ノ国の家具は見る機会が少ないですし、螺鈿《らでん》というのは俺は見たことがなくて。王族用だと宝石がついた超高級品になるのかと思ったんですけど、『螺鈿《らでん》の材料は貝の裏側です。宝石よりは安いですが、大変にきれいです』と、オズヴァルド先生が。どんなものか楽しみです」

仕様書や画で見るにはいいが、実物を見たい気持ちは駆け足で逃げていっている気がする。

そんなコタツの上に、お茶もミカンも置ける気がしない。というか、螺鈿《らでん》は宝石より本当に安くなるのか、そもそも螺鈿《らでん》細工が剥《は》がれるのが怖いので、肘もつきたくない。

だが、部下のいい笑顔に、口にできなかった。

「会長、副会長、一般向けセットが上がってきましたー！」

ドアをどうにか開けたメーナが、座卓と上掛けなど一式をまとめて運んできた。さすが、身体強化魔法持ちである。

床に並べられたのは、一般向けのコンパクトな温熱座卓セットだ。二人用の大きさで、一切の無駄がない。

メーナは壁際に寄ると、手際よく温熱座卓を組み立てはじめる。

厚手の羊毛の敷物、杉の脚に一枚物では高いからと板を貼り合わせた天板が載る。上掛けと下敷きは厚地の羊毛で、いかにも羊らしいもこもことした感触だった。

素朴な質感と、茶とアイボリーの優しい色合いが目にしみる。ほのかに漂う木の香りに、心安らぐ気がした。

これぞコタツ！　――いや、庶民の冬、くつろぎの友となる、魔導具『温熱座卓』である。

ダリヤは今すぐ入って休みたい思いに駆られた。

「会長、これ、庶民向けのセットの値段表です。あ、仕入価格も工賃も無理はさせていませんよ。最初から数を出す予定で組んだので」

「――これなら、きっと買える人が多いと思います！」

渡された羊皮紙、思わぬ低価格に驚いてイヴァーノを見ると、にっこりと微笑《ほほえ》まれた。

「お褒め頂けますか、会長？」

悪戯《いたずら》っぽいその言葉に、思いきりうなずく。

「本当にすごいです、イヴァーノ！　私、この倍以上になるかと思っていました。材料費や工賃を考えても、最低でも一・五倍にはなるだろうって。これで冬に暖かく過ごせる人が増えると思います。仕入れ先にも職人さんにも負担がいかなくてこの値段っていうのは、イヴァーノがとてもよく調整してくれたからですね。難しい希望を聞いてもらってありがとうございます」

「……大変、ありがたいお言葉です」

興奮して答えてしまったが、ふと見れば、イヴァーノが手で目元を押さえている。頬の上部は隠れているが、耳の赤さは隠しようがない。

そういえば、彼は奥様と『照れた顔を他の女性に見せない』という約束があると聞いている。

ダリヤはイヴァーノから目をそらし、早口で続けた。

「えっと、今日は午後から空きますので、フォルト様にご挨拶ですよね！　服飾ギルドへ行く前にお化粧を直してきます！」

ダリヤが部屋を出ていくと、メーナが椅子に座り、テーブル上の手紙を手にする。イヴァーノがすでに確認した手紙に、定型文の礼状を書くためだ。

メーナは字がきれいなので、書類の清書も礼状も任せている。少しずつ商業関係の書類にも目を通させているところだ。

彼はペンを持つと、視線を白い便箋に向けたままで尋ねてきた。

「イヴァーノさん、さっきの会長のお褒めの言葉に、少しはくらっとしました？」

「いいえ、まったく。予想以上のお褒めの言葉は、部下として大変うれしいですが
歳《とし》の浅い若人が、大人をからかうものではない。自分がくらっとするのは妻だけだ。

ダリヤに関しては新しい魔導具の話をされるたび、驚愕《きょうがく》とその先の展開を考えてくらくらすることはあるが。

あそこまでまっすぐ褒めて頂けるとは思わなかったが——すでに自分の頬に熱はない。

イヴァーノは少しだけ声を落として尋ねる。

「そういうメーナも、うちの会長には胸の痛みじゃなく、胃の痛みを感じるようになったんじゃないですか？」

メーナは派手に吹き出した後、口を閉じてペンを滑らせはじめた。

⬢ ⬢ ⬢ ⬢ ⬢ ⬢

「ダリヤー、イヴァーノさん、こっちこっち！」

服飾ギルドに到着すると、服飾魔導工房の工房長であり、友人のルチアが案内役として出迎えて

くれた。慣れていない場所なので、正直ほっとする。

「服飾ギルド長の温熱座卓、すっごくきれいにできたの！」

上機嫌で階段を上るルチアに案内されたのは、二階の大会議室だ。机も椅子も取り払われた部屋では、多くの縫い子達が、上掛けの端部分やクッションに刺繍をしている最中だった。

「見て見て、腕のいい縫い子さん達に、魔蚕《まかいこ》の二重織に、色のきれいな魔物糸で総刺繍を入れてもらったの！　端の処理が終わったら、フォルト様の執務室に運ぶ予定よ」

イヴァーノと二人、温熱座卓の手前で、足も声も止まった。

「すごくきれいです……」

「素晴らしいですね……」

きらきらと目にまぶしい高級温熱座卓――なお、これは比喩ではない。

天板は透き通った水晶の一枚板を、輝く黒曜石で囲んであった。周囲に広がる上掛けは、端がまだ縫い途中ではある。だが、魔蚕《まかいこ》による艶やかな濃紺の絹、その上に金糸と銀糸で、月の女神と夜空が精巧に描かれているのが見えた。

揃《そろ》いのクッションは同じく濃紺。夜空の星やフクロウ、月見草、月下美人などが刺されている途中だった。

それにしても、月の女神の刺繍は見事である。長く揺れる髪に白い肌、少し伏せた顔に憂いを帯びた目、それを囲む長い睫毛《まつげ》――画のように見えるそれが刺繍とは、どれだけの労力をかけたのか。

「でしょう！　うちの縫い子さん達、すっごく腕がいいのよ！」

完全に家族を自慢する表情《かお》のルチアに、縫い子達が作業を続けつつも笑っている。ルチアは服飾ギルドにもすっかり馴染《なじ》んでいるようだ。

「じゃ、ダリヤ、イヴァーノさん、隣の部屋に行きましょ！」

「隣に何があるの、ルチア？」

「服飾魔導工房の温熱座卓！」

それは工房長であるこのルチアの温熱座卓ということである。だが、さすがに服飾ギルド長の温熱座卓よりは落ち着いた感じだろう。そう思いつつ、友の案内を受ける。

「フォルト様にデザインも予算も好きにしていいって言われたから、思いきり凝っちゃった！」

ルチアはそう言いながら、隣の会議室のドアを開けた。

「うわぁ……」

「これは、また、すごいですね……」

思いきり広げられた薄青の布は、先ほどの温熱座卓のものよりもかなり大きい。

「ええと、可変式、だったわよね？　脚の高さを変えて、温熱座卓にも温熱卓にもできるものを選んだの。だから、上掛けは結構長めなの。こっちも魔蚕《まかいこ》で刺繍は魔物糸よ」

先ほどの温熱座卓の上掛けは艶やかな光を放っていたが、こちらは光の当たり具合によって色が変わる。六人の縫い子が分担し、真剣な顔で色とりどりの刺繍を入れている。

すでにできあがっている中央の刺繍は、純白の一角獣《ユニコーン》を膝に眠らせる美しき乙女。金の髪に優しい光を宿した目、一角獣《ユニコーン》を撫《な》でる細い指——画と遜色ない細かさに、ため息がこぼれる。

長く伸びる四方の布、縫い子達が途中まで刺しているのは、緑深き森の景色だ。林の合間に見える泉、可憐《かれん》に咲く野薔薇《のばら》など、そこだけでも凝っている。

そして、大きな上掛けの外周は、純白の角兎《ホーンラビット》の毛皮でふわふわと縁飾りがなされていた。

「上掛けは温熱座卓にも温熱卓にもいいように、内側に折り込んでとめられるようにしてあるの」

「駄目よ、ルチア！　こんなにきれいな刺繍を折り込んで、膝で擦《こす》れたらどうするの？　もったいないわ！」

思わず言ってしまうと、ルチアと共に縫い子達にそろって笑顔を向けられた。

「大丈夫よ、ダリヤ！　できあがったら、服飾ギルドの専属魔導具師さんに、思いっきり丈夫になるよう魔法を付与してもらうから」

ぜひそうして頂きたい。だが、そうしてもらったところで、自分がこの温熱座卓でくつろぐのは無理に違いない。糸の一本も引っかけたくはない。

「服飾魔導工房で可変式って、毎日高さを変えるの？」

「昼は服を見せたいし、皺《しわ》がつくのが気になるから温熱卓で、午後遅くから温熱座卓っていうのもありかなって思うの。あと、その日の寒さにもよるし。あたしが注文するなら、絶対可変式ね」

「可変式は予想より人気が出そうですね。特に服を気にする方々には。可変式の増産ラインを急いでもらうように、っと……」

イヴァーノは上着の内ポケットから手帳を取り出すと、可変式の追加について算盤《そろばん》を弾きはじめた。

くつろぎの時間、温熱卓を温熱座卓に切り替え、上掛けの絵や模様を床に大きく広げて楽しむ――それが貴族の優雅な楽しみとされるのは、この冬の半ばからである。

「ようこそ、ダリヤ嬢、イヴァーノ」

続いて入ってきたのは、服飾ギルド長のフォルトである。作業途中だったのか、左手に巻き尺をぐるぐると巻き付けたままだ。

「当ギルドの温熱座卓もなかなかでしょう？」

「はい、素晴らしいと思います」

商業ギルドと服飾ギルド、どちらの温熱座卓も大変高級感あふれる出来映えだ。

「こっちのクッション分はまだ染められないのよね。希望している薄青の在庫がなくて……世界樹の葉が一番きれいな天色《あまいろ》なんだけど、発注してもなかなか入らないらしくて」

「世界樹の、葉……？」

確か貴重な素材だったはずだが、同名別種の染料が服飾関連で別にあるのだろう、そう思いたい。

そういえば、世界樹の葉を細かく砕いて作ったというアイシャドウは、確かにきれいな天色だった。以前、化粧品店で見せてもらったときは、少量でもなかなかのお値段だったが、もし染色に使うとしたらどのぐらいの量が必要で、いくらになるのか、見当がつかない。

魔導具師として、今後は希少な染料関係についても、詳しく学ぶべきかもしれない。

「テーブルの分、上掛けが長いから、刺繍も時間がかかるし。あと、角兎《ホーンラビット》ももっと要るから、冒険者ギルドに頼んでいるの」

草原にいることが多く、時折、村の畑を狙う角兎《ホーンラビット》は、肉がハムに適している。このため、冬前、保存食用として獲られることが多い。この冬は服飾ギルド向けにも狙われそうだ。

「イヴァーノ、温熱座卓の一般向けセットですが、初期納品数で確認したいことがありまして」

「私もありまして。倉庫の件なんですけど、もう少しだけお願いできればと……」

ロセッティ商会は倉庫を持っていない。それに、人手が足らず、大型倉庫の維持管理はできない。どうしようもないので、共同販売という形で商業ギルドと服飾ギルドに頼ることになる。

何より、『温熱座卓セット』として売る場合、どうしても一時置き場が必要だ。

「書類を持ってこさせるより、一階で現状の製品上がり数と、倉庫管理表を見た方が早いですね。近くの倉庫は一昨日から羊毛織を詰めていますので、空きが危なそうです」

「お手数をおかけします」

「ルチアとダリヤ嬢は客間にどうぞ。私達も確認次第、そちらに参りますので」

フォルトの言葉に、二手に分かれて移動することにした。

ルチアとダリヤはメイドに案内された客間で、フォルト達を待つことになった。

紅茶を勧められたので、ありがたく味わいつつ、温熱座卓関係の話をする。

ルチアがメイドに話をふると、『冷え性なので冬に絶対購入します！』と笑顔が返ってきた。

服飾ギルド内では温熱座卓の購入希望者は多く、今から自分で上掛けを準備している者もいるのだという。制作者のダリヤには、なんともうれしい言葉だった。

しばらくして、客間にノックの音が響いた。

フォルトだろうと思ったとき、ドアを開けたメイドが、小さく、あ、と声をあげた。

入ってきたのは淡い金色の髪の女性だった。細身でそれほど背は高くない。白く陶器のような肌に、涼やかな空色の目が印象的だ。長い髪を後ろで結い上げ、東ノ国の見事な真珠をあしらった櫛《くし》をさしている。

その彼女はグレーシルクのドレスの裾を揺らしながら、優雅に歩み寄ってきた。

誰であるかはわからない。しかし、貴族女性であることは理解できる。たとえ相手が部屋を間違えたのだとしても、挨拶と礼儀は必要だ。ダリヤとルチアは即座に立ち上がる。

一瞬、自分達を確かめるような目をした後、女性はにっこりと笑った。

「はじめまして。フォルトゥナート・ルイーニの妻のミネルヴァです。うちの夫が大変お世話になっているようですね」

聞きようによっては構えそうな言葉だが、嫉妬や疑いのこもった感じはない。

空色の目が少しだけ興味深さをたたえて、自分達を見ている。

「ご挨拶をありがとうございます。服飾魔導工房で工房長を務めさせて頂いております、ルチア・ファーノと申します。ルイーニ様には大変お世話になっております」

先に礼儀正しい挨拶を返したのはルチアだった。ダリヤも必死にそれに続く。

「丁寧なご挨拶をありがとうございます。ロセッティ商会のダリヤ・ロセッティと申します。服飾ギルド長には大変お世話になっております」

服飾魔導工房長のルチアと、商会長のダリヤでは微妙に立場が違う。

ルチアはフォルトの直属の部下とも言えるが、ダリヤは取引関係にすぎない。

そのため、フォルトの名ではなく、服飾ギルド長と役職呼びである。確かこれでいいはずだが、礼儀作法の本を脳内検索したい思いだ。

「お二人とも、少しお話をよろしいかしら？」

「はい、もちろんです」

失礼がないか緊張していると、ミネルヴァが向かいのソファーに腰を下ろした。

「ロセッティ会長、温熱座卓の布物を、フォルトに発注してくださって、ありがとうございます」

「いえ、こちらこそよいお取引をありがたく思っております」

慣れぬ会話に緊張していると、それを見透かしたらしいミネルヴァが優しく笑む。

そして、ダリヤからルチアに視線を移した。

「ファーノさん、服飾魔導工房のお仕事はどうですか？」

「おかげさまで発注を多く頂いております」

「忙しくて大変ではありませんか？」

「いえ、とても楽しいです！」

「あなたのような有能な方が、夫の隣にいることをうれしく思います。これからも、フォルトの力になってくださいませ」

「光栄です。お仕事に全力を尽くします！」

答えるルチアはとてもうれしそうだ。服飾師としての仕事を認めてもらえたのだ、当然だろう。

ミネルヴァもさらに笑みを深めた。

「これから先、末永くフォルトの支えになってもらえればと思っておりますの。個人的にも」

「個人的、ですか？」

「ええ。叶《かな》うならば、あなたにフォルトの妻――第二夫人になって頂きたいの」

「はぅ!?」

ルチアが素《す》っ頓狂《とんきょう》な声をあげた。

その真横、ダリヤは無言で固まった。

自分がここにいてよいのか真面目に悩む。聞いてはいけない内容に思えて仕方がない。

ミネルヴァの紅茶を準備していたメイドが、カップをソーサーにカツンと当てた音が、妙なほど大きく聞こえた。

「あ、あの！　待ってください！」

あうあうと声にならぬ音をあげていたルチアが、再起動する。

「私はフォルト様とそういった関係ではありませんので！」

「フォルトがあなたのことをとても気に入っているのは知っています。未婚のあなたに、自分の名前呼びを許しているくらいですから。フォルトは親しい者、敬意をよせる者にしか愛称を呼ばせませんもの」

自分もイヴァーノも仕事上の関係でフォルト呼びを許されているが、はたしていいのだろうか。

一瞬そう思ったが、今はそれどころではない。

ルチアの援護をしたいが、この件では、なんと言っていいのかわからない。

「それは仕事上でやりとりが多いからで……」

「お気になさらないで。この夏から、屋敷に戻ってくるのは夜中過ぎのことも多いですもの……ファーノさんに婚姻条件でご希望があるのなら、できるかぎりこちらで添うつもりです」

かたり、ルチアの膝が一瞬動き、その上の手が固く握りしめられた。

言い返すのをどうにかこらえたのだとわかるのは、長い友人付き合い故だろう。

思わずその背に手を触れると、ルチアは、その露草色の目を伏せ、呼吸を整えた。

「……ルイーニ夫人、私は本当に、フォルト様とそういったお付き合いはしておりません。神殿契約をして、真偽確認をして頂いてもかまいません」

思わずルチアを見つめてしまった。

オルディネ王国では、『あなたに対して、嘘偽《うそ》りなく話をする』、そういった神殿契約をして真偽確認をする方法がある。だが、それは罪人や事件関係の証人などが多いと聞いていた。一般庶民ではまず聞かない話だ。

自分からそれを言い出すのは、おそらくはルチアの覚悟の表れで――自分は何も言えなかった。

ルチアの露草色の目が、まっすぐにミネルヴァを見返す。その強い視線を受け止めつつ、彼女は優雅に笑んだ。

「そうでしたの。私の勘違いで失礼しました。ただ――フォルトはあなたにそういったことを、まだお話ししていないのですか？」

「ありません。お話しするのは、お仕事と服飾関連のことがほとんどです」

「私の方で、もう一度フォルトと話してみますね。この件にかかわらず、どうぞ夫の力になってくださいませ」

「……もったいないお言葉です」

友人の平坦《へいたん》な声を聞きつつ、ダリヤは吐息をつく。気がつけば、自分は何のフォローもできず、部屋の調度品状態になっていた。

「ロセッティ会長」

「はい……？」

いきなり自分に声をかけられたことに驚いたが、ミネルヴァは緊張感なく続けた。

「ロセッティ会長が、もしフォルトのことを夫候補としてお考え頂けることがありましたなら、どうぞご連絡をくださいませ。歓迎致しますわ」

「いえ、私は——」

全力で否定しようとし、失礼にならないようにとの思いで声を止める。続ける言葉がとっさに出てこない。

「もし、フォルトの——うちの一族の力が必要になったときは、どうぞお声をおかけになって。まだお若いのですもの、『この先』が確実に決まっているわけではないでしょう？」

見返す空色には、からかいも嫉妬の色もない。あくまでひとつの選択肢を提示する、ゆるぎない子爵夫人の表情《かお》だ。

瞬間、ダリヤは理解する。ミネルヴァと自分は『世界』が違うのだ。

仕事で有用になりそうな女性を、自らの夫の第二夫人、第三夫人とすること——ミネルヴァは、それを当たり前のこととして言っている。自分から声をかけるほどに割り切れている。

それがフォルト、いいや、ルイーニ子爵家のためだと、本当に思っているからだろう。

この日、ダリヤは爵位を受けることに初めて怖さを感じた。

貴族の流儀と庶民の流儀

水晶の窓から差し込む陽光が、男の整った横顔を照らしている。

二人で囲むには広すぎるテーブルの上、色とりどりの料理をのせた皿が並ぶ。

ルチアは緊張をほぐすため、意味もなく椅子に座り直した。

今朝、フォルトから貴族街での昼食に誘われ、『テーブルマナーがわからないので』と一度は断った。

だが、『私とルチアだけにするからかまわない』と言われ、気の置けない店ならばと受けた。

昼食の時間より少し遅くやってきたのがここ、貴族街の高級レストラン、しかも最上階である。

艶《つや》やかな白と黒の石造りの建物、銀の扉、廊下に延びる厚い朱のカーペット。何より、給仕をする店員の服ですら紺の絹だ。ルチアからすれば完全に分不相応な店だった。

このため、フォルトはいろいろと気遣ってくれたのだろう。テーブルに先にすべての料理をそろえさせ、給仕を下がらせた。いつもは近くにいる従者も、隣室へ控えさせている。

今日のフォルトは上等な黒絹の三つ揃《ぞろ》えだった。いつも以上に服飾ギルド長らしい、格式のある美しい装いだ。艶やかな金の髪は後ろに束ねられ、整った顔のラインがよく見える。

この昼食後、王城か高位貴族の元へ行く予定があるのかもしれない。

とても似合いだが、服を愛する服飾師のフォルトなら、どんな服も自分なりに着こなしそうな気もした。

ルチアの方は、以前、フォルトと共にデザイン画から起こしたワンピースを着てきた。

白からアクアブルーへグラデーションとなる、凝った色合いだ。細やかな縫いの白レースが、胸元から二の腕までを柔らかに包む。

元となった布は特級シルク。半年前は憧れているしかなかった高級品である。

それほど昔でもないのに、グラデーション部分の染色でうまくいかず、服飾魔導工房にフォルトもやってきて試行錯誤した日々が、なつかしく思い出された。

「ルチア、元気がないようですが？」

「いえ！　こういうところは慣れていないので、ちょっと緊張しているだけです」

グラスに半分だけ注《つ》がれたのは、甘めの赤ワインだ。彼の好みは香りのいい辛口なので、ルチアに合わせてくれたのだろう。

フォルトと共に食事をすることは、今まで何度もあった。

けれど、たいてい服飾魔導工房の者や、服飾ギルドの関係者も一緒だった。布や服づくりについて語らい、着こなしについて意見を交わす、そんな食事はとても楽しかった。

今日は二人だけ、しかも貴族向けの店である。いつものようににぎやかにというのは難しい。

それに、ルチアにも大体の想像はつく。昨日、フォルトの妻が自分に告げた、第二夫人の話についての謝罪だろう。

自分とフォルトとの関係はずいぶんと勘違いされていたようだ。

そういった関係では一切ないが、振り返れば誤解を招く距離と失礼さがなかったとは言えない。

服飾魔導工房の設立から休みなく動き回り、工房で夜遅くまで仕事をし、家まで毎回馬車で送ってもらっていた。工房の者達や従者も一緒にいたとはいえ、客観的に見れば勘違いされても仕方がない密接さだ。

もし、自分が逆の立場だったなら――そう考えれば、怒る気も失《う》せた。

服飾魔導工房の仲間からこそりと聞いたが、フォルトの妻であるミネルヴァは伯爵家の出身だ。

爵位だけではなく、家格・権力ともに、フォルトの家よりかなり上だという。

ミネルヴァは貴族的考えで、仕事をうまく回しているルチアを手放したくない、そう単純に思ってくれたのだろう。むしろその考えだけで言ってくれている方がましな気がする。

「本当に大丈夫ですか？」

「大丈夫です、フォルト様。乾杯しましょう！」

心配げなフォルトに、思いきり笑顔で答えた。

そして、明日の幸運を祈って乾杯し、食事に向かう。

白い皿に芸術品のように積まれたチーズ、バラのように飾られた生ハム、すべて中身の違う一口パイ、やわらかな鴨《かも》の肉のソテーに、希少な貝を使ったスープ。

どれもとてもおいしいはずなのに、ヴェールを一枚隔てたように、味がしっかりわからない。

「ルチア、口に合いませんか？」

「いえ、おいしいです。慣れないお店なので、少し緊張しているだけです」

「次はもっと肩の力が抜ける店を選びましょう」

そんな会話を交わしながら、食事を進めた。

食後の紅茶は、フォルトが手ずから注《つ》いでくれた。

デザートのマロンタルトはルチアの好物だ。夏に話したことのあるそれを、彼は覚えてくれていたらしい。

「――昨日は、妻がたいへん失礼しました」

ルチアがマロンタルトを食べ終えるのを待っていたらしいフォルトが、ようやく切り出した。

「まさかミネルヴァが、直接あなたのところへ行くとは思わず……」

「いえ、夜までのお仕事も多かったので、ご心配なさったんだと思います。あ！　私よりもダリヤの方が……ええと、ダリヤはあっちこっちにその、応援する人が多いので……」

この初夏から、友ダリヤは笑顔で魔導具を開発し、快進撃を続けている。

それはルチアにも、とてもうれしいことだ。ありがたいことに、彼女のおかげで自分もよい役目をもらい、こうして楽しく仕事をすることができている。

反面、友の負担は少なくない。

王都一と呼ばれる美青年のヴォルフとの付き合いで、女性の嫉妬と陰口は山。

魔導具師、商会長としての大活躍で、関係者の興味とやっかみも山。

王城への出入り、魔物討伐部隊の相談役魔導具師となったことで、期待と羨望《せんぼう》も山。

対して、ダリヤの自己評価は谷である。

魔物討伐部隊の相談役魔導具師になったとき、スカルファロット家のグイードが貴族後見人となったとき、侯爵ジルドがロセッティ商会の保証人となったとき――どれも胃痛を起こしていた。

それでも、友人や仲間のためにならば迷いなく猛進するのだから、その行動力は予測がつかない。

そんなダリヤだが、いや、そんな彼女だからこそ、自分を含めて応援する者は多くいる。

「ダリヤ嬢の方にも、イヴァーノ経由でお詫《わ》びの手紙をお送りしたところです」

「……大変でしたね」

無意識なのだろう、胃に左手を伸ばしかけたフォルトに、心から同情した。ヴォルフの家であるスカルファロット家から苦情がきそうである。あと、黒髪の美青年からもにらまれそうだ。

せめて自分の件については、さっさと忘れることにしよう。

「私は気にしないので、フォルト様、しっかり誤解は解いてくださいね」

「それについては――私が妻に話したのです」

「え？」

「私がルチアと会って、まだ半年ほどです。少々早いかと思ったのですが、妻にあなたのことを話しました。まさかギルドに来て、先にあなたに話をされるとは思いませんでしたが」

フォルトの目がまっすぐ自分に向く。中央の紺、そして明るい青から暗い青に変わる目が、少しだけ揺らいで見えた。

「ルチアと最初に会ったとき、とてもかわいらしいお嬢さんだと思いました。プリンセスラインの素敵なワンピースで。後であなたのオリジナルデザインで、自ら縫ったと聞いて驚きました」

「フォルト様は灰銀のスーツと、白いシャツがとてもお似合いでした。魔糸の模様織込みで」

「私は服しか覚えて頂けてないようですね」

二人そろって笑う。

会ってわずか数ヶ月だが、お互いの笑い声はとうに耳に馴染《なじ》んでいた。

「ルチアと一緒に仕事をしていて、本当に腕のいい、有能な服飾師だとわかりました。そして、とてもセンスがよく、ひらめきもあることに感心しました。夜中まで一緒に仕事をしても、次の日、またあなたと会って仕事をするのが楽しみでした」

「フォルト様……？」

「気がついたら、一緒に仕事をするだけではなく、ずっと共に歩みたいと、そう思うようになりました」

立ち上がり、ゆっくりと傍らに歩んできたフォルトが、膝をつき、自分に手のひらを差し出した。

「ルチア、私の妻となって頂けませんか？　あなたを守らせてほしいのです。私が砂に還《かえ》る、その日まで」

剣ではなく、ハサミと針を持つのが似合うフォルトの手。

たった半年。爵位の違い、立場の違い、男女の違いはあったけれど、同じ仕事をする服飾師同士、服に関する思い入れも喜びも苦労も分かち合ってきた。

幾度となくエスコートされたことのあるルチアは、彼の手の温かさを知っている。

その左手首には、金の輪に淡い水色の石が光っていた。

⬢　⬢　⬢　⬢　⬢　⬢

「ダリヤー、急でごめん、できたら今晩泊めてー」

ベルの音で塔のドアを開くと、緑の髪を三つ編みにしたルチアが立っていた。

片手に網に入った大量の玉ネギ、片手に精肉店の袋を持つ彼女に、ダリヤは察した。

「いいわよ、玉ネギハンバーグを一緒に作る？」

「うん」

ルチアはうなずくと、ドアから滑り込むように入ってくる。その姿に思い出す日があった。

高等学院に入ったばかりの頃、遊びに来たルチアとダリヤで、ハンバーグを作った。

『ダイエットのために玉ネギ多めのハンバーグにしよう！』、そう言い合って刻んでいるうちに、二人の目は涙でいっぱいになった。

そのとき、ルチアはいきなり、他の服飾師達に笑われたことを話し出した。

『自分の洋服工房を持ちたいなんて夢物語だ、足元が見えていない』、そう言われたそうだ。

ダリヤも魔導具科の実技授業で、クラスメイトと距離ができたことを話した。

これまで何百回も練習をしてきたからできた実技なのに、『魔導具師の父と祖父がいるからできて当たり前』そう言われてしまった。

二人でひたすら玉ネギを切り続け、涙を流しながら鼻声で愚痴り合った。

そこに帰ってきた父カルロには、とても心配された。だが、玉ネギを切っていたと答えたら笑い飛ばされた。

切った量が多すぎ、玉ネギの割合がたいへん高いハンバーグとオニオンスープを、たっぷり作り、三人で明るく話しながら食べた。

それでも、父は自分達がちょっとしんどいことに気がついてくれたのだろう。夕食後に、秘蔵の野イチゴジャムを出してきた。

夕食後、ダリヤの部屋で太ると言い合いながら、クッキーにジャムをたっぷりつけて食べた。

それからは愚痴ではなく、将来の夢やしてみたいことについて、笑って語り合った。

それ以来、ダリヤとルチアは、互いにしんどいことがあれば、玉ネギと肉を持って集うのが定番になった。

　ここ二年ほどはお互いに忙しくて途絶えていたが、今日の玉ネギは今までで最大の量だ。ハンバーグとオニオンスープがとてもたっぷり作れそうである。

　塔の二階、台所で二人で玉ネギの皮をむいていると、ルチアが微妙な声音で切り出した。

「ダリヤー、今日ねー、フォルト様本人に求婚されたー」

「ルチア……」

「その場でお断りしたー。というわけで、あたしは明日休みー。さすがに今日の明日じゃ気まずいじゃない？」

「そうね……大変だったわね、ルチア」

　ルチアは玉ネギをまな板の上に置き、すぱんと二つに切る。そして、片方に切れ目を丁寧に入れはじめた。

「ダリヤは？　昨日のミネルヴァ様のお誘い、髪の毛一本くらいは考えた？」

「いいえ、まったく。失礼にならない言葉を考えるのに困ったけど」

「だと思った。最近、貴族向けドレスの縫い子さん達に聞いたんだけど、『嫁ぐなら侯爵家次男より伯爵家当主』って言うんだって」

「爵位が下なのに？」

「嫁ぎ先の爵位が下がっても、夫が当主ならずっと貴族のままだし、妻として使える力が違うんだって。だから、庶民女性が貴族家の当主に嫁ぐのは『類《たぐ》い希《まれ》なる玉の輿《こし》』って言うんだって」

　庶民女性が貴族家の当主に嫁ぐ――その言葉にふとガブリエラを思い出した。

彼女は様々なことをすべて乗り越え、ジェッダ子爵夫人になったのだろう。

「あたしが子爵家当主のフォルト様に嫁いだら、確かに『類い希なる玉の輿』よね。小イカがクラーケンを叩《たた》き落とすレベルだもの」

「ルチア、そのたとえは……でも、断ったんでしょう？」

「ええ。『私はフォルト様の第二夫人にはなれません』ってはっきり言ったわよ。別に食い下がられたり、何か言われたりはなかったし。フォルト様なら、これで工房長下りろとか言わないだろうし。ただ、お互い、今日までみたいに笑えるかはわからないけど……」

自分から断ったはずなのに、友は苦い顔をした。

「あたしは歳《とし》の差は気にしないし、本当に好きだったら、爵位も男も女も関係ないって思うの」

「ええ、私もそう思うわ」

「でも、『ただ一人』だけっていうのは、フォルト様には無理よね。もう奥さんいるし、娘さんもいるし。貴族だからそういうものなんだろうけど」

まな板と包丁の当たる、リズミカルな音の中、ルチアは続ける。

「あたしは——朝起きて隣にその人がいないのは嫌。二日に一回しか隣にいないのも嫌。その人が隣にいなくて、他の誰かに嫉妬するのも嫌。他にもう一人いるのも嫌。無理なものは無理」

一息に言い切ったルチアは、露草色の目でじっとこちらを見た。

「ねえ、ダリヤ。貴族って、奥さんとか旦那さんが複数いて、相手に嫉妬しないのかしら？　それとも完全に割り切れるのかしら？」

「私には、わからないわ……私も無理そうだもの」

ダリヤには本当にわからなかった。

フォルトの妻ミネルヴァは、割り切っていたというより、それが当然の世界にいる気がする。

庶民の自分達と感覚が重なることは、たぶんないだろう。

「あたしも絶対無理。あたしはヤキモチ焼きの上に欲張りだから、相手の愛は独り占めしたいもの。あ、子供とか家族とかの愛は別としてよ」

「そうね……」

「それに、フォルト様の第二夫人として生きるのは想像できないし、いつか自分の工房でお洋服を作る夢があるし。譲れないものって意外にいっぱいあるのよね……もし、フォルト様が庶民の服飾師で独身だったら——ほんのちょっとは考えたかもしれないけど」

「ルチア……」

友はきれいな笑顔を作ると、長いまつげを濡《ぬ》らす涙を、袖でぬぐった。

「この玉ネギ、ホント目にしみるわね！」

「……仕方がないわよ。ハンバーグに入れるには、細かく刻まなきゃいけないんだもの」

気の利いたことが何ひとつ言えないのが、ひどく歯がゆい。

でも、自分もきっとルチアと同じだ。

自分もルチアも、愛する人を誰かと共有するのは無理なのだ。たとえそれが貴族では当たり前で、よくあることだとしても。

「最近の体重を考えると、ハンバーグは中型一個よね」

「久しぶりに遊びに来たんだもの、二個でもいいでしょ？」

ルチアはうなずくと、ボウルにひき肉と塩胡椒《こしょう》を入れ、親の敵《かたき》のようにこねはじめた。

「ダリヤ、この前、ドレスのウエストがまずいって言ってなかった？」

「そうだったかも。でも、少しくらいきつくなっても、ルチアがなんとかしてくれるんでしょ？」

「もちろん！」

友の目にすでに涙はない。それでも、赤みは少しばかり残っている。

もしもフォルトが独り身で、庶民であったなら――考えても仕方がない仮定を、ダリヤはみじん切りの玉ネギと共に銀色のボウルに放り込んだ。

玉ネギハンバーグが焼けたら、一番甘い赤ワインをルチアに勧めよう。

話したいことがあるならば、いくらでも聞こう。

話したくないならば、食後は自室に移動し、この前一緒に出かけて買った服を並べよう。

足りないならば、持っている服をすべて出そう。今夜一晩、ルチアの着せ替え人形になってもかまわない。

夜食には冷凍庫にストックしてあるクッキー生地を焼こう。そして、イチゴジャムとハチミツを出し、たっぷりとつけて二人で食べよう。

ルチアが強い人間であることはよく知っている。今日ちょっとだけ愚痴っても、きっと明日には明るく笑う。

それでも今夜は友として、寄り添うぐらいはしたいのだ。

「ドレスはなんとかするから、ダリヤ特製チーズソースにしてもらっていい？」

「ええ、いいわよ、ルチア。たっぷりめね」

冷蔵庫からチーズを取り出しながら、ダリヤは鼻の奥にじわりと残る痛みを振りはらう。

今夜の玉ネギハンバーグは、少しだけ塩辛くなりそうな気がした。

◆◆◆◆◆◆

夕方の商業ギルド、フォルトからの急な呼びかけに応じ、イヴァーノは迎えの馬車に乗った。

が、中にはすでにフォルトがいた。一目でわかる暗さが、この男らしくもない。

「フォルト様、何かありましたか？　急ぎでしたらこの場で伺いますが」

「……ルチアに求婚して、断られました」

「そうでしたか……」

昨日、服飾ギルドで、フォルトの妻がダリヤ達のいる客間に行ったことは聞いた。

単なる挨拶だろうと思ったが、商業ギルドへ戻るとき、ダリヤが妙に落ち着かなげだった。

それが少し気になっていたところ、今日、フォルトから詫びの手紙が届き、状況を知った。

フォルトの妻ミネルヴァが、ルチアとダリヤに対して第二夫人にどうかと話をした——貴族的にはありえることだとわかっていたが、正直、驚いた。

幸いと言うべきか、ダリヤは我が事については動じていなかった。いや、動じていないを通り越し、別世界だから関係ないという感じの割り切り方だった。

『自分については、何もなかったことに』というダリヤの希望に添い、代わって返事を書いた。

もっとも、うっかり漏れた日には、どこぞの兄君が猛吹雪を起こさぬか心配だ。守り役の黒人に関しては、少しあせって頂きたいような気もするが——今は目の前の『先生』の方が優先である。

「フォルト様、庶民的に『自棄酒《やけ》』なんかはしてみたいですか？」

「……いいですね。適当な店へ行きますか」

「よろしければ俺の家に来ませんか？　前より広い家に引っ越したので。狭いですが客室も二つあります。飲んでいる間、従者の方も隣の客室でお休み頂けますから」

自分の言葉が意外だったのだろう、青の目はとても丸くなった。

通常、庶民の自分が、子爵家当主の服飾ギルド長を家に招くなどありえない。だが、貴族向けの高級店で自棄酒というのも合わない気がした。

数秒の逡巡《しゅんじゅん》の後、彼はあきらめたように了承した。

「お帰りなさい、あなた」

「お帰りなさい、お父さん」

「おかえりなさい、パパ！」

家のドアを開けた途端、最愛の者たちの迎えの声がきれいに重なった。

途中、食事を頼む店に寄ったついでに、家に『フォルト様をお客として連れて帰る』と使いを出してもらった。せいぜい十分ほどだが、先にわかっている方が精神衛生上いいと思ったからだ。

しかし、自分の後に、フォルトとその従者がドアをくぐると、幼い娘達の視線が揺れる。その緊張が手に取るようにわかり、ちょっと申し訳なくなった。

「ただいま——フォルト様、私の妻のロレッタ、娘のイリーナ、ロアーヌです」

自分よりも一段低い背の妻と、まだ抱き上げるのも軽い娘達。

三人ともふわりとした長い銀髪で、妻は水色の目、娘達は自分と同じ紺藍の目だ。

「ロレッタと申します。夫が大変お世話になっております」

「イリーナと申します。父が大変お世話になっております」

「ロアーヌ、です。お世話に、なってましゅ」

上の娘は七歳になったばかりだが、妻そっくりに真似をした。

下の娘も続いてがんばったが、まだ四歳、最後に噛《か》んでしまった。

フォルトは三人に対し、優雅に貴族の礼をとる。

「フォルトゥナート・ルイーニと申します。突然の訪問に対し、丁寧なお迎えをありがとうございます。美しい奥様とお嬢様方にお目にかかれて、大変うれしく思います」

服飾ギルド長の営業用の笑顔が向けられた。貴婦人方を赤らめさせると有名な表情《かお》である。

それに対し、妻は来客用の笑顔で、上の娘はすました笑顔で、下の娘は無邪気な笑顔で応じた。

メルカダンテ家の女性陣には、フォルトの笑顔効果は薄いようだ。内心、少しだけ安堵《あんど》したのは内緒である。

「今日は、フォルトゥナート様と大事なお話があるから――」

そう説明すると、フォルトと従者と共に客室に向かう。

下の子が廊下で何度か振り返りつつも、姉に手を引かれて歩いていった。

抱き上げてのぐるぐる回りは明日三倍するので、今日は許してもらいたい。

隣の客室にフォルトの従者を案内し、ドアに鍵はかけぬことを伝え、待機してもらうことにする。

従者とはいえ、自棄酒を飲むのに背後にいられるのは落ち着かぬだろう。

客室が二部屋ある家を借りていてよかった。以前、それを勧めたのがフォルトだったというのがなんとも皮肉だが。

もう一方の客室に入ると、フォルトに奥の椅子を勧めた。

幸い、店からの料理は早めに届いた。友人のいる食堂に『至急で倍額』と頼んだせいか、メニューも時間も気を使ってくれたようである。

狭い部屋に小さなテーブルとサイドテーブル、その上に酒と料理がみっちり並んだ。

給仕がない庶民式の上、フォルトと隣室の従者の口に合うかは気にはなるが、勘弁してもらうしかない。

無言でグラスだけを合わせ、しばらくは当たり障りのない話をしつつ、料理を食べた。

自分はすべてを、フォルトが三分の二ほど食べたところでカトラリーを置く。それを合図代わりに、イヴァーノは新しいグラスをテーブルに載せた。

「フォルト様、ルチアさんに断られるとは思っていなかったんですか？」

直球で言ってみたが、フォルトは抑揚なく答えた。

「五分五分、いえ、白状すれば、六・四ほどで受けてもらえると思っていました」

それは彼の傲慢《ごうまん》ではない。一般的に、庶民が貴族に婚姻の話を持ちかけられるのは玉の輿だ。

さらに貴族当主、仕事の上司、これまでの関係も良好とあれば、断るという選択肢はまずない。

「ルチアに対して、服飾師の仕事に専念できる環境、服の材料が自由に使えること、うるさい輩《やから》から守ること……それぐらいはそろえてやれると思っておりましたので」

「なるほど」

「何が足りなかったんでしょうか……」

言葉は疑問形だが、響きはまるで独白だ。いつもと異なるやるせない表情は、少々話しづらい。

「先に奥様に会わせたのは、だめではないかと」

「それは予測外でした。まさか、ミネルヴァがいきなり話をしに行くとは思わなかったので」

「ルチアさんのことを、奥様に話されていたんですか？」

「ええ。先日、ロセッティ商会に行った日に」

貴族であるフォルトだ。妻にルチアのことを第二夫人にと相談していても、おかしくはない。

計算外だったのは、妻の行動力だったというわけだ。

「失礼ですが、奥様は伯爵家の出でしたか？」

「ええ、そうです。ミネルヴァの母は侯爵家の出ですしね。何かとお世話になっていますよ」

なんとも貴族的つながりに強い妻らしい。それと共に、ルチアの他にダリヤにまで声をかけたことに納得する。

ミネルヴァの第二夫人の誘いを自分の感覚に置き換えたなら、仕事上の引き抜きかスカウトのそれに近いのだろう。貴族夫人としては『よくできた妻』と言われるのかもしれない。

「……イヴァーノ、あなたに相談したいことがあります」

「どうぞ」

「未練がましいのは承知ですが、ルチアを手に入れる方法はないですか？　このまま服飾魔導工房の仕事を続けてほしいですし、国境伯のグッドウィン家などに嫁がれたくはないのです」

「ありますよ。フォルト様には難しいと思いますが、それでも聞きます？」

「ええ、聞かせてください」

揺らぐ青の目をまっすぐ見返し、イヴァーノは遠慮なく言い放つ。

「フォルト様が奥様と別れ、ご家族と爵位、服飾ギルド長の椅子を捨て、庶民でただの服飾師になればいい」

「イヴァーノ、なんの冗談を！」

いらだちも怒りも隠せぬ声が、部屋に大きく反響した。それを正面で受け止めて、まっすぐ言葉を返す。

「冗談じゃないですよ、フォルト様。ルチアさんは根っからの庶民です。貴族の結婚に関する考え方が理解できない。ルチアさんは愛する人を誰かと共有はできないんですよ。貴族では第一夫人とか第二夫人とかが当たり前でも、庶民はそうじゃないんです」

「庶民でも割合はともかく、仕事の絡む婚姻などはあると聞いていましたが……」

「人にもよるでしょう。自由恋愛派や裕福な商人なら、確かにそういうのもあります。けど、夫婦は一対一で想《おも》い合う、それが『庶民の流儀』ですよ」

「『庶民の流儀』、ですか……」

オウム返しに言ったフォルトは、その後に長く息を吐いた。

「フォルト様、ルチアさんと引き換えにできますか？　今、その手に持ってる全部」

「……できませんね。私にも、守らなくてはいけないものがあります」

端正な顔を歪《ゆが》め、フォルトは自嘲気味に笑った。

最初から答えのわかっていた問いだ。自分が追いつめただけの話である。

「ルチアをそばに置いて守りたいと思うのは、私のわがままでしたか……」

飾りのない素の声が、耳にひどく痛い。けれど、ここで話をやめる気はなかった。

「そうお思いなら、このまま仕事仲間、大事な部下として、守っていけばいいじゃないですか。生意気なことを言わせてもらえば、ルチアさんは今のままで幸せなんじゃないですか？　貴族の第二夫人になって、型にはまったルチアさんが、本当に幸せだと思いますか？」

「それは……」

「俺が知ってる『貴族のフォルトゥナート・ルイーニ』なら、そもそもルチアさんに答えを選ぶ余裕なんか与えなかったはずですよ」

自分に『貴族の流儀』を教えてくれたのは、この男だ。

貴族ならではの建前と本音、言質を取られぬ方法、賄賂にならぬ贈り物の仕方――灰色めいたそれらを涼やかな顔で教えた彼が、思いつかぬはずはない。

「先にファーノ家に行って、ルチアさんの父親に話を通せばよかった。庶民の一工房長《いち》が、服飾ギルド長のルイーニ子爵と娘の縁談を断れるわけはないですから。貴族なら当たり前の流れですし、親の方を先に固められていれば、ルチアさんは受けるしかなかったはずです」

もし、その手を使われたとしても彼女が望まなければ、イヴァーノはフォルトと多少の『喧嘩《りんか》』も辞さないつもりだった。

ダリヤと自分、ロセッティ商会が、ルチアを今の仕事に巻き込んだのだ。できる限り手を伸ばす覚悟はしていた。

「フォルト様、これからそれをやる気はありますか？」

「それは、できない。それでは、ルチアに合わせる顔が――」

言い終えぬうち、フォルトは片手で両目を覆い隠した。

「……情けない。いまだ、騎士気取りだったとは……」

先日、国境伯のランドルフとルチア、ダリヤが喫茶店で長く話した――それだけのことで、フォルトはロセッティ商会に確認に来た。

あのとき、いつもは冷静なこの男に、恋による綻《ほころ》びが見えていた。

その横顔は、子爵家当主でも服飾ギルド長でもなく、ただルチアを想い守ろうとする騎士のようで――

「情けなくなんかないですよ。それでも、会わない方がマシだったとは思っていないでしょう？」

「……ルチアに会えたことは、とても幸運だったと思います、今でも」

「なら、彼女の夢も意志も全部呑《の》んで、これからもいい上司、いい仲間であり続ければいいじゃないですか。それなら、たとえルチアさんが他の人と一緒になっても、フォルト様が守り、助けることはできますよ」

「なかなか酷なことを言いますね、イヴァーノ」

「ええ、うまくやれば、フォルト様は生涯、『ルチアの騎士』でいられるんじゃないですか？」

「……その情け容赦のないところは、商業ギルドの副ギルド長そっくりです」

怒鳴られるのも覚悟していたが、フォルトは力なく口角を上げただけだった。

「俺でよければいくらでも聞きますよ。誰にも言いません。なんなら明日、秘密保持の神殿契約をしてもいいです。今晩、ここで飲んで、愚痴って、悪酔いして、腹の内、全部吐けばいいじゃないですか。それは、帰ってご家族に見せていいものじゃないでしょうから」

「……わかっています」

「それなら、どうぞ」

ガーゼの白いハンカチを二枚、そして氷の魔石。

フォルトはテーブル上に並べられたものを、不思議そうに見つめている。

「目が汗をかいたらハンカチで拭いて、瞼《まぶた》が腫れそうになったら、もう一枚のハンカチで包んだ氷の魔石で目を冷やすんだそうです。俺も何度かやってますが、お勧めですよ」

「イヴァーノは、それをどなたから？」

「カルロ・ロセッティさんです」

「ダリヤ嬢の父君ですか？」

「ええ。なんでもカルロさんいわく、『いい男は、みっともない顔を女の前にはさらしてはいけない』という、男の法があるんだそうですよ」

妻の妊娠中、仕事の理不尽なトラブルに当たった時、酒場でカルロが教えてくれた方法だ。

家に持ち帰りたくない憂いをすべて流し、明るく酔った顔で家のドアを開けられた。

今まで何度か試しているが、なかなかに効果がある。

「男には、みっともない顔をさらしてもいいわけですか？」

「相手を選べばいいんじゃないですかね。ああ、今晩はこのまま泊まっていってください。狭いですけど、俺の家なら奥様にも誤解はないでしょうから。もし飲みすぎで寝落ちても、俺が付き添いますよ。うちの妻にも娘にも、従者の方にもそのお顔は見せません」

「……お言葉に甘えます。イヴァーノに『借り』ですね」

「いえ、最初に苦い酒を頂いたお礼ですよ、『先生』」

数ヶ月前、自分はこのフォルトに苦い酒——自白効果のある薬草ワインを飲まされた。

『貴族の流儀』の話をされ、その後に防毒、防混乱、防媚《ぼうび》のついた護身用の指輪をもらった。その銀の指輪は、今も右手の指につけている。

最初はふざけるなと思った相手だった。貴族らしさと腹の内の見えなさに、いけすかない奴だと思ったこともある。

だが、何度も飲食と話を重ね、貴族や服飾関係について教えてもらううち、この男が少しだけわかってきた。

フォルトは、子爵家当主、そして、服飾ギルド長として結果を出しながら、内にいる一服飾師との折り合いを懸命につけようとしていた。

口が裂けても言えないが、ルチアと共にハサミを持っているときが、一番彼らしく——幸せそうに見えた。

フォルトは、自分が王城へ出入りするときの服を選んでくれ、革靴を贈ってくれた。

一介の商会員、ただの庶民の自分に対し、濁《にご》すことなく丁寧に向き合ってくれた。

それがロセッティ商会との利害関係のためなのは、よくわかっている。それでも、自分にとっては、貴族の流儀を教え、その関係を視《み》えるようにしてくれた、ありがたい先生だ。

「先生に酒を返せるなら一人前ですね。あなたの先生役を下りるのが、こんなに早いとは思いませんでしたよ。たったこれだけの期間で、イヴァーノはずいぶん腕が長くなった。耳も早くなりましたね」

「まだ下りて頂くのは早いですよ。俺の腕が長くなったわけじゃなく、長い人の腕を借りられるようになっただけなので。耳も借り物ですから、まだまだです」

「それでも、私が先生というのはもう合わないですね……イヴァーノ、先生役は下りますから、歳の近さに免じて、愚痴の言い合える友人になってくれませんか？」

「それは光栄です、フォルト様」

「『フォルト』と、敬称はなしで。この先、どこの誰に聞かれてもかまいませんよ」

今度固められたのは、自分だった。

子爵家当主が庶民に呼び捨てを許すことは少ない。まして、どこの誰に聞かれても、というのはまずない。

ないからこそ、対等な友であるという証明になる。

今後の気合いがかなり要りそうな上、周囲への説明も面倒も山になりそうだが――それでも、尊敬する先生から友にと願われるのは、何よりの名誉だ。胸を張って受けようではないか。

「ありがとうございます。では『フォルト』、これをどうぞ」

笑顔でグラスに半分注いだ酒は、濃い灰色だ。一体何をどう混ぜたのか、匂いだけでおかしい。

友人が引っ越し祝いにと、ふざけて贈ってきた一瓶である。絶対に悪酔いすると言い切っていた。

実際、イヴァーノは一口試しただけで悶絶《もんぜつ》した。

「頂きましょう」

フォルトはこれからの酔いを覚悟したらしい。防毒や混乱防止が付与された腕輪を外した。

そして、灰色の酒を一気に喉に流し込む。

「くっ……！」

最初の一口は甘いと感じるのに、次の瞬間、舌を刺すように辛くきついアルコールの味がくる。

そして、口内を微妙に洗う炭酸、喉の焼けそうな熱さ、後味の苦さが続き――フォルトは初めての味に肩を震わせ、なんとかむせるのをこらえている。

あまりにもひどかったのだろう。その青い目が一気に潤んだ。

イヴァーノは同じ酒を舐《な》めながら、にじむ青から視線をずらす。

「『酔いどれの後悔』っていう、下町の混合酒です。泣けてくるほど苦いでしょう？」

友はそれでも再度酒を口にし、唇だけで笑った。

「ええ。こんな苦い酒は、生まれて初めてですよ……」

白馬と黒馬

秋も半ば、青空は遠く高い。そして、目の前の馬の背も高い。

スカルファロット家別邸の裏、ヴォルフがなだめているのは、童話に出てくるような美しい白馬だ。たてがみも身体も見事に白い。

しかし、その青い目がちらりと自分を見て、ため息をつくように長く息を吐かれた。

「ええと、ダリヤ、ゆっくりでいいから。踏み台が低いようなら、もう一段高いものを持ってくるし……」

ヴォルフの気遣いが胸に痛い。踏み台を出してもらっているのだが、そこから馬の背に乗れない。正確には、鐙《あぶみ》に足がかけられないか、なんとかかけても、鞍《くら》の上まで身体を持ち上げられない状態。

踏み台なしでひらりと乗れるヴォルフに対し、ふるふるとバランス悪く、ずるりと落ちかけること三度。どうしても安定が悪くふらついてしまう。

「グレカーレは背が高めだから。もう一段高い踏み台を探してくるよ」

「すみません……」

グレカーレとは、この白馬の名だ。ヴォルフの屋敷の厩舎《きゅうしゃ》で、一番賢い馬だという。

そうはいっても、ダリヤにとっては初めての乗馬である。当然、どうしていいかなどまるでわからない。

しかし、実はヴォルフの説明も補助もまるで足りていなかった。

乗りづらいのであれば、ヴォルフが先に馬に乗り、ダリヤの身体を引き上げればいい。もしくは、下から腰を少し押して背に乗せればいい、それだけのことだ。

それを、ダリヤに触れるのは失礼ではないかと葛藤した彼が、踏み台をさらに高くしようとしているのが今である。

ヴォルフが踏み台を探しに向かった後、白馬はまたも長く吐息をついた。厩舎前の杭《くい》につながれたまま、乗るか乗らないかで結構な時間が経過している。飽きてしまったのかもしれない。

今日のダリヤは、やわらかな素材の乗馬服を着ていた。赤茶の上着とベスト、そして細身の白いキュロットパンツに乗馬ブーツ、革手袋である。

屋敷にあるものを一式貸すと言われたが、どう見てもすべて新品だ。あとサイズも自分に合っている。キュロットパンツにいたっては、少々ぴったりすぎるほどだ。

借りが積み重なっていくように感じつつ、馬の横、ダリヤもため息をついた。

「ダリヤ、これなら大丈夫じゃないかな？」

ヴォルフが持ってきたのは踏み台ではなく、三段の足場がある脚立《きゃたつ》だった。

確かにこの高さならば問題はないだろう。鞍の上に乗ってから安定するかどうかは別の話だが。

「ありがとうございます……でも考えてみれば、馬で出かけた先に踏み台はないですよね？」

「その時は――俺が補助をするよ」

不安になって言ってしまったところ、彼が途中に一拍おいて答えた。そして、そのまま脚立の準備を始める。

あまりに自分の運動神経がないので、ヴォルフはどうフォローしていいかわからなかったのだろう。なんとも申し訳ない。

しかし、補助が必要なままだと、ヴォルフがいない時は馬に乗れないではないか。

やはりもうちょっと身体を鍛えるべきか、小型の踏み台を作るべきか、いっそ魔導具でどうにかできぬものか――つい考え込んだダリヤに、白馬がいきなり顔を向けた。

「痛っ！」

ぶちり、風になびいていた一筋の髪を、噛《か》んで抜かれた。

「ダリヤっ!?」

「……だ、大丈夫です、その、髪を数本抜かれただけで」

実際は十本以上やられた気がする。ちょっと地肌が心配だ。

涙目で犯人の白馬を見れば、前を見てむしゃむしゃと髪を咀嚼《そしゃく》している。

おいしくはないと思うのだが、自分の赤毛に人参《にんじん》でも思い出したのだろうか。いや、それよりも、馬にとって人間の髪というのは、身体に悪くないのだろうか。

「おい、グレカーレ！　ダリヤになんてことを！」

厳しい声と共に、威圧が発動した。

ダリヤは咄嗟《とっさ》にヴォルフの背に回る。マルチェラから教わったが、威圧は前面に強く出やすいので、背中側はまだましらしい。

確かに、以前のように凍えるような感覚は薄く、なんとか動くことができた。

叱《しか》られたことがわかるのだろう、グレカーレがぶるぶると震えだし、首を下げる。

それまで厩舎でいなないていた他の馬も、いきなり静かになった。

「ヴォルフ、あの、そのへんで！　他の馬も怖がってます！」

「すまない……」

ふとグレカーレを見ると、青い目を潤ませて自分を見ていた。さっきと逆である。

「私がなかなか乗れずにいたので、グレカーレはかまってほしくなったんだと思います。ちょっとじゃれられただけですし、平気ですから」

「うちの馬が申し訳ない。グレカーレが一番乗りやすいと聞いてたんだけど、こんな悪さをするのなら、違う馬の方がいいね」

ヴォルフはそう言いながら、他の馬達へ目を向けた。が、厩舎の馬がすべて視線をそらす。
さっきの威圧のせいで怖がられているのだろう。自分と目が合った馬までも、そっとうつむかれてしまった。

視線をずらしていくと、一番端の部屋から、黒い馬がひょいと顔を出した。

他の馬よりも二回りは大きい身体に、きついカールのついた長い灰色のたてがみ。四本の太めの脚も膝下が灰色だ。吊《つ》り気味の黒い目で、じっとこちらを見ている。

他の馬とは少し違う雰囲気で、なんとも強そうな感じがする馬だ。

「セネレ？」

ヴォルフが確かめるように名前を呼ぶと、馬はその場で膝を折った。犬でいう伏せのようだ。

「ヴォルフ、あの馬は『セネレ』っていう名前ですか？」

「ああ、乗りづらいからあまり勧めないと言われたんだけど……たぶん、他の馬に比べてちょっと大きいからだろうね。なんだか乗せたがってるみたいだし、出してみよう」

ヴォルフはグレカーレを厩舎の部屋に戻し、セネレを連れてくる。

斜め前に立つと、彼は馬の首を両手で押さえ、その黒い目を見ながら名を呼んだ。

「セネレ、ダリヤを乗せるので、くれぐれもよろしく……」

ヒヒン！　と、答えるかのように鳴いた馬が、なぜか再び膝を折った。さらに、首までも地面近くに思いきり下げる。ヴォルフはその背にさっさと二人乗り用の鞍をつけてしまった。

「これならダリヤも楽に乗れるね」

「あの……本当にこの体勢で乗っていいんでしょうか？」

セネレはまだ地面にぴったりと伏せたままである。

乗馬に関しては、立っている馬に乗るのが基本ではなかったか。この馬の負担にはならないのか。

「正式な乗馬ならダメかもしれないけど、慣れるまではいいんじゃないかな」

「セネレの負担になりませんか？」

「セネレは他の馬より大きいし、力があるから問題ないよ。草原からの捕獲馬で、通常の馬と緑馬《グリーンホース》の両方の血を引いているんだ」

緑馬《グリーンホース》は、風魔法を使って飛ぶような速さで走るといわれる魔物だ。

セネレの体格と独特の風貌は、緑馬《グリーンホース》の血を引くからかもしれない。よく見れば、その黒い毛並みは緑の光沢を含んだ美しい色合いだった。

「捕獲馬は気性が荒いのも多いけど、セネレは大人しそうだし」

ヴォルフはそう言いながらセネレの首を撫《な》でる。

それにしてもたいへんにお行儀のいい馬である。伏せたまま、ぴくりとも動かない。

「ええと、よろしくお願いします、セネレ」

ヴォルフの隣で挨拶をすると、セネレは了承するように小さくいないないた。

ダリヤがすることといえば、目の前の鞍に座るだけ。足をかける鐙《あぶみ》は、その場でヴォルフが調整してくれた。

その後、セネレはゆっくりと立ち上がってくれた。

自分に対して馬なりに気を使い、限界までゆっくり動いてくれたのだろう。ぷるぷるとした震えが伝わってきたが、視界はゆっくりと高くなり、まったく怖さはなかった。

なんと気遣いのできる馬なのだろうか――そう感心していると、後ろにヴォルフが飛び乗った。

天狼《スコル》の腕輪のせいなのか、本人のすばらしい身体能力のせいなのか、ほとんど揺れもない。

「馬の背中って、結構高さがありますね。眺めがいいというか……」

バランスを崩すと悪いので、振り返ることはできない。前を向いたままで言うと、背中でヴォルフの笑った気配がした。自分の背後、左右から伸ばされた長い腕が、当たり前に手綱をつかむ。

「ダリヤのことは絶対に落とさないから安心して。じゃ、セネレを少し歩かせてみようか。手綱の持ち方は……」

思わぬほど近くで聞こえはじめる説明の声。風は少し肌寒いが、背中はひどく温かい。

秋空の下、ちょっと落ち着かない乗馬体験が始まった。


「今日はありがとう、セネレ」

しばらくの乗馬体験後、ダリヤは黒馬に礼を言う。そして、手のひらの上に茶色い角砂糖をのせ、セネレに見せた。ヴォルフいわく、がんばってくれたご褒美だそうだ。

うれしげに鼻を伸ばしたセネレは、角砂糖をそっと食《は》む。手のひらに当たった舌がちょっとだけくすぐったかった。

灰色のたてがみが風に揺れるのをうずうずと眺めていると、ヴォルフに声をかけられた。

「ダリヤ、セネレを撫でてみる？」

撫でてみたいと思ったのが、顔にはっきり出ていたらしい。

「嫌がられないでしょうか？」

「首のあたりなら大丈夫。目の近くは警戒するかもしれない。声をかけて、ゆっくり動くとセネレも安心だと思う」

「ええと……セネレ、撫でさせてくださいね」

一応断って、そっとたてがみに触れる。

黒馬は一瞬首をこわばらせたが、その後は大人しく撫でられるがままになっていた。

カールのついた長めのたてがみは意外にやわらかい。その下、温かな首を撫でると、セネレは目を細めてダリヤを見る。

気持ちよさそうなその顔に撫でる手を止められなくなり、ヴォルフとしばらく馬の話に興じた。

「セネレは賢くて優しい、いい馬ですね」

「ありがとう。後で調教師にも伝えておくよ」

最初はどうなるかと思ったが、賢い馬とヴォルフのおかげでいい乗馬体験ができた。

ダリヤは安堵《あんど》の気持ちと共に、ちょっとだけ悪戯心《いたずらごころ》を込めて言った。

「今日はありがとうございました、『ヴォルフ先生』」

「ええと、『励みなさい』……やめよう、ダリヤ。これ、ものすごく落ち着かない……」

真顔で先生役をしようとし、即座に崩れたヴォルフに吹き出す。

二人の横、セネレが首を真横に向けていなないていた。

この日の夕方、ヴォルフはダリヤを緑の塔に送った後、再び厩舎にやってきた。

そして、本日二人を乗せてくれたセネレに丁寧なブラッシングをし、褒め倒し、撫で倒し、礼を言った。その後、時折、目を合わせて話しだす。

「人に乗馬を教えるっていうのはなかなか難しいな。俺は小さい頃から乗っていたし、隊でも一対一で教えたことはないから、教えるのは下手みたいだ。セネレみたいにいい馬でも、ダリヤが乗るにはまだ不安定だから、怪我《けが》をさせないように気をつけないと……」

最初は乗馬に関することだったが、いつの間にかダリヤの話になっていた。だが、黒馬は梨を囓《かじ》りつつ、耳をこちらに向けて聞いていた。

「しばらく二人乗りの方が安心だろうな、ちょっと俺が落ち着かないけど。いや、やましい気持ちはないんだ……ダリヤの安全のために、気合いを入れて乗馬の先生役をしないと」

セネレがたまにいいタイミングで首を動かすのが、長く話すことになってしまった一因である。

「……ああ、話し込んでしまったな」

いつの間にか夜の帳《とばり》が落ちているのに気づき、はたと話を止める。

相手は馬である。話の意味もわからず退屈だったろうに、長く付き合わせてしまった。

「セネレ、今日はありがとう。ゆっくり休んでくれ」

そばを離れようとすると、セネレは小さくヒンと鳴いた。頭を下げると、ヴォルフの後ろ肩を鼻先でそっと押す。

振り返れば、自分を見る黒い目はとても深く、少しだけさみしげにも見えた。

「明日、王城へ行く時はセネレに乗るよ」

思わずそう言うと、黒馬は動きを止め、少し長く息を吐いた。

この日まで扱いづらいと言われていたセネレは、賢く気遣いのできる馬として評判になる。

ヴォルフに気に入られ、緑の塔との行き来に使われるようになるのは、間もなくのことだ。

ちなみに、セネレは緑馬《グリーンホース》の血を濃く引く馬であり、捕獲された日から今日まで、周囲に自分が目指す力を持つリーダー、強い雄のいないことに腐っていた。

調教師や乗り手の言うことを理解しても、素直に実行しなかったのはこのためである。

ヴォルフの威圧を感じ、間近で強さを目測し、これが己の本当の主《あるじ》だと納得した。それでようやくこの環境、この群れに従うことにしたのだ。

そんなセネレに対し、ヴォルフはずっと誤解したままになることが一つある。

セネレは別に、さみしさからヴォルフを押したわけではない。

今一歩踏み出せないでいる主《あるじ》の背を、後ろから押したかっただけである。

兄からのお叱りと疾風の魔弓

「すまない、ダリヤ、いきなり呼んで……」

「いえ、急ぎとのことですが、何があったんですか？」

「それが俺も急ぎだと呼ばれて、ダリヤが来るって聞いたばかりで……まだ何も言われていない」

ヴォルフの住まいである、スカルファロット家別邸の廊下を少し急ぎ足で進む。

自分達を呼んだのは、ヴォルフの兄であるグイードだ。

乗馬体験をしたのが数日前、それから特に何もなく仕事をしていた。ダリヤだけが呼ばれたのであれば商会関係だろうが、ヴォルフも一緒となるとわからない。

二人で向かったのは屋敷の奥の部屋だ。ヴォルフが指定された場所だという。

部屋の前には従者が控えており、すぐドアを開けてくれた。中にはグイードとヨナス。大きなテーブルの向こう、グイードは椅子に座り、ヨナスが斜め後ろに立っていた。

「ロセッティ殿、忙しいところをすまないね。今日、この後の予定で外せないものはあるかな？」

「いえ、特にございません」

椅子を勧められて座り、ふと気がつく。この部屋には一つも窓がない。ドアも今入ってきたもの一つである。少しばかり閉塞《へいそく》感のある場所だった。

「ヨナスも席に着いてくれ」

グイードにそう言われ、ヨナスが自分の向かいの席に着く。だが、会釈だけで無表情だ。ちょっと落ち着かない。

「さて、今日は——きっちり叱《しか》ろうと思ってね」

「は？」

「はい？」

笑顔で不穏なことを言ったグイードに、二人同時に聞き返してしまった。

「これが、ロセッティ殿とヴォルフが作った『疾風《しっぷう》の魔剣』だね」

ヨナスがサイドテーブルにあった大きめの箱をテーブルに載せる。銀色の蓋《ふた》を開けると、先日制作した疾風の魔剣が入っていた。ヴォルフがグイードに見せ、相談したものだ。

その通りなので、また二人は同時に、はい、と答えた。

「ヴォルフ、疾風の魔剣を遠征に持参し、魔物を倒すのに効果的だった、誰が作ったか噂《うわさ》になるかもしれないので、スカルファロット家のものだと言った、そして私に相談した——そこまではいい。しかし、威力とその後のことについては、説明が足りなすぎると思うのだが？」

「ええと……首長大鳥《くびながおおどり》の首を落としたとはお伝えしたかと……」

黄金の目が泳ぐ。困惑を込めて答えるヴォルフは、完全に弟の顔だ。

「それは聞いた。首長大鳥《くびながおおどり》のおいしさもね。だが、ただの一撃で首を落とし、風魔法の使い手と弓騎士が盛り上がり、新しい武器を作る話になったとは聞いていない。その後に二人がどうしたかは確認したかい？」

「もしかして、カークと先輩が……」

「カーク君の方だね。彼は子爵家だが、その母上は侯爵家の出身だ。子爵家の者との結婚を反対され、一度縁を切って、カーク君が生まれて和解したそうでね。かわいい末娘にかわいい孫だ、『いくらかかってもかまわないから、疾風の魔剣を譲ってはもらえぬか』と、前侯爵ご本人がお忍びで家にいらして——久しぶりに父上がうろたえるのを見たよ」

「も、申し訳ありません……」

ヴォルフの声が上ずった。

どうやら侯爵家のお孫さんが疾風の魔剣を気に入り、そのためにお祖父《じい》さんが譲ってもらえないかとスカルファロット家に直接来たらしい。

「さて、ロセッティ殿はどうすればいいと思うね？」

「ええと……短剣の仕様書をお渡しするか、同じものをもう一本作ってお渡しすればいいかと思います。お急ぎでしたら、明日までには二人で作ってまいります」

ヴォルフがこれを手元に置きたいと言っていたので、同じ素材で新しいものを作って渡せば問題ないだろう――そう思って答えたが、グイードは青い目を細め、口角《こうかく》を吊《つ》り上げた。

「それは大変喜ばれるだろうね。簡単に早く作れる、量産できる魔剣の証明にもなるわけだ」

笑顔のはずなのに、なんだか笑っていない気がする。落ち着かず視線をヨナスに向けると、こちらは眉間に二本、指を当てていた。

「カーク君と弓騎士の方は、これを大剛弓《だいごうきゅう》と矢にしたいと武器に詳しい騎士達と王城で大いに盛り上がったようだ――で、ロセッティ殿、王城騎士団の軍備関係者が、この武器の開発者からぜひ話を伺いたい、できればスカウトしたいと申し入れてきたそうでね」

「え？」

「受ければ自動的に、騎士団付き王城魔導具師だ。大剛弓と矢での開発、その他に成功すれば、男爵どころか来年は子爵になれるかもしれない」

「いいえ、そんなつもりはまったくなく！　ただ名を伏せる方法を考えていて……」

あわあわと答えながら、己の迂闊《うかつ》さを思いきり恥じる。まさか、ここまで事が広がるとは思わなかった。

「兄上、巻き込んだ俺に責任があります。ダリヤのことは伏せ、なんとか家で入手したことにして頂けないでしょうか？」

「残念ながら遅い。諜報《ちょうほう》部の友人からも問い合わせがあった」

けほり、空気が喉を戻る変な咳《せき》が出た。

「ロセッティ殿が関係していることくらい、とっくにつかんでいるだろう。隠そうとしたところで、騎士団長あたりの名で、騎士団付きの王城魔導具師にと招かれたら、断れるかい？」

詰んだ、完全に詰んだ。

楽しく前向きに家電的魔導具を作るはずの自分の未来が、ガラガラと音を立てて崩れそうだ。

「とはいえ、私はヴォルフの兄で、ロセッティ殿の貴族後見人だ。二人を守る権利と義務がある」

そこまで言ったとき、ヨナスが疾風の魔剣の箱の蓋を閉じ、サイドテーブルに戻す。代わってテーブルに載せられたのは、羊皮紙の厚い束だった。

「騎士団も諜報部も完全には騙《だま》せない。だから、本当にしてしまえばいい。ロセッティ殿とヴォルフはこの武具開発に携わった、ただし、スカルファロット家の手伝いとしてね。うちで武具開発部門を立てる」

グイードは嘘《うそ》からまことを出す気らしい。ダリヤは思わず息を呑《の》む。

「あの、それではスカルファロット家にご迷惑がかかるのでは……」

「なに、新規事業はうちの得意技だ。それに、その道に詳しい者がいるから心配はいらないよ。案外うまくいくんじゃないかな」

「グイード様」

たしなめるようにヨナスが声をかける。

少々困惑しているのは、彼も一緒らしい。錆《さび》色の目が微妙に揺れている。

「ヨナスの実家は、商売で武具を扱っていてね。よってヨナスは武器も防具もそれなりに詳しい」

「ヨナス先生が？」

「小さい頃から一通り習った程度です。今は実家とは疎遠で、商売としてのお手伝いはできませんし、販路も利用できませんが」

「かまわないさ、王城か希望者にしか納めなければいい。かえって価値が上がるかもしれない」

グイードがにやりと笑うのを初めて見た。なんとなくヴォルフと似ている気がする。

「疾風の魔剣は、スカルファロット家の武具開発部門の開発とし、ヨナス、次にヴォルフの名前をあげる。そして、制作協力者としてロセッティ殿の名前をあげる。こうすれば、うちを飛び越してロセッティ殿に行くことはない。万が一それでも行ったらこちらで対応する——どうだね？」

「さすがです、兄上！　ありがとうございます！」

「ありがとうございます、グイード様……」

自分の貴族後見人になってもらっている上、今回の対応、グイードに借りが積み重なっていくのを感じ、ダリヤは深く頭を下げる。

「騎士団や隊で使うものに関しては、こちらを通して仕様書や実物を回せばいい。向こうからの連絡もこちらで受ける。そうすれば、ロセッティ殿もどう使われるか、王城でどう改良されたかがわかって安心だろう」

「お気遣いをありがとうございます」

作り手の想《おも》いについて、グイードはよく理解してくれている。それがなんともうれしかった。

「さて、改めて——今回叱りたい点は三つだ。一つ、問題が出たならば、もっと早く言いなさい。二つ、情報は詳しく、正確によこしなさい。三つ、危ないことはやめなさい、と言いたいところだが、三つ目は難しいかな。魔物討伐には効果が高いようだし、ロセッティ殿からヴォルフへの応援というのはありがたい。うちの弟もそれを望んでいるようだしね」

「兄上……」

危ないこととして今後の魔剣づくりを止められるかと思ったが、認めてくれるらしい。グイードの心配りに、さらに頭が下がる思いだ。

ヴォルフと共にほっとしていると、言葉が続いた。

「ロセッティ殿が魔剣を作っていたのは、ヴォルフに魔物討伐で大きな功を立てさせ、男爵に推したいからだろう？　私としては、それを止めたくないからね……」

とても優しい笑顔のグイードに、咄嗟《とっさ》に返事が出なかった。

魔剣好きのヴォルフによる希望と、あとは勢いと好奇心で作りました――そう、言うに言えない。

「いえ、その……魔導具研究の一端で……」

声が小さくなり、つい視線はヴォルフへずれる。

「兄上、魔剣は俺の趣味です！　ダリヤに俺専用の魔剣が欲しいと願い、作ってもらっていました」

「……趣味」

オウム返しに言ったのはヨナスである。錆色の目がちょっと冷たくなったのは気のせいか。

その後のグイードの長い吐息が、部屋にひどく響いた。

「そうか……お前も『魔剣好き』だったね、ヴァネッサ様と同じで」

「母上もですか？」

「ああ。宝石もドレスもあまり喜ばない方だったが、風属性の魔剣が売りに出されて父と見に行ったことがある。でも、ヴァネッサ様は氷魔法の使い手だろう？　起動できなくて買わなかったそうだ。帰ってきて三日は落ち込んでいた」

「母が……」

美しいドレス姿のヴォルフの母、その肖像画を思い出し、ダリヤは納得する。

ヴォルフが母に似たのは見た目だけではなく、その趣味もらしい。その後の反応も案外似ているのではないかと思う。

「まあ、ヴォルフが望むものならば止めないよ。だが、ロセッティ殿を巻き込んだ、その責任は負いなさい。ロセッティ殿も安全を考えて、今後は外部に出す前に相談してほしい。二人に何かあったら嫌だからね」

「胆《きも》に銘じます」

「お気遣いありがとうございます」

その後、ようやく羊皮紙の書類を確認する。スカルファロット家の武具開発部門の正式立ち上げと共に各自の署名、そして今後の口裏合わせもしっかり確認した。

ちょっとだけ悪いことをしている気分になってしまったが、仕方がないだろう。

一段落すると、ヨナスが部屋を出て、銀のワゴンで紅茶を運んできた。

「ロセッティ殿、お支払いはきちんとするが、数字が予測できなくてね。申し訳ないが、少々時間を頂けるだろうか？　もちろん、前払い金はお渡しする」

「いえ、かばって頂くわけですから結構です。前払い金も必要ありません」

「しかし、材料費もあるだろう？」

元はヴォルフが買ってきた市販品の短剣、手元にある魔石、そして、余っていたミスリル線。原価表を渡したら笑われそうである。

必死に説明をし、とりあえず、ヴォルフが自分で材料を持ってくるか購入する、余った素材をダリヤが受け取るということでようやく落ち着いた。

これでやっと紅茶が味わえる――そう安堵《あんど》して、カップをそっと持ち上げたとき、ヨナスが自分の名を呼んだ。

「ロセッティ殿、今回は私が功績をお借りし、利用させて頂くことになります。失礼ながら、私からのお礼はいかほどがよろしいでしょうか？」

「いえ、こちらが守って頂くのですから、金銭を頂くわけにはまいりません」

ヨナスにも大迷惑をかける形である。功績などと言うが、こちらは王城魔導具師となって武具を作る未来からは全力で逃げたいのだ。むしろ、自分が彼に礼をしなくてはならないのではと本気で思う。

「では、必要な際はこの身を差し上げましょう。いつでもおっしゃってください」

カップが指からずれかかり、ダリヤは慌ててソーサーに戻す。

以前、ヨナスが目の前で腕のウロコをぶちぶちとむしってくれたことを、ありありと思い出した。ウロコをねだったりしないと言いかけ、もしや自然に剥《は》がれる分はあるのかと思いつく。しかし、それを聞くのはとても失礼な気がする。

横ではヴォルフが咳《せ》き込んでいる。紅茶の湯気にむせたそうだ。

落ち着かぬ自分達を錆色の目で見つめながら、ヨナスは涼しい顔で続けた。

「炎龍《ファイヤードラゴン》の劣化版ですが、ウロコも牙もそれなりにありますので、いつでもお声をおかけください」

「……あ、ありがとうございます」


緊張と困惑の話し合いを終えると、四人そろって部屋を移動した。

「今日がスカルファロット家の武具開発部門の立ち上げ日だ。略式だがお祝いといこう。客間の一つに温熱卓を入れたから、そちらでいいかな」

「いいですね、兄上。今日は少し冷えますから」

息の合った兄弟に微笑《ほほえ》ましくなる。

しかし、貴族向けの温熱座卓・温熱卓はいろいろと凝りすぎたものも多い。座るのもためらわれるような高級品だったらどうしよう――そう思いつつ、ダリヤは案内に従った。

ヨナスが扉を開けて三人を通してくれたのは、それほど大きくない客間だった。茶を基調とした落ち着いた調度で、大きな窓からは白い花々の咲く庭が見える。

中央には六人掛けの温熱卓に、四つの椅子が置かれている。薄茶の天板にふわりとした赤茶の掛け毛布、下の絨毯《じゅうたん》は濃い茶色だ。

庶民向けの少し上質な温熱卓のラインである。なんだかとても安心した。

赤革の椅子は熱が逃げぬよう、背側の脚部分にも革が張られている。キャスターも付けられ、椅子の移動もしやすい。これは家具職人達の工夫だろう。

勧められた椅子に座ると、足元から温風が吹き出してきた。こうして靴を脱がずに暖がとれるのは、なかなかいいものだと実感する。

それでも、ヴォルフの家、貴族の客間である、失礼があってはいけないと背筋を正した。

「ダリヤ、楽にしていいよ」

右隣のヴォルフには、自分の緊張が筒抜けだったらしい。フォローしてくれるのはありがたいが、グイードにヨナスもいるのだ。緑の塔にいるようにはふるまえない。

「ロセッティ殿、ここはロセッティ商会の正式な住所じゃないか。もう一つの我が家とでも思ってくつろぐといい」

「も、もったいないお言葉です」

無理です、と言い返したいのをこらえ、少々ひきつった笑みで答えた。

「この温熱卓もいいが、最初にもらった温熱座卓は、妻に大変好評でね。寝室にスペースを作ってくつろいでいるよ。娘にもねだられて、子供部屋にも入れたが、課題をこなすペースが上がったと教師が驚いていた」

意外な効果だった。寝落ちすることなく真面目に学ぶ幼い少女を想像し、感心してしまう。

「部屋をあまり暖めずに温熱座卓で勉強すると、頭が冴《さ》えるらしい。妻に似て勉強が好きで、頑張っているよ。私はよく温熱座卓で寝落ちして、妻に叱られているけれどね」

「兄上……」

ヴォルフが苦笑している。

グイードは仕事でかなり忙しいと聞いている。疲れてコタツに入ったら、寝落ちは仕方があるまい。

「では、料理を運ぶよう伝えて参ります」

三人が温熱卓にそろったのを見届け、ヨナスが部屋の外へ出ていった。

「さて、ヨナスのいないうちに礼を言っておこう。ロセッティ殿、ヨナスにも温熱座卓を贈ってくれてありがとう。とても気に入ったようだ」

「それはよかったです」

ヨナス向けに贈った温熱座卓は、確か、リクエストがあって庶民の六人用だ。自宅でご家族と使っているのかもしれない。

本人から型通りの礼状をもらってはいたが、活用してくれているのならうれしいことだ。

「この前、ヨナスの部屋に行ったら、部屋の中央にあの温熱座卓を置いていてね。頭と手だけを出して、腹ばいで本を読んでいた。酒瓶に長いストローがさしてあって……ずいぶん大きな亀がいたものだと笑ってしまったよ」

言いながら、『ヨナスには内緒だよ』と、人差し指を唇に当てる。

ダリヤはヴォルフと共に、笑いをこらえてうなずいた。

「あんなくつろいだヨナスは、久しぶりに見た……」

「さすが、堕落座卓……」

ヴォルフが忘れかけていた名称を掘り返そうとしている。むしろ埋めて忘れてほしい。

ダリヤは慌てて話を戻した。

「ヨナス先生は、お疲れだったのかもしれません」

「それもあるが、ヨナスは冷え性というか――炎龍《ファイヤードラゴン》の魔付きの影響だろうね、冷えやすいらしい。毎年、冬は火の魔石のカイロを持たせているんだが、部屋の外で待たせることもあるから、ちょっと寒そうでね」

魔付きになると、体温に関する変化もあるらしい。

龍はトカゲにもたとえられるのだ。変温動物的一面があるのかもしれない。まして彼は炎龍《ファイヤードラゴン》の魔付きである。炎龍《ファイヤードラゴン》は特に寒さを苦手とするという。その性質が出てもおかしくはない。

「ダリヤ、ヨナス先生にもあれを背負ってもらってはどうだろう？」

「ええ、私もそう思いました」

ヴォルフがこそりと聞いてきたのは『携帯温風器』のことだろう。ちょうど自分も考えていた。

偶然の一致にうれしくなったとき、ノックの音が響いた。

「伝えて参りました。今、料理をお部屋に……どうかなさいましたか？」

ちょうど戻ってきたヨナスが、三人の視線を同時に受け、訝《いぶか》しげに目を細める。

「温熱座卓について話をしていたところだよ。さて、続きは食事をしながらにしよう。ヨナスも今日は主役の一人なのだから、あとは座りなさい」

彼はその言葉に従い、ヴォルフの向かいの椅子に座った。


間を置かず、従者とメイド達がテーブルいっぱいの料理を運んできた。

グイードは略式の祝いだと言うが、食事のマナー違反をしてしまわないかと気がかりだ。

そのため、皿を並べ、ワゴンを置いた従者とメイド達が退出したときはほっとした。

皿をいつ代えるかや、グラスのワインの量を横で気にされながらの食事というのは、どうにも落ち着かない。

「では、スカルファロット家の武具開発部門の立ち上げを祝って、乾杯」

「乾杯」

赤ワインのグラスを全員で持ち、グイードの言葉に乾杯した。

テーブルの上はとても華やかだ。

一口サイズに丸く飾られた色とりどりの温野菜、赤・白・黄色のチーズの皿。

鯛《たい》らしき魚の身をソテーし、鮮やかな緑のハーブソースを添えた皿。

クリーム味のショートパスタの隣、たっぷりの刻みバジルを散らした薄切りの鹿肉。

バラの花を模《かたど》ったハム、海老《えび》をあしらい、大きめのスプーンにのせられた卵ゼリー。

ダリヤが口にして驚いたのは、ライスコロッケに似た揚げ物だ。

こちらでは『アランチーニ』というそうだ。卵とチーズ、そして蒸した米をボール状にして揚げたものと説明された。炊いた米とはまったく違うのだが、どこかなつかしい味だった。

ヨナスの方は一見似た皿だが、魚やハムに代わり、すべて血が滴るような肉が盛られている。

どれもおいしい料理なのに、魔付きのおかげで味がよくわからないのは、ちょっと残念だ。

数枚の皿を空けると、ヨナスがワゴンから銀の深皿を取り出した。

蓋を開けると、ぶわりと白い湯気が立ち上る。深皿自体が魔導具で、保温効果があるのかもしれない。まったく冷めていなかった。

「『オッソブーコ』――子牛のすね肉を煮込んだものだ。うちの兄弟の好物だね」

グイードの説明に、じっと深皿を見る。丸みのある楕円《だえん》に切られた厚い肉、その中央に穴のあいた白い骨がある。

トマトソースらしい見た目と匂いに惹《ひ》かれつつ、一切れ、口に運んだ。ぷるりとした肉は、口に入れた瞬間、ほろほろと溶けた。肉の柔らかさに驚いていると、その甘さとトマトソースのわずかな酸味、香辛料とワインの香りが口内で混じり合う。

その濃厚なおいしさに、ヴォルフの好物だというのはよくわかった。

「うちの領地の牛なんだが、どうかね？」

「とてもおいしいです……」

どこがどうおいしいかを言うべきなのだろうが、咄嗟に表現する言葉が出てこない。横では噛《か》む必要がほとんどない肉を、噛みしめるように味わうヴォルフがいる。たいへんわかりやすい。

ただ、これは一歩間違うと、ソースが今日の紅茶色のワンピースににじみそうだ。もう少し冷めるまで待った方が無難かもしれない。

「ロセッティ殿、このメンバーなら礼儀作法は気にしなくていい。そもそも私もヴォルフもオッソブーコを好物にしているぐらいだ。細かいことは気にしないよ」

「あの、これが好物だと何か……？」

意味がわからずに聞き返すと、ヨナスが自分に向いた。

「オッソブーコはこの国の北東地域の料理で、庶民の料理とも言われています。高位貴族の方は、骨の見える料理や、すね肉を避ける方もおりますので」

「初めて知りました……おいしいのに、もったいないです」

「まったくだ。うちはおいしければ気にしないから、家族の晩餐《ばんさん》でもよく出るよ。他家に知られれば『成り上がり』らしいと、ますます言われるかな」

「『成り上がり』、ですか？」

「ああ。なにせうちの祖父は子爵だ。父で伯爵、私が来年には侯爵。一代ごとに一爵上がるなど、高位貴族の皆様から見れば、『成り上がり』以外の何者でもないそうだよ」

「それは功績を上げられたからではないですか。今、この国で水の魔石を使っていないところはないと思います」

スカルファロット家が有名なのは、やはり『水の大改革』である。

当時の王の『国のどこでも最低限の水には困らぬようにしたい』という言葉を受け、スカルファロット家が、水の魔石の大量生産体制を整えた。どこでも安定した値段で買える水の魔石は、この国に多大な豊かさをもたらした。

その功績は、侯爵でもけしておかしくない。『成り上がり』などと言う方が失礼だ。

「そう思ってもらえるならうれしいね。水の魔石の大量生産も、下水管理も、普及するとそれが当たり前になる。より便利にしろという声の方が大きくなるくらいだ」

「わかります……」

ダリヤは思わず深くうなずいてしまった。

魔導具も同じだ。魔導ランプも給湯器もドライヤーも、使い慣れるとあって当たり前になる。

そして、より魔石の消耗を少なくしてほしい、力が足りない、軽量化してほしい、もっと価格を安く――そういった要望の声の方が大きくなるものだ。

「面倒で嫌がられる仕事ほど、便利になれば効果がわかりやすい。正直、きれいな仕事だけをやっていたら、こんな『成り上がり』はないよ」

次期侯爵という立場は本当に大変なのだろう。

それでも、言い切ったグイードの顔にはスカルファロット家の誇りが見える気がした。

「これからはますます忙しくなりそうだ。ヴォルフが魔物討伐部隊を辞めたら、私の仕事を手伝ってもらえるといいのだが……」

「歳《とし》をとって引退したら考えます」

ヴォルフはにべなく答えると、ヨナスから二皿めのオッソブーコを受け取っていた。


食事を終え、メイド達が皿を片付けると、ヨナスが新しいワゴンを押してきた。

白ワインと共に出されたのは、薄い緋色《ひいろ》のドライソーセージだ。

各自の皿に四切れずつ、重なりなく並べられている。

「隣国産で、赤いワイバーンのドライソーセージだそうです。どうぞお試しください」

さすが、牧畜の国。隣国はとうとう、ワイバーンも食料とみなしたらしい。

「赤いワイバーンか。俺がダリヤに会うちょっと前に、餌になりかけたやつだね」

皿に伸ばした手がそのまま止まる。思わずヴォルフに小声で抗議してしまった。

「どうして今、そういうことを言うんですか？」

「大丈夫。俺が今、デザートにしているわけだし」

悪戯《いたずら》めいた表情《かお》で返すヴォルフが、少々癪《しゃく》だ。

ワイバーンの話を続けることを放棄し、ダリヤはドライソーセージを小さくちぎって口にする。

香ばしい白身魚――第一印象はそれだった。歯ごたえはそれなり、塩は薄めだ。普通のドライソーセージよりも淡泊というか、ヘルシーに感じられる。

「鶏のモモ肉っぽいね」

「白身魚に似た感じもします」

「ワイバーンは空を飛ぶのだし、龍種だから魚に似ていてもおかしくはないね」

鶏とも魚ともつかぬ不思議な味に、三者三様の考えを述べていると、ヨナスが目を伏せた。

彼は炎龍《ファイヤードラゴン》の魔付きである。ワイバーンのソーセージを食べてはいるが、本当は不快かもしれない。ちょっと心配になりはじめた自分に、錆色の視線が向いた。

「ロセッティ殿、ワイバーンのドライソーセージはお好みですか？」

「ええと、不思議な味だと思います……」

ヨナスの問いに迷い、ようやく答えた。彼は錆色の己の右手を見て、わずかに首を傾ける。

「ヨナス、何か気がかりなことでも？」

「この右手、ウロコの下の肉は、炎龍《ファイヤードラゴン》と人、どちらなのかと。今まで確かめたことがございませんでしたので」

「ヨナスでドライソーセージはやめてくれないか」

酒を口に含んでいなくてよかった。ダリヤはなんとか表情《かお》を固めて耐える。

笑顔で怖い冗談を告げるグイードに、ヨナスは顔色一つ変えない。きっと慣れているのだろう。

「兄上、冗談がすぎます。ヨナス先生も、ご自身を素材のように言うのはおやめください」

ヴォルフの真面目な声が響いた。まったくその通りである。

だが、思い返せばこういった系統の怖い冗談を彼もよく言う。グイードとヴォルフ、兄弟で似ているのだろう。

「ドライソーセージはともかくとして、ウロコが使えるようでしたら少々は素材にして頂いても。私の右半身は炎　龍《ファイヤードラゴン》と同じで短期間で自己治療致します。多少深い傷を受けても、治りは人より早いですから」

「自己治療とは、回復魔法が自動でかかるということでしょうか？」

「はい、人のものとは違うようですが、それに近い形だと思います。ですからご心配には及びません」

淡々と言うヨナスに、グイードがしぶい顔をする。

「心配はするさ。ヨナスは自己治療はできるが、回復魔法があてにできないからね」

「そういうことですか……」

ヴォルフが真剣な顔でうなずいた。話が見えず、ダリヤはつい彼に視線を向ける。

だが、先に答えたのはヨナスだった。

「魔付きの部分は、人間の回復魔法が効きづらいのです。魔付きが広範囲になると、効かなくなります。ポーションの類《たぐい》はある程度効きますので、そう問題はありませんが」

初めて知った。では、魔物には人のかける回復魔法は効かないのだろうか。

確か、馬車の馬が膝を痛めたとき、神官が回復魔法をかけているのを見た記憶がある。

「馬車の馬が回復魔法で治療されているのを見たことがあるのですが、動物にも回復魔法は効きづらいのでしょうか？」

「魔力のない動物や魔力の少ない魔物にはそのまま効くよ。ある程度、魔力のある魔物からは効かなくなる。人の魔力と魔物の魔力が違うからだと言われている。だから、隊の八本脚馬《スレイプニル》が怪我《けが》をしたときは、治癒魔法じゃなくポーションを使うんだ」

ヴォルフがそう教えてくれた。

魔付きは魔物の特性と共に、その魔力を内包しているのかもしれない。そう考えると、ヨナスの冬の冷えは当然の体質とも思える。

「ヨナス先生、冬は冷えやすいですか？」

「そうですね。魔付きになってから、確かに冬は冷えを感じるようになりました。動けなくなるわけではないですから、問題はございませんが」

「でも冷えると動きが遅くなったり、冷える時間が長くなると、眠くなったりしませんか？」

龍を爬虫類《はちゅうるい》、変温動物と仮定し、そう尋ねてみた。

「魔導具師というのは、魔付きのそういったことに詳しいのですか？　それとも、どなたかのお話や文献で、そういったことをご存じなのでしょうか？」

図星だったらしい。いつもより少しだけ早い口調で尋ねられた。

「いえ、トカゲとか蛇は寒いと冬眠したり動かなくなったりしますから、龍もそうなのかと……」

「トカゲに蛇か――ロセッティ殿にかかると、炎龍《ファイヤードラゴン》もかたなしだね」

くつくつと笑うグイードを、ヨナスがじと目で見る。

「ヨナス先生、先ほどダリヤと話していたのですが、こちらを試してみませんか？　上着の下に背負うと、とても暖かいですから」

ヴォルフがいきなり上着を脱ぎ、携帯温風器を外した。というか、今日、背中に背負っていたことに、初めて気づいた。

「火の魔石のカイロでしたらつけておりますが……」

ヴォルフがヨナスに近づき、上着を脱いで試すように勧めた。

わずかに眉を寄せたヨナスだが、勧めに従って上着を脱ぐ。サイドテーブルに上着を置くと、かつんという金属音が響いた。

ヨナスはグイードの従者で護衛である。おそらく護衛用の短剣や筆記用具などを持ち歩いているのだろう。

ヨナスが白いシャツ姿になると、ヴォルフが背中にまわり、携帯温風器を背負わせた。前に垂らした二本の紐《ひも》を引くことで稼働と温度調整が可能だ。

上着を着ると、紐を引いて稼働させ、襟を締め直す。右の紐を三度引いたので、おそらく一番高い温度にしたのだろう。

ヨナスは少しうつむき気味になると、しばらく無言で立っていた。

「あの、どうでしょうか、ヨナス先生？」

ヴォルフがためらいがちに問いかけると、彼はその身をふるりと震わせた。

「……じつに、いい……」

絞り出されるように低い声が、どこか奇妙に響いた。

向き直った顔、錆色の双眸《そうぼう》はらんらんと輝き、右の瞳は縦に長く裂ける。見事なVの字を描いた唇、いつもより白い犬歯が目立つのは気のせいか。

「ヨナス」

「ヨナス先生」

グイードとヴォルフが同時に呼びかけると、赤い瞳はすぐ元の丸みを取り戻した。

ダリヤだけを見たヨナスが、今までになくやわらかに笑んだ。

「まるで春のようです。固まっていた身体が解きほぐされます」

「よかったです」

ダリヤはほっとした。ヨナスの冷え性は、予想以上に重かったらしい。早めに彼用の携帯温風器を作って渡す方がいいだろう。

「グイード様、ちょっと動きを試させて頂いても？」

「ああ、かまわない。部屋と家具を壊さないならね」

ヨナスはトントンと二度足踏みをし、その場で後ろにくるりと高く一回転、それを二度繰り返した。着地した瞬間、ずしゃりと遅れて金属音が響いた。

だが、軽やかな動きは重さを一切感じさせない。言い方は悪いが、まるで曲芸だ。

「ヨナス先生、やはり暖かいと動きが滑らかになりますね」

「はい、たいへんにいい感じです。ところで、これはどちらのお店のカイロでしょうか？」

「ロセッティ商会で出す予定の『携帯温風器』です！　今度、隊の遠征で試す予定です」

自分が言う前に、いい笑顔のヴォルフに先を越された。

「『携帯温風器』……ヴォルフ、私は今、それを初めて聞いたのだが？」

「私も初めて伺いましたが、開発はどなたが？」

ヴォルフに返事をしているはずなのに、青と錆色の視線は、なぜか自分に向いている。

「いえ、これは私だけではなく！　ヴォルフとフェル……いえ、ガンドルフィ商会長と三人での開発です。利益契約書の名前も三人です」

『携帯温風器』は、温熱座卓を作った後、派生してできた魔導具の一つである。

ヴォルフは遠慮していたが、フェルモと二人で強く勧め、利益割合を少し下げ、ようやく利益契約書に署名してもらった。

ちなみに、イヴァーノは三人が名前をそろえることに快く賛成してくれた。

「そうか、三人の力作ということだね。ロセッティ殿、うちの弟が関わった魔導具というのは他にもあるのかな？」

立ち上がったグイードが、白ワインの瓶を持ち、手ずからダリヤのグラスに注《つ》ごうとする。

貴族の礼儀作法的にその行動はどうだったか、必死に思い出そうとしつつ、同時に返答を考える。

「はい、温熱座卓の派生品で――」

ようやく説明しようとしたとき、ヨナスの声も続いた。

「ヴォルフ様、疾風の魔剣はたいへんに素晴らしいものですが――他にももしや、魅力的な魔剣があるのでは？」

気がつけば、ヨナスがヴォルフの真横にいる。

そのグラスにたふたふと白ワインを注ぎながら、妙にいい笑顔だ。通常、このワイングラスであれば四分の一ほどが適量のはずだが、すでに三分の二まで注がれている。

なんだろう、なごやかに温熱卓を囲んでいたはずなのに、急に寒くなりはじめた。

「ええと、その他につきましては――」

言い淀《よど》んだヴォルフが、黄金の目を泳がせて自分を見る。相談しようとしたつもりだろうが、もう遅い。それこそ完全に『他にもある』という答えではないか。

とにかくなにか言わなくてはと思ったとき、グイードに呼びかけられた。

「ダリヤ・ロセッティ殿、うちの弟が無理を願ってはいないかい？　あなたに危険なものをねだっているのではないかと、兄としてとても心配になってきたよ」

「いえ、そんなことはありません。むしろ助けて頂いていると思っております」

自分をフルネームで呼ぶグイードの声が、おかしなほど優しい。そして、優しいはずなのに安心感が欠片《かけら》もない。

「さて、温熱座卓の派生品に、その他の魔剣か――ぜひゆっくりと詳しく聞きたいものだね」

「私もその他の魔剣について、たいへんに興味がありますね」

この後、ダリヤとヴォルフは説明に苦慮しつつ、時折、顔を見合わせつつ、なんとかこれまでのことをぼかしまくって話した。

笑顔の相手と話しているのに冷や汗がたらたらと背中をつたう、なかなか稀《け》有《う》な体験となった。

幸い、グイード達からは、叱責《しっせき》されることも魔剣づくりを止められることもなかった。

ただ、今後は何かトラブルがあれば、『必ず・即座に・正確に』報告するよう約束させられた。

話し終え、静かに微笑むグイードとヨナスに、どちらも心配性の兄のようだと思ってしまったのは内緒である。

「これで安心して魔剣が作れるね、ダリヤ」

緊張がとけたらしいヴォルフが、無邪気な笑顔で自分に言う。

自分の向かい、グイードの片眉がわずかに上がった。

「……そういえば、今日はヴォルフとヨナスの訓練の日だったね。このところ、私は少々運動不足でね。せっかくだから参加するとしよう」

「あの、兄上、俺はこれからダリヤを家に送りに……」

「今日はロセッティ殿を急に呼びつけて仕事を止めさせているんだ、送りは護衛のマルチェラに任せなさい」

「ヴォルフ様、携帯温風器をお借りできるようなら、私もいつもよりよくお教えできるかと思います」

今日はヴォルフの自主訓練の日らしい。自分は邪魔にならぬよう、早めに帰った方がいいだろう。

「ヴォルフ、私はマルチェラが一緒ですので大丈夫です。訓練、がんばってください」

「……ダリヤ……」

自分を見返すヴォルフになぜか、前世で飼っていた犬、その子犬の頃の不安げな顔が重なる。あれは確か、散歩で初めて大型犬を見たときだったか——

「では、ロセッティ殿。近いうちにまた、打ち合わせでお会いしましょう」

自分の逡巡《しゅんじゅん》は、ヨナスの挨拶で打ち切られた。

数日後、緑の塔にやってきたヴォルフは、この日の訓練についてこう語った。

『目の前に炎龍《ファイヤードラゴン》と氷龍《アイスドラゴン》がいるようだった』と。

「ありがとうございます！」

王城の魔物討伐部隊棟、応接室でたいへんいい笑顔を浮かべている青年がいた。

明るい緑の目はうれしげにきらきら光り、両手でしっかりと黒革のケースを抱いている。

「レオナルディ様、『疾風の魔剣』をお持ちになる際は、こちらをお使いください」

いつもの従者服ではなく、黒の三つ揃《ぞろ》えを着たヨナスが、テーブルに手袋を置いた。

黒の革手袋を受け取り、さらにうれしげになった青年に、ダリヤもつられて笑んでしまった。

横にいるヴォルフ、魔物討伐部隊長のグラート、副隊長のグリゼルダ、そして弓騎士も同じく笑顔になっている。

カーク・レオナルディという名の青年が持つケースには、疾風の魔剣が入っている。

ちなみに、今、ヨナスが渡した革手袋はブラックワイバーン製である。

数日前、きれいになめされたブラックワイバーンの革が一巻き、スカルファロット家の武具開発部門――ヴォルフの屋敷に、疾風の魔剣の支払金と共に届いた。

送り主はカークの母方の祖父、前侯爵家当主である。

ダリヤも呼ばれて立ち会ったが、革の巻きを解いて広げると、濃い魔力が室内にあふれた。

上質なブラックワイバーンとはここまで魔力があるのかと驚いた。

余った革は返却不要とのことだったが、手袋どころか、コートも余裕でできる量である。これだけで疾風の魔剣の材料費と作業代をはるかに超えるほどだ。

だが、スカルファロット家には在庫があるとのことで、残りはダリヤがもらうことになった。

開発費名目で渡すから研究素材に回すよう、皆に勧められ、素直に受け取った。

何に使おうか、今からとても楽しみな素材である。

「ヴォルフ先輩、グッドウィン様。本当にありがとうございます、大事にします！」

「喜んでもらえてよかったよ」

「レオナルディ様、ご購入ありがとうございます。今後、必要に応じて調整・メンテナンスをさせて頂きますので、お気軽にお申し付けください」

「はい、よろしくお願いします！」

カークは目を離したら駆け出しそうだ。きっと早く使ってみたくて仕方がないのだろう。

だが、今日の本題はこれからである。

カークがケースをサイドテーブルに置くと、グラートとグリゼルダ、弓騎士もテーブルに近づく。

全員がテーブルを囲んだのを見計らい、ヨナスが背後にあったとても長い銀の魔封箱を開けた。

そこにあったのは、すべてが深緑色の大きな弓だった。

ヴォルフの身長を超えているのだから、二メートル以上はあるだろう。

「風の魔法付き大剛弓、『疾風の魔弓』の試作品です。こちらはスカルファロット家武具開発部門所属の技術者が開発・制作致しました」

先に打ち合わせをした通り、ヨナスがダリヤは関わっていないという説明を遠回しに入れてくれた。

実際のところ、ダリヤは仕様書を確認し、素材のチェックまではしている。

そこから組み立てたのがヨナスと弓職人、魔法を付与したのがグイードの部下だと聞いた。

ちなみに、魔力が十二の者でちょうどだったらしい。魔力値十のダリヤにはできない付与である。

「弓はグリーンワイバーンの骨、弦は二角獣《バイコーン》の尾、矢は緑馬《グリーンホース》の骨、二本の矢をつなぐ線はミスリルです。付与に風龍《ウインドドラゴン》のウロコを使用し、中級の風魔法を入れております。少々引くのに力がいりますが、弓騎士の皆様でしたら問題はないかと」

言いながら、ヨナスが弓を窓にかまえ、矢をつがえずに弦を引いてみせた。

引くと同時に、疾風の魔弓から立ち上る魔力が、ゆらゆらと細く陽炎《かげろう》を作る。希少素材をそろえまくっただけあって、弓の魔力も相当なものだ。

指を離すと、弦がキュイン！　と甲高く鳴いた。

耳が痛みそうな高音に驚いていると、目の前の弓騎士が目を丸くしていた。

「試作上はもう一段強い弦にもできますが、魔物の手前で待ち、引き続ける時間もそれなりに長いかと思いますので。あとは使い方に応じて調整させて頂きます」

「わかりました……」

「レオナルディ様はこちらの腕輪をお持ちください。同じ風龍《ウインドドラゴン》のウロコを付与しておりますので、軌道修正の風魔法が通りやすくなるかと思います」

「ありがとうございます」

カークと共に弓騎士が神妙な顔でうなずく。

「見ただけではわからんからな、外で試してみるとしよう。鍛錬場を取ってある。グッドウィン殿、それでよろしいだろうか？」

「はい、ご協力をありがとうございます。それと、バルトローネ様、私につきましては『ヨナス』とお呼びください。これからお世話になりますし、こちらの隊でも同じ姓の方がいらっしゃると思いますので」

「わかった、ヨナス。私も『グラート』でかまわない。少々急なことだったが、納めてくれたことに礼を言う」

「もったいないお言葉です、グラート様」

「なに、グイードにも世話になっている。何かあれば今後は私に直《じか》でかまわん」

ヨナスがグラートとにこやかに話し合うのを見て、ダリヤは素直に感心する。

自分が初めて魔物討伐部隊棟に来たときは、緊張の塊《かたまり》だった。

ヨナスもヴォルフと同じく、営業に向いているのかもしれない。あるいは、実家の商会で慣れているのだろう。

「ところで、スカルファロットの武具開発には、ヨナスの家からも人が出ているのか？」

「いえ、こちらはスカルファロット家の事業となりますので、実家とは一切関係がございません。何かございましたら、私か、スカルファロット家の方にお寄せください」

ヨナスの声が、少しだけ冷えた気がした。


全員で移動した先は、王城の鍛錬場の、奥まった場所だった。

魔物討伐部隊棟からも少し距離があり、踵《かかと》のある靴で歩くのはちょっと大変だった。

「あちらが的《まと》です」

先に準備してくれていたらしい騎士が言う。

周囲を見れば、何人かの騎士や魔導師が待機していた。服装を見るかぎり、弓騎士、風魔法使いの魔導師らしい。きっと見学なのだろう。

そして、丸い的を見て遠い目になった。比喩ではない、鍛錬場の端と端である。考えていたよりも距離があった。

ダリヤには、白い小さな的と、その横にある丸太がやっとわかるくらいだ。

なお、なぜ丸太に金属板を貼ってあるのかは理解したくない。

「ダリヤ、これを使って」

ヴォルフが双眼鏡を貸してくれた。ありがたく受け取って周りを見れば、グラートや魔導師達も双眼鏡を手にしていた。だが、弓騎士達とカークは、全員そのまま的を見ている。

「風が出てきましたね」

「的が少し揺れてるな」

双眼鏡を持っていても見えない。一体、彼らの視力はいくつなのか――疑問がくっきり顔に出ていたのだろう、ヴォルフが教えてくれる。

「弓騎士は『遠見』の魔法を持っている人が多いんだ。カークも持ってる。人によっては、戦闘時だけ、魔導具のレンズを目に入れることもあるし」

「そうなんですか」

初めて聞いた。コンタクトレンズのようなものだろうか。ちょっと実物を見てみたいところだ。

「まずは試し射《う》ちを――」

弓騎士がそう言うと、黒の革手袋を手に、弓を引いた。いや、正確には、引こうとした。

ふるふると震えた弦はきちんと張り切らず、そのまま戻される。

「……失礼、手が滑りました」

弓騎士は硬い笑顔で手袋をきつくはめ直し、再度弓を引いた。きりきりと小さくも高い音を立てて引かれた弦は、つがえられた矢と共に、ゆらりと魔力を立ち上らせた。

キュイン、魔物が鳴いたかと思える響きの後、呆気《あっけ》ない破裂音が続いた。

ダリヤにはまったく見えぬ速度で矢が飛んだらしい。

急いで双眼鏡を見れば、一番端にあった的が、土台ごと吹き飛んでいた。

「これほどとは……！」

感嘆の声をあげたのはグリゼルダだ。碧《あお》の目は消えた的を確かめるように見つめている。

ダリヤは乾いた笑いを浮かべつつ、制作過程を振り返る。

素材考案中にふと思いつき、『風龍《ウインドドラゴン》のウロコで風魔法を付与できたら効果が高そうです』とは言った。だが、風龍《ウインドドラゴン》のウロコは、なかなか入手できない貴重な素材である。まさかヨナスが棚からすぐ出してくるとは思わないではないか。

唖然《あぜん》としているうちに、『ロセッティ殿も性質研究を手伝ってください』と言われ、なし崩しに渡された。

炎龍《ファイヤードラゴン》も風龍《ウインドドラゴン》も、ロセッティ商会を立ち上げるときの憧れの素材だった。

だが、どちらもヨナスから呆気なく受け取ると、ちょっといろいろと心配になってしまう。

「この距離で攻撃できれば、魔物によってはかなり戦いが楽になるな……」

グラートのしみじみとした声に、ダリヤは我に返った。

「すごいけど、もう少し威力を落とさないと、素材も木っ端微塵《こっぱみじん》になるね」

ヴォルフが自分の耳元でぼそりとささやく。

やめてほしい。魔物を怪我なく倒せる方が大事だというのに、ちょっともったいないと思ってしまったではないか。

「カーク、準備はいいか？」

「はい！」

カークが右手を前に出し、弓騎士の横に立った。

弓騎士がミスリル線でつながれた二本の矢をずらしてつがえ、きりきりと弦を引き伸ばす。かなり力がいるのだろう、わずかに弓が震えていた。

キュイン、という音が二つ重なり、矢は緑の軌跡を残して消える。先ほどよりも速いのだろう、やはりダリヤには矢が見えない。

ただ、キンと甲高い音が、空気を裂いた。

「……ものすごいな」

最初にそう言ったのは見学していた弓騎士の一人だ。次に手を叩《たた》き、声をあげて笑ったのも弓騎士である。

ダリヤは双眼鏡を眺めながら、ようやく異変に気がついた。置かれていた丸太が、金属板ごとゆっくりと右にずれていく。矢は一体どこまで飛んだのか、あるいは丸太の後ろに落ちたのか、探

すかぎり見えなかった。

「森大蛇《フォレストラスネイク》ぐらいなら、すぐ終わりそうだ」

「むしろ魔物を撃った後、どこまで飛ぶか……魔物の背後からの追い込みは避けないと、隊員が真っ二つになる恐れがあるな」

ヴォルフの明るい声の後、グラートの不穏な言葉が続く。

だが、確かに魔物の後ろにいたらとても危なそうだ。弓に途中でブレーキはかけられない。

「問題は音か。独特なので覚えられるかもしれん」

「退《ひ》かせるのが目的であればそれがいいですが、殲滅《せんめつ》討伐の時にはマイナスになりますね」

確かに独特な響きだった。人里近くに魔物が棲《す》み処《か》を作った場合は殲滅討伐になることもあると聞いている。音で逃げられてはまずいだろう。

「もう少し威力を上げ、ミスリル線を伸ばせれば、クラーケンもいけるかもしれません。クラーケンは軟らかくて刃が滑りやすいと伺いますが、これならズレも少ないと思いますので」

「正直に申し上げて、そうなると我々が弓を引けるかどうかですね。身体強化をかけて、これでぎりぎりでしたので」

ヨナスの言葉に、弓を放った騎士がしぶい顔で答えた。その弓騎士に、カークが笑顔で告げる。

「今ぐらいで射ってもらえれば、俺が練習して、もっと風魔法を乗せられると思います！」

「そうか……カークに威力をあげてもらうという手もあるな。それに、俺達ももう少し筋力をつけ、身体強化を上げれば、案外いけるかもしれん。いや、ここはいくべきだろう！」

「魔弓でクラーケン討伐か……浪漫《ろまん》だな！」

「ついに俺達、弓騎士の時代が……！」

「弓の方もまだまだ改良はできるかと。風魔法強化の魔導具につきましても探してみますので。今後もどうぞ開発にご協力のほど――」

「こちらこそよろしく頼みます！」

ヨナスの言葉を折る勢いで、弓騎士達が盛り上がりはじめている。

魔剣だけではなく、魔弓にも深い浪漫があるらしい。

隣のヴォルフは共感するものがあるのだろう、こくこくとうなずいている。

「遠征でもここまで遠距離攻撃ができるようになれば、赤鎧《スカーレットアーマー》の出番が減るかもしれんな」

「いつか、全隊員が同じ色の鎧《よろい》になる日がくるかもしれませんね」

隊長と副隊長の会話に、今度はダリヤが思いきりうなずいた。

ヴォルフが、隊員誰もが赤鎧《スカーレットアーマー》を身につけなくてすむ日――ぜひそんな日がきてほしいものだ。

「ああ、ロセッティ、ヨナス。二人とも、可能なら来週の遠征訓練に同行してもらえないか？　馬車での日帰りだ。西街道の水場の点検だが、携帯温風器の試しと、疾風の魔弓に関して、森での取り回しも見たいのでな」

「はい、携帯温風器の稼働を確認したいので、ぜひご一緒させてください」

「喜んで同行させて頂きます」

「では、二人とも頼む。少し上流の川を点検するが、山際の岩場に鎧蟹《アーマークラブ》がよくいる時期だ。殻は素材に、殻以外は現地で消費すればいいだろう」

グラートの意味ありげな言い方に疑問が湧く。鎧蟹《アーマークラブ》の殻以外を現地で消費するということは、まさか――

「獲《と》りたての鎧蟹《アーマークラブ》なら、やはりあぶり蟹ですね！」

「俺は鎧蟹《アーマークラブ》たっぷりで蟹鍋がいいなぁ」

「鎧蟹《アーマークラブ》の焼き蟹味噌《かにみそ》ってできますかね？」

笑顔の隊員達の言葉は、どう聞いても遠征先の魔物に対するものではない。

困惑していると、グリゼルダが苦笑しつつ説明してくれた。

「春に入った新隊員が、半年を乗り越えた祝いです。今年は王城で酒を飲むより、遠征先で鎧蟹《アーマークラブ》をということになりまして。あくまで『遠征訓練』のついでですが」

「うらやましいですね。俺達の年は、部隊棟の会議室で赤ワインとチーズだけでしたから」

「それなりにいいワインだったけど、当時はまだ酒の味なんかわからないから、ただ苦いばっかりだったな……」

「俺が新人の年は最初の半年で同期が半分以下になって、新人用のワインが余りまくったっけ……」

新人時代の思い出をなぞり、それぞれ、ちょっとだけ苦い表情《かお》をする。

グラートがそれを止めるように、軽く咳をした。

「今年は脱落者がほとんどいない上、他から魔物討伐部隊への異動希望者があってな。遠征用コンロの追加注文を出したところだ」

「ありがとうございます……」

内容が内容だけに、なんと答えていいかわからない。

どうにか礼を言ったダリヤに、魔物討伐部隊長が大きく笑う。

「なに、人間、いい仕事をさせるには、うまいものを食べさせなくてはな」

幕間 それぞれの温熱座卓

ヴォルフは港近くの、とある店を訪れていた。

黒い屋根に黒いレンガの三階建て、目立つその店は、壁に白文字で『黒鍋《くろなべ》』と入っている。

今は午前のお茶の時間、本来であれば店はまだ開いていない。

「ヴォルフ、待ってたぞ！」

ドアの前で待っていた男が、思いきり笑顔で迎えてくれた。

「今日は寒いんだから、サミュエルは中で待っていてくれればよかったのに」

「大事な商売相手をお迎えするのは、店の基本だろ？」

サミュエルは、黒鍋の副店長、そして、元魔物討伐部隊で、ヴォルフの同期である。結婚し、妻の父親が経営するこの店で働くようになった。最近は副店長ぶりもしっかり板についてきて、隊員それぞれの好みに合わせ、お勧めの酒と食事を的確に勧めてくれる。

おかげで、ドリノとランドルフは、『黒鍋に行くと財布の紐《ひも》が切れる』と言っているが。

「俺は商売で来てるわけじゃないよ」

温熱座卓と温熱卓を紹介はしたが、別に自分は商売や仕事で来ているわけではない。そう思って言ったら、大きな手でべしべしと肩を叩《たた》かれた。その勢いは痛いほどだ。

「ははは、そうか。じゃ、遊びに来た友達にワインの一本ぐらいは奢《おご》るよ、俺の小遣いで」

元隊員仲間は、いつの間にか『友達』に昇格していたらしい。ヴォルフは笑い返しつつ、黒鍋へと入っていった。

店内は相変わらずきれいだった。建てたばかりの店ではないのに、テーブルどころか床までも艶《つや》がわかるほど磨かれている。

「じゃ、まずは個室から見てくれ！」

店の一階、カウンター横の通路を通り、個室に向かう。

入ってすぐ靴を脱ぐと、灰色の絨毯《じゅうたん》を踏みしめ、その先の温熱座卓へ向かった。

黒鍋という店の名に合わせたか、黒い天板に、上掛けは黒にアイボリーの布を菱形《ひしがた》に合わせた綿入り、厚手の敷物は濃いめのベージュである。

入った温熱座卓はすでに暖かく、外で冷えてきたヴォルフは、この場で転がりたくなった。

「とてもいいデザインだと思う。本当に暖かいし」

「最初に上掛けを薄手のベージュの毛布みたいなのにしたら、どうも部屋に合わなくて。服飾ギルドに相談したら、店に合わせてくれてこうなった。汚れづらい布でもあるんだ」

さすが、服飾ギルドである。センスがいい上に機能性も高い。

「ロセッティ商会の副会長さんの勧め通り、この個室は基本予約用にして、時間制にしたんだ。最初の一週間だけお試しでお客を入れたけど、なんとぎっちりみっしり来年一月末まで予約済み！」

「それはすごいね！　あ、それだと俺が予約するなら年明けになるか……」

「大丈夫！　特別枠はとってあるから、ヴォルフが使いたいときは相談してくれよ。ほら、一緒に来ることのある緑の目のお嬢さん、またぜひ連れてきてくれ」

「サミュエル……？」

既婚者であるのに何を言って――いや、ダリヤこそがこの温熱座卓の開発者であるロセッティ商会長だと紹介すべきか――迷っていると声が続いた。

「新しいメニューに、隣国のデザートを追加しようと思ってるんだ。甘味を増やすべく研究中だから、女性客の感想があればうれしいんだが」

「わかった。誘ってみるよ」

きっとダリヤは喜ぶだろう。あと、甘味に強いランドルフを誘ってみるのもいいかもしれない。

そう思いつつ、温熱座卓を出た。

次に向かったのは二階である。

以前あったテーブルや椅子は片付けられ、すべて温熱卓に変わっていた。天板はやはり黒。そして上掛けは黒に赤の布を合わせ、より暖かそうに見えた。

「上の階は全部、吹き上げ式の温熱卓にしたんだ。敷物の手前の靴箱に靴を入れてもらって――ちょっと掃除の手間があるけど、これは譲れないから」

サミュエルの栗色《くりいろ》の目が、設置した吹き上げ式の温熱卓をじっと見つめる。足元にユニットを設置したそれは、確かに掃除に一手間かかる。

靴を履いたままを想定していたが、脱いだ方がやはりくつろげる。店で飲んで食べてゆっくりしてもらいたい、副店長としてそう願うからこそのこだわりなのだろう。

彼はすっかり黒鍋の副店長になって——いや、とうに魔物討伐部隊員ではないと考え直す。

以前、サミュエルは『追い出し会』という名の送別会で、多くの隊員仲間に囲まれていた。

やめる隊員を引き止めてはならない、笑って見送れ、それが隊の暗黙の了解だ。

ヴォルフも話を聞いたときには、結婚が決まってよかったと素直に祝う気持ちでいた。

だが、彼は入隊してからとても剣の腕を上げ、魔物を倒すとき、自分との連携もうまくいっていて、ようやく『ヴォルフ』呼びになって——別れの酒を注《つ》ぎに行くときに、つい、『残念だけれど、元気で』そう言ってしまった。本当は、『お幸せに』と笑顔で言うつもりだったのだが。

ちょっとだけ驚いた表情の後、サミュエルは注いだ酒を笑って飲んでくれた。

『ありがとう、ヴォルフも元気で』、そう、マナー違反であった自分に礼まで言って。

だから店を応援したいというわけではないけれど、つながった縁は大事にしたい。

もっとも、人から距離をとり続けた自分がこんなふうに思えるようになったのは、この春、ダリヤと出会ってからのことだ。

正直、人との適切な距離というものが、いまだ自分には難しい。それでも前へ踏み出せるようになったのは、きっと彼女のおかげだ。

「じゃ、二人で吹き上げ式温熱卓を試すということで！」

従業員が酒と料理を運んでくると、あのときと似たサミュエルの笑顔が自分に向く。

今度ワインを注がれたのは、自分だった。

隊にいる間は友人というほど親しくはなかったのだけれど、ここにきて交流が増え——こうやって笑顔でグラスを傾けられるのは、友人の少ない自分としては、素直にうれしい。

「ヴォルフって、俺と同じ『腰派』だったよな？」

白ワインを一本開けたとき、まっすぐすぎる質問が来た。

周囲には誰もいない。取り繕うことをせず、ヴォルフはああ、と小さくうなずく。

「だったら温熱座卓より、やっぱり吹き上げ式がいいだろう？」

「吹き上げ式って、どうして？」

「まさか、気づいていなかったのか？　真面目に考えるんだ。冬だと膝下を滅多に出さない。だからこそ、温熱卓に出入りするときに靴を脱いだ状態で、下からの吹き上げでこう、スカートの裾が揺れ上がる――その一瞬が最高だと思いませんか、ヴォルフ？」

「ええと……そう、かも……」

敬語になった彼に、同意せざるを得ない状況に陥った。

しかし、それは『腰派』ではなく『脚派』ではないのかと思ったが、指摘しないでおく。ふと、ダリヤの父カルロの名と、彼の遺産ともいえる各種姿絵も思い出しかけたが、全力で振り払う。

「じゃ、次のヴォルフの予約は吹き上げ式で入れておくから。窓の外の景色が見える、横並びで座る席でいいだろ？」

「え？　いや、それは……！」

肯定するべきか否定するべきか迷う中、再びワインがグラスに注がれる。

友人との吹き上げ式温熱卓についての話は、まだまだ続きそうだった。

時は少し遡《さかのぼ》る——『スカルファロットの魔付き』『錆《さび》の騎士』、陰でそんなふうに呼ばれる男は、陽光の差す己の部屋で、のったりとくつろいでいた。

本日は久しぶりの休みである。護衛対象であるグイードも、スカルファロット邸から出ない予定だ。グイードと父である当主の打ち合わせは午前で終わり、午後は妻と娘とゆっくり過ごすと言っていた。

護衛騎士も魔導師もそろったスカルファロット邸内であれば、まず危険はない。襲撃者が来たところで、当主と次期当主の前、がちがちの氷漬けにされるだけだろう。

窓からは青と雲を半々にした空だけが見える。朝晩は冷えの一段増す季節だ。

ヨナスはこの部屋を自室として与えられている。高等学院の頃から過ごしているここは、実家の部屋よりはるかに馴染《なじ》んだ場所となった。

生まれてからの約半分をスカルファロット家で過ごしているので、当然かもしれないが。

その部屋の真ん中に置いてあるのは、六人用の大きな温熱座卓だ。ヨナスはそこに肩までとっぷりと入り、頭と手だけを出してうつぶせになっている。腕と胸の下には平たいクッション、それで身体を支えているので安定性がいい。

ふかふかの敷物の上、積み上げられたのは異国の旅行記。その横の銀のトレイには、軽く炙《あぶ》ったクラーケンの干物と辛口の東酒《あずまざけ》の瓶がある。

酒をグラスに移し替えるのも面倒だったので、ストローを二本つないで瓶の口に差した。これで飲む時も起き上がらないで済む、しかもこぼれない。完璧である。

怠惰この上ない状況に、男は錆色の目をそっと閉じ、長く安堵《あんど》の吐息をついた。

「『堕落座卓』か……本当にその通りだな……」

本来は温熱座卓だが、ヴォルフが堕落という単語に変えた意味がよくわかった。

先日、ロセッティ商会からスカルファロット家に運ばれてきた温熱座卓を見て、つい目が離せなくなった。暖かそうな温熱座卓の下で転がったら、冷えなくくつろげるのではないか――そんなことをつい考えてしまったのだ。

とはいえ、すでに予約がいっぱいであろうそれを、自分のために注文するつもりはなかった。

「うちの会長から日頃の御礼にとのことです。ヨナス先生は、四人掛けと六人掛け、どちらの温熱座卓がいいですか？」

イヴァーノに当たり前のように尋ねられ、つい『大きめの方が――』と答えてしまい、六人掛けの温熱座卓を受け取った。

それと共に、ダリヤの友人の服飾師が選んだという、敷物と上掛けも渡された。

ふかふかのアイボリーの敷物は、暖かい上に汚れ防止の魔法付与がある。飲み物をこぼしても安心だそうだ。厚みのある茶の上掛けは、上等な羊毛で軽いのにとても暖かい。

自分の部屋に来客はほぼない。ヨナスは少し考え、ソファーとローテーブルを別室に移させてもらい、部屋の真ん中に温熱座卓を置いた。

試しにと中で寝転がり、その温かな風を受けたとき、喉から長く吐息が出てしまった。

わずかな時間で、体の冷えと違和感がすべて溶け消えていく。そのままゆるく流れる温風に目が閉じかかり、はっとする。

出たくなさを振り切って気合いで身を引き剥《は》がし、別室でロセッティ商会宛てに礼状を書いた。御礼の品はつけなかったが、そのうちにウロコを十枚ほどむしって贈ろうか、この際、牙も一本折って付けるかと本気で考えている。

「今年の冬は、過ごしやすそうだ……」

ヨナスは東酒《あずまざけ》をストローで啜《すす》りながら、独りごちた。


ヨナスは炎龍《ファイヤードラゴン》の魔付きとなって、まだ十年に満たない。

自分の元々の魔力はわずか六。グイードに従者として拾われ、スカルファロット家の財力で十まで上げてもらったが、貴族としては低い部類だった。その上、攻撃魔法は何一つ使えず、弱い身体強化魔法だけ。魔導師にも護衛騎士にも力不足だった。

たまたま炎龍《ファイヤードラゴン》の魔付きとなって、魔力は大幅に上がり、火魔法も、強い身体強化魔法も使えるようになった。おかげでグイードの従者としてだけでなく護衛騎士も兼任できるようになった。

魔付きになったことに後悔は一切ない。むしろ幸運だったと思っているほどだ。

しかし、少々不便なことはある。

一つ目は食事だ。味覚が龍種に近くなったのか、生に近い肉や強い酒はそれなりに味がわかるが、野菜は青臭く、強く火を入れたものは焦げ臭く感じるようになった。

食べられないことはないのだが、苦手なものは噛《か》まずに呑《の》み込む形になってしまう。慣れぬうちはよくもどした。うまそうに食べるふりをするのも下手なようで、同席者を不快にさせぬよう、人との食事を避けるようになっていった。

これがグイードにとても心配された。別に肉だけを食べたところで、腹も壊さなければ体調も崩さない。医者と神官を呼ばれたこともあるが、特に悪いところはなかったのだ。

魔付きの冒険者と話したこともあるが、結局は対象の魔物の特性が表れているだけだと思えた。

グイードには、食事の好みが変わっただけで何の不都合もない、通常の食事をしたいとも思わない、そう何度も説明した。それでも、無意識なのか、時折残念そうな、同情めいたまなざしを向けられるのがうっとうしかった。

二つ目は冬の冷えだ。自分は冷えには縁がないと思っていたが、魔付きになった最初の冬、よくよく理解した。身体の左右で温度差と感覚差があり、部分的に強い冷えを感じるのだ。

ウロコのあるのは右腕、右上半身が魔付きによる強化範囲だが、そこに隣接する部分――背中、腰がひどく冷える。その上に、寒い日が続くとやや動きづらく、だるくなる。その上、冷えで眠りが浅くなり、ひどい眠気がきたりもする。

火の魔石によるカイロは部分的にしか暖まらず、数を増やして左半身に火傷《やけど》をしたこともある。

簡単な暖の取り方として強い酒をあおる方法を見つけたが、グイードが心配するので、隠れて飲むようになった。結果、今度は屋敷の者に酒への依存を心配されることになってしまった。

食事も冷えもたいしたことではない。強い酒を飲んでも二日酔いにすらならない。それよりも、魔付きとなって得た護衛向きの火魔法と魔力を手放したくはない――その主張と説明はなかなか通らなかった。

屋敷の者達からは同情の目を向けられ、何度となく魔付きの解呪を勧められた。

それがきっぱり止まったのは翌年、グイードと共に乗った馬車が襲撃を受けた際、ヨナスが相手方すべてを仕留めてからだ。

誰一人、傷一つなく帰宅したことで、スカルファロット家の者達はヨナスがグイードの護衛であること、そのための魔付きだとようやく認めてくれたらしい。

もっとも、友でもあるグイードは、いまだ魔付きの解呪を勧めることがあるが――いい加減にあきらめて、いいや、認めてほしいものだ。

「……ん？」

考えていただけで、噂《うわさ》はしていないのだが、当人がやってきたらしい。ドアの向こう、慣れた気配が揺れる。ヨナスはノックの音と同時に、どうぞ、と返事をした。

「ヨナス、部屋に温熱座卓を入れたそうだが――」

グイードが、ドアから一歩入ってよろめいた。背後でドアが閉まると、両手を膝に前のめりのまま、こらえきれぬとばかりに笑い声をあげる。

「あはは……！　ヨナスが亀だとは知らなかった。龍だとばかり思っていたのだが」

「本日は龍も休業です」

温熱座卓から出ずに答えると、グイードはなんとか笑いを止めて言う。

「ああ、しっかり休んでくれ。それにしても、とても満喫しているね」

「はい、大変良いものを頂きました」

心からの言葉で答えると、グイードはようやく体勢を戻す。だが、その顔はまだおかしそうに笑

みを残していた。

「ロセッティ殿に感謝しなくては」

「まったくです。グイード様もお試しになられましたか？」

「ああ。足元から暖かいというのはとてもいいね。父母も気に入ったようだ。さっき、屋敷の者の分も追加で頼んだんだ。別邸と領地の屋敷にも入れるから、今年は皆で暖かく過ごせそうだよ」

この冬、ロセッティ商会は温熱座卓の制作に大忙しになりそうだ。まあ、商売なので流行《はや》るのはいいことに違いない。数少ない商会員が倒れないよう祈っておくことにする。

「グイード様の温熱座卓は、どちらに置かれました？」

自分が今入っている温熱座卓と共に、数台がスカルファロット家に届いた。グイードはその場で白い天板の六人掛けを運ばせていたが、あれはどこに設置したのか気になった。

「寝室だよ。温熱座卓に入って、妻の膝枕は最高だね」

「けっ」

ドヤ顔で言ったグイードに、わずかながら声が出た。しかし、それはさらに友の笑顔を引き出すことにしかならなかった。

「ヨナス、何かおかしな音が聞こえなかったかい？」

「きっと気のせいです」

「そうか。いつかヨナスも試してみるといいよ」

その予定は一切ない。自分も温熱座卓を満喫しているのは認めるが、主《あるじ》の方が上らしい。

「ところでヨナス、一つ頼みがあるんだが」

「なんでしょうか？」

「もし私に万が一のことがあったら、娘が成人するまで、ヴォルフと共に隣についてやってくれ」

いきなりの話に、思わず上半身を起こしてしまった。

「そのようなことを、部下の私に願われても困ります」

「ヨナスがいれば困らないさ。家の仕事に関してもよく知っているし、私の隣で当主教育も一緒に受けたようなものだ。もちろん、相応の対価を渡すように取り決め、書面にしておくよ」

「お断りだ。誰がそんな面倒事を引き受けるか」

さらさらと話す声が不快で、つい素で声が出た。

「ひどいな、取り付く島もなしかい？」

「当たり前だ。大体、お前に万が一のことがあるなら、護衛の俺が先に決まっているだろう」

「それは困るな。だが、私が病気でいきなりという可能性も――」

「しつこい。それならば酒と油物を控えて、仕事の調整をして早寝をしろ」

「無理を言わないでほしいな」

グイードの健康状態は問題ないはずだが、ベルトの穴の位置を気にしているのと、仕事で遅くなることが続いているのは確かである。

もしや、すでに体調不良を感じているのか、医者に何か言われたのか――友の身が急に心配になった。

「グイード、なぜいきなりそんな話をする？　何かあったのか？」

「さっき、娘に白髪を二本見つけられてね……『お父様、長生きしてください』と願われた……」

「帰れ」

一言で話を終わらせた。起こしかけていた上半身を戻し、また肩まで温熱座卓にしっかり入る。

心配した時間がもったいない。若白髪ごときでその苦悩の表情はやめろ。そもそも青みがかった銀髪に白髪など、よく探さなければ見えないではないか。

「ひどいな！　少しは親友の相談にのってくれてもいいだろう？」

「銀髪だと言い張れ。でなければ抜くか染めろ。あと、相談は奥様にしろ。俺は貴重な休みを無駄にしたくない」

グイードから視線を外し、積んだ本の一番上、隣国の観光名所を記した一冊を開く。そして、八本脚馬《スレイプニル》牧場の画《え》に視線を固定すると、酒瓶のストローを口にした。

辛口の東酒《あずまざけ》を堪能していると、親友とやらが恨みがましい目を向けてくる。

「白髪は抜くと増えるというし、こういうことは妻には相談しづらいじゃないか……」

まだ伯爵嫡男という立場ながら、すでに『氷の侯爵』の二つ名を持つグイード。そんな彼が、娘の一言に振り回され、妻への体面を気にしている。

元から妻子には甘かったが、最近は弟ヴォルフへの対応も含め、悪化の一途をたどっている。

ヴォルフと和解してから、グイードはまるで氷が溶けたように明るくなった。

元々の親馬鹿に、今度は弟に対しての兄馬鹿も加わってきたが、少年時代から知る自分としては、驚くことでもない。

ただ、対応方法が少々えげつなく――いや、大人になって腕が長くなったので、有効活用するようになっただけだろう。

グイードが嬉々《きき》として弟のために動くようになった結果、ダリヤのいるロセッティ商会もいろいろと巻き込み、あちらからも大いに巻き込まれ――そのおかげで自分がこうして快適に過ごせるようになったのだから、人のつながりというのはわからないものだ。

ただ、彼女に対してありがたいとは、心から思っているが。

「……なら、染めればいい。詳しい者に聞いて」

「ロセッティ商会なら、いろいろと手広くやっているから、いい染料を知っているかもしれないね」

「魔導具師は白髪に詳しくはないと思うが……」

いきなりのグイードのつぶやきに、止めようとしかけて思い出す。

「ああ、イヴァーノがいるか」

「そうだね！　聞いてみることにするよ」

有能な商人といえど、さすがにそちらは専門外だろう。だが、グイードとのお茶の席、話題の一つにはなるに違いない。ヨナスはそう思いつつうなずいた。


グイードの青みがかった銀髪にぴたりと合う白髪染め――希少染料を学びはじめた魔導具師、色判断の的確な服飾師、毛染めに詳しく腕のいい美容師、三人の女性が調合したそれを、イヴァーノがこっそり届けに来るのはしばらく後のこと。

「困ったときの、ロセッティ商会か……」

主《あるじ》のなんともいえないその表情《かお》に笑いをかみ殺すことになるのは、その夜のことである。

番外編　父と娘の魔導具開発記録　～温熱座卓初号機～

「ダリヤ、これは何だ？」

「『温熱座卓』！　一人用の小さいのを試作してみたの」

秋から冬に変わりつつある日。娘が居間の床に置いたのは、持ち運びに便利な小さめの座卓。来客があったとき、サイドテーブル代わりに使っていたものだ。

その本体から上の天板を外し、間に茶の毛布をはさんである。

「父さん、これに入って横になってみて。ちょうどよく暖かいから」

娘がにこやかに毛布をめくる。自分の身体の大きさを考えると、中に入るには少し狭い。

なぜこの歳《とし》で座卓の下に入らねばならないのか。しかし、魔導具師である娘の試作品である。

子供のかくれんぼのようだと思いつつも、カルロは意を決して肩まで入って横たわった。

「しばらく入ってて。そうしたらわかるから」

ダリヤは明るい声でそう言うと、一階の仕事場へ降りていってしまった。

「……ぬくい……」

入ってしばし後、かくれんぼかと思えたそこは、楽園であった。

自分の周囲には温かな風がゆるく流れ、時間の感覚を溶かしていく。

床の絨毯《じゅうたん》の上、腹這《はらば》いになっていると、最近痛む背と腰に大変効くのがわかった。

ダリヤは天才か？　ああ、今さら考えずとも、うちの娘は才あふれ、あふれすぎてこぼれそうな魔導具師であった。

しかし、この魔導具は危険すぎる。ここから出たくない、それどころか、何もしたくない。とはいえ、本日中に読んで返事を書かねばならぬ手紙がある。幸い、手紙を載せたテーブルは近い。このまま、カタツムリのように移動すれば――ダリヤが部屋から出ているのをいいことに、カルロはそのままずるずると這って移動する。

が、世の中タイミングが悪いことはあるものだ。追加の手紙を受け取った娘が部屋に戻ってきた。

「父さん、亀のように移動するのはやめて！　ズボンの膝が駄目になっちゃうじゃない！」

声と共に、上から丸ごと取り上げられた。

「ああ！　俺の甲羅《こうら》が！」

「人に甲羅はないわ！」

いいや、天板と毛布は我が甲羅であった。剥《は》がされると急な寒さに身が縮む。

ひたすら丸まっていると、娘が憐憫《れんびん》のまなざしと共に、毛布をくれた。

尊敬される父親を目指す自分としては痛い。しかし、寒い。先ほどまで入っていた楽園を思い出せば、まだ動きたくない。

「この世界の人には、まだ早いのかもしれないわ……」

神のようなことをつぶやいた娘は、座卓本体をさっさと解体してしまった。

大変もったいなかった。

カルロは寒さに耐えかね、上着を羽織ろうと立ち上がる。

ふと、隣にかかったダリヤの上着、その襟元に目が向いた。赤い花の飾りボタンは、一人の女を鮮やかに思い出させた。

ダリヤの母は娘と同じく、艶《つや》やかな紅花詰草《ストロベリーキャンドル》の髪の持ち主だった。

テリーザ・ランベルティ――妻と初めて会ったのは、高等学院内の廊下だ。

カルロは高等学院卒業後も、時折、魔導具研究会の顧問であったリーナ先生に会いに行っていた。

自分の卒業後、リーナ先生は喉の病気にかかり、声枯れで困っていた。

医者に診てもらっても、神殿に行っても治らない。小さな声は出せるのだが、授業には差し支える。筆記や助手を使って懸命に授業を続けるリーナ先生を、魔導具で手助けできないか、そう思ったのが始まりだった。

試行錯誤の後、開発したのは、魔導具『声渡り』。

純銀にセイレーンの髪を魔法で付与し、声の強弱、声質の高低が変えられるものだ。

リーナ先生の強い勧めと紹介で、同じ病気による声枯れで悩む者のために、商業ギルドを通して商品化した。その後に王城魔導具師の誘いを受けるほどには評価されたらしい。

リーナ先生にこの日渡した声渡りは、四代目の改良品である。より軽く、より薄く、より音の広がりを自然にし、銀のネックレスタイプにした。

つけてもらってから細かな調整をし、学生時代の先生と、完全に同じ声を聞いた。

「ありがとう。カルロ君」

その笑顔がとてもうれしく――お礼を受け取った後、意気揚々と教員室を出た。

夕暮れ時、廊下の床には窓からのオレンジの光が長く伸びていた。カルロは上機嫌でそれを一窓ずつ踏み進み、角《かど》で勢いよく進んできた者と衝突しかかった。

とっさに勢いを止めようとし、互いに腕を伸ばして止め合う形になった。

「申し訳ありません！　夕日が眩《まぶ》しく……！」

言いかけた目の前、夕日よりはるかに眩しい大輪が咲いていた。

少し高い背、腰までの長く赤い髪。何より、朝焼けを思わせるその赤い目。

抜群のスタイルにまとっているのはシンプルな濃緑のドレスだが、仕立ては明らかに上質なもの。

自分より一回りは若いだろうか、すばらしく目の保養になる美人である。

しばしそのまま見つめ合い――女性の吸い込まれそうな赤い目に慌て、一歩後ろに下がる。

「あっ！」

突然、女性が自分の方に転びかけた。飛び込んでくる形になった女性を、カルロは抱き止めるしかなく――それぞれ近い距離でまっすぐに立ち直し、自分のボタンに絡む赤い髪にようやく気づいた。

「すみません！」

「申し訳ありません！」

互いに同時に謝り、苦笑することとなった。

ぶつかった段階で、彼女の赤い髪がカルロの上着、その左袖のボタンに絡んでしまったようだ。

なかなかに凝った作りのボタンは、ご近所の飾りボタン職人の作である。虹色貝でダリアの花を模《かたど》ったものだ。気に入ってつけてきたが、ちょっとした幸運に巡り合えた。

ここまで美しい方は大変に目の保養になる。自分に縁はなさそうだが。

「これは……絡みましたね」

外そうとしたが、柔らかな髪はきつくボタンの周りに絡んでいた。ゆるいウェーブのせいもあるかもしれない。

「教員室のどなたかに、ハサミをお借りしたいと思います。それで髪を切れば――」

「もったいない」

つい声が出た。絹糸のような美しい髪だ。艶々でハンカチに刺繍《ししゅう》ができそうなほどではないか。

「ハサミは必要ありません。その美しい髪を切るのはもったいないです」

カルロは躊躇《ちゅうちょ》なく、己のボタンの糸を引きちぎった。そして、そっと髪を外すと、ダリアのボタンをポケットに入れようとし――

「あ、あの……その！　そのボタンを頂けませんか？」

己の袖をつかんだ、彼女の思わぬ懇願に固まった。虹色貝の花形のボタンというデザインが目新しいのか、もしかすると服飾関連の仕事についているのかもしれない。

「すみません！　私ったらいきなり失礼なことを――」

慌てて袖を離した彼女が、平謝りをしはじめた。なんともころころと表情が変わってかわいい。

「かまいませんよ、どうぞ」

ダリア模様の飾りボタンを手渡すと、彼女はぱぁっと大輪の花が咲くかのように笑んだ。

「私はテリーザ・ランベルティと申します。この学院の卒業生です。あなたのお名前は……？」

「カルロ・ロセッティと申します。学院の卒業生で魔導具師です」

「ああ、声渡りの！　小型魔導ランタンも、声渡りも素晴らしい魔導具だと思います！　リーナ先生からロセッティ様のお話は伺っていて……すみません、一方的にお話しして」

「いえ、お褒めの言葉をありがとうございます」

「声渡りは大叔父が使わせて頂いていて、孫と話せるようになったととても喜んでいたんです」

「そうでしたか。それはよかったです」

「自分の声を取り戻せるなんて、とても素敵な魔導具ですね」

美しい微笑《ほほえ》み付きの褒め言葉は、社交辞令だとしても本当にうれしかった。

つい、そのまま魔導具についての質問に答え、魔物の話にまで進んで盛り上がり——夕焼けは紺色の空に変わっていた。テリーザを捜しに来たらしい騎士に、少々厳しい目を向けられた。

「暗くなりますので、そろそろお戻りになった方がよろしいかと」

「ありがとうございました。こちらは後日、御礼を改めて申し上げたく——」

彼女の手には、まだ虹色貝のボタンが握られている。

確かに話していて楽しい、見惚《みと》れるほどに美しいご令嬢だ。だが、おそらくは貴族の生まれか、学院に出入りする貴族の商会関係者。残念ながら自分とは縁がなさそうだ。

それに、リーナ先生の教員室に出入りする方に失礼があってはならないだろう。

ええと確か、貴族の後輩はこういうときになんと挨拶をしていたか——

「御礼は結構です。本日の出会いの記念として、どうぞお受け取りください、美しいお嬢さん」

なお、カルロは、オズヴァルドを参考にしてこう言ったことを、後に大変悔いた。


そして翌日、カルロは緑の塔の門前で呆然《ぼうぜん》としていた。

確実に貴族のものとわかる二頭立ての馬車が止まり、降りてきたのはワイン色のドレスの女性。

定例の挨拶の後、テリーザはまっすぐに切り出してきた。

「ロセッティ様！　その、私と、お付き合い願えませんか？」

冗談も度を過ぎると劇薬である。俺の心臓を止める気か。

「どちらへでしょうか？　飾りボタンでしたら業者を紹介致しますが？」

あくまでわからぬフリで返したが、彼女はわずかにもうつむくことはなく。

「昨日、初めてお目にかかって……『出会いの記念』とおっしゃいました。ですから、もう一度お話を……」

髪の赤さに負けぬほど、みるみる顔が赤くなる。

「突然で失礼なことも、重々承知しております。けれど、どうか、お話を――」

「冗談をおっしゃるものではありません。私は一庶民、貴族のご息女とは天と地ほども差があります。一時の気の迷いに流されませんよう、お引き取りください」

おろおろしているメイドに同情しつつ、そう言い切って、来た馬車に戻した。

それでも彼女の言葉が気にかかり、男爵であった父が持つ、貴族の礼儀作法の本を開いた。

『出会いの記念』――貴族女性へ出会いの記念に小物やアクセサリーを渡すということは、御礼を話の糸口とし、再会を約束するもの――そのページを開いたまま机に突っ伏した。

知らなかったでは済まされない。彼女に対し、あまりに失礼すぎる。

その後に少し古い貴族名簿を開いて絶望した。ランベルティ伯爵家は、王国初期からの家であった。自分から会うことも手紙を出すこともできぬような家である。謝ることすらもできない。

しかし、自分より一回りは若い女性、昨日の今日でやってきた勢い、自分の説明にすぐ帰っていったこと――本当に一時の気の迷いだろう、これで終わりだと思った。

正直もったいなかったと思いつつ、赤ワインを一瓶空けた翌日、彼女はまた塔にやってきた。

「申し訳ありませんでした！　『出会いの記念』の意味を知らず、大変失礼なことを致しました！」

彼女が口を開く前に全力で謝罪した。しかし、帰ってきたのは少しばかり長い沈黙だった。

失礼だとなじられるか、これだから庶民はと流されるか、いっそひっぱたかれた方が楽なのだが。

「……よかったです。今日は謝罪のつもりで……私は、嫌われているのかと……」

小さく言われた声に、それは絶対ないと言いかけ、言葉にできない。

「せめて、私とお友達になって頂けませんか？　お話にお付き合い頂けるだけでもかまいません」

これは夢か、いや、現実だが待ってほしい、いろいろとまずい。身分差に年齢差、考えつく限りの理由を述べ、自分との付き合いはマイナスになると言って帰した。

それでも彼女が来てくれたことには礼を述べた。塔に入ってからうれしさに笑顔になってしまい、自分で自分を殴りつけたのは内緒である。

夢見がちな年頃だ、自分のような男が周囲におらず、目新しかっただけだろう。これで終わると思ったが、テリーザは大変に情熱的で行動力のある――ありすぎる女性だった。

経過をまとめればこうなる。

一度目に来た彼女へ、庶民と貴族では相容《あいい》れぬ、そう言って、来た馬車に戻した。

二度目に来た彼女へ、自分の行動で勘違いさせたことを詫《わ》び、年齢差身分差等、考えつく限りの理由を門の前で話し、来た馬車に戻した。

三度目に来た彼女へ、庶民の家へ来ることであなたの醜聞になってはならないと庭で伝え、来た馬車に戻した。リーナ先生の元へ行った後とのことで、魔導具について聞かれ、少し話した。中にいたメイドにちょっとにらまれた。

四度目に来た彼女へ、閉めたドアの前に立ち、ご家族に心配をかけてはならないと説得、来た馬車に戻した。それと共に、御者にはご家族への報告を願った。正直、保身もあったが、自分の行動の歯止めとしても必要だった。

五度目に来た彼女へ、ドアを開けたまま、若い貴族女性、しかもあなたのような美しい方が家の馬車も使わず、一人で来るものではないと危険性を全力で説き、馬場まで送り、家に帰した。馬場が混んでいたため、馬車が来るまでひたすら魔導具について語り合った。正直、とても楽しかった。

六度目に来た彼女を、仕事場に入れ、ドアを開けたままで魔導具と魔物素材について話した。この日はどしゃぶりの雨ですぐ帰すわけにはいかず、どうしようもなかったのだ。雨が弱まったときに馬場まで送り、家に帰した。

彼女の家――ランベルティ伯爵家からは、三度目の後に遠回しな表現の手紙で抗議を受け、四度目は従者が来て説明するはめになり、五度目は詫びの手紙が届いた。

六度目にいたっては、詫びの品と共に護衛騎士がやってきた。彼女が鍵のかかった三階の部屋の窓から出ていったという。『テリーザ様は熱病にかかったとしか思えぬ状態で……』そう申し訳なさげに謝罪する騎士に、カルロは同情するしかなかった。

だが、ここまでくると周囲の目も気になりだした。噂《うわさ》をしつつ、ちらちらとカルロの顔を見る者もいた。

「押しかけ女房の希望者が来てるって？」

そうまっすぐに聞いてきたのは、近所の飾りボタン職人だ。亡くなった父母の友人でもあった。

「『カルロ坊』、娶《めと》るつもりならさっさと進みな。できないならきっぱり断ってやんな。時間と噂で傷を負うのは、女の子の方が大変じゃないのかい？」

諭《さと》すようなその言葉に、はっとした。曖昧《あいまい》にしているつもりはなかったが、自分がどこかでずるくためらっていたのだろう。カルロは覚悟を決めた。

七度目に来た彼女と、テーブルをはさんで向かい合った。握りしめた拳の中、爪が痛かった。

「ランベルティ様、あなたはとても魅力的です。自分を想《おも》ってもらえるのも大変ありがたいと思います。しかし、私達は住む世界が違います。こういったことが続けば、いずれ私の仕事にも差し支えるでしょう。一魔導具師としてはそれだけは避けねばなりません。今後、塔へ来るのはおやめください」

両手をきつく握りしめながら、薄紙に包むことすらなく、頭を下げた。

「……わかりました、ロセッティ様。ご迷惑をおかけしたことを、心からお詫び申し上げます。それでも――ここまでお話にお付き合い頂いたこと、本当に感謝申し上げます」

彼女は静かに謝罪と礼を述べ、自ら部屋を出ていった。そして、それきり塔に来なくなった。

正直、がくりときた。カルロも確かに惹《ひ》かれてはいたのだ。

最初は見た目に惹かれただけだったが、魔導具のこと、魔物のこと、魔石のこと――話せば話すほど楽しく面白い女性だった。

だが、住む世界が違う、仕事に差し支えるというのも本当だ。

会えなくなってからの方が仕事に差し支えるのは、予想外だったが。

そして、季節一つ過ぎた後、カルロはランベルティ伯爵家から急ぎの招きを受けた。

テリーザが寝たきりだという。食事をせず、無理して食べさせれば吐き、日々、痩せていくと。

カルロはとるものもとりあえずで見舞いに行った。

最初に会ったのは、憔悴《しょうすい》しきったテリーザの母だった。怒りを向けられるのを覚悟していたが、一言もそういった言葉はなく、『娘に会ってください』とだけ願われた。

次に会ったのはとても恨みがましい目をしたテリーザの父、ランベルティ伯爵だった。

「まずは詫びを。娘が一方的にあなたに想いをよせ、ご迷惑をおかけした。あなたは迷惑だと何度も断ってくれたそうだが……」

その目と反した言葉で詫びられ、その後に説明は続いた。

「複数の医者に診せたが、身体の病ではなく、心の病だと。効く薬もないと言われたよ。まさかテリーザが、ここまで心が弱いとは思わなかった……」

胸がひどく痛んだ。それほどにテリーザを傷つけたのは、間違いなく自分だ。

「これでは伯爵家を継がせることも、貴族の他家に嫁がせることもできぬ。家の仕事もこなせぬ。テリーザがこのまま動けなくなれば、遠方の別荘地にとどめ置くことになるだろう。その前にあなたに一度会わせるよう妻に言われたのだ」

ああ、これが貴族というものか——カルロは内で腸《はらわた》が煮える音を聞いた。

彼女は物ではない。別荘地に幽閉し、あの美しい赤い目を陰らせたままで終わらせるものか。

「テリーザ様を——娘さんを私にください」

気がつけば、とんでもないことを口走っていた。テリーザの父は、隠すことなく嘲笑《ちょうしょう》した。

「ははは！　やはりそれか。娘の心と引き換えに、あなたは何を手にしたいのだ？」

「おっしゃる意味がわかりません」

テリーザと引き換えにできるものなどない。それなのに、この者は何を言っているのか。

「ランベルティ家は一切何もしない。あなたの後ろ盾にもならず、金銭援助もしない。テリーザは貴族として育ち、庶民の暮らしを知らぬ。もちろん家事一つできぬ。そんな娘をこの家から除籍し、持参金なしの身一つで渡す。テリーザとの離婚も、家に戻すのも認めん。もしそう言ったなら、君は娘を妻にできるのかね？」

「望むところです」

思いきり笑顔で即答したら、得体の知れぬものを見る目を向けられた。なぜだ。

長い長い沈黙の後、彼は自分の負けだと笑った。

実質、認められたと理解したのは、しばらく後のことである。


その後、許されてテリーザの部屋に見舞いに行った。

気合いを入れて開けたドアの先、彼女がいた。ベッドに横たわったテリーザは、塔に来ていた頃より、一回り小さく見える。

「ロセッティ様……夢？」

自分を見て、そうつぶやき、目をまん丸にした。赤い髪はもつれ、青白い顔で、痩せて頬《ほお》の肉がそげ、唇は乾いていて――それでも自分が知る誰よりも美しかった。

とうにわかっていた。

一目見たときに胸に住み、会話をした日に恋に落ちた。他のすべてが色褪《いろあ》せた。

会えなくなってから、魔導具制作の仕事もまともに手につかなかった。

ただ、目を閉じればその顔が寸分違《たが》わず思い出せた。

重い熱病にかかっていたのは、むしろ自分の方。

型通りの挨拶、見舞いの口上、貴族向けの上品な口説き文句――それまで苦労して準備した言葉を、カルロはすべて投げ捨てた。

「迎えに来た！」

「ロセッティ様……！」

「父上の了解は頂いた。苦労は最小限、幸せは最大限を目指すから、俺と一緒になってくれ」

「はい……！」

「じゃあ、狭くて悪いが家に来てくれ。ああ、『カルロ』、と呼び捨てで。俺は名前で呼んでほしい派なんだけど。君は？」

「私のことは『テリーザ』と呼んでください、カルロ」

赤髪の女は、大輪の花が咲くように笑った。

『テリーザ』とその名を呼び、自分に向けて伸ばされた細い腕をとり、彼女を思いきり抱きしめ――『まだ婚姻前です！』そう、メイドに泣きながら笑って怒られた。


それからは夢のような日々だった。

テリーザは身一つではなく、ソフィアという名のベテランメイドと共に、緑の塔にやってきた。

少しずつ食事ができるようになり、階段の上り下りで身体を鍛えていた。

テリーザが回復すると、ランベルティ伯爵から、カルロへ貴族家の養子の話、そして、金銭的援助の話がきた。

何もしないと言ったはずなのに、やはり娘への想いはあったらしい。丁重に全力でお断りした。『魔導具師ロセッティ』の名を継ぎたかったし、テリーザを二度とランベルティ家に戻したくない、何よりずっと自分の隣にあってほしいと思えたからだ。

そして、援助されなくても、彼女に何不自由ない生活を与えるべく懸命に働いた。

テリーザも頑張っていた。身の回りのこと、慣れぬ家事、それを笑顔でこなそうとしていた。

貴族のしがらみや伯爵家との関係を考えれば、周囲にはおおっぴらにできず、ひっそりとした暮らしだった。

親しいご近所さんには気づかれ、お裾分けはメイドを含めてしっかり三人分になっていたが。

『おめでとう！　結局、押しかけ女房と一緒になったんだねえ』、飾りボタン職人には、そう笑って背中を強く叩《たた》かれた。カルロはむせつつ、ただ笑うしかなかった。

婚姻届を出しても、派手に祝うこともなく、日々の暮らしに貴族の華やかさも贅沢《ぜいたく》もなければ、庶民の集まるにぎやかな場へ気軽に行くこともできない。ただ一日一日を噛《か》みしめるような日々で――だが、それでよかった。

彼女さえいれば、他には何もいらないと、本気でそう思えた。

新しい魔導具の開発も順調だった。二、三年先、カルロが男爵位をとったら結婚を公表する――それがいつの間にか、ランベルティ伯爵との約束のようになっていた。

予想外でどうしようもなかったのはテリーザの妊娠、その悪阻《つわり》だ。とにかくひどく、長く続いた。

もしものことがあってはいけない、出産まで屋敷において、医者を付ける——このときばかりは、カルロもテリーザも、ランベルティ家の提案を呑《の》んだ。

それが間違いだったのか、正解だったのか、カルロはいまだにわからない。

テリーザはダリヤを産んだ後、塔に帰れなくなり、自分の名前すら二度と呼べなくなった。

ただ生きていてほしいと、その願いさえも届かず、ダリヤが初等学院のうちに亡くなった。

自分は、たった一人、心底惚《ほ》れた女を守れなかった。


「昼なのに冷えるわけだ……」

窓の外、枯れ葉が強めの風に舞っている。

その先に見える空は、どこまでも高く、どこまでも遠い。

あの果てにテリーザがいるだろうか、あちらへ渡ったら、もう一度逢《あ》えるのだろうか——そんな埒《らち》もないことを考えたとき、自分を呼ぶ娘の声がした。

「父さん、サラダ用のチーズを削ってー」

「ああ、すぐ行く」

カルロは窓から目をそらして答えた。硬いチーズを削るのも、重い鍋を運ぶのも己の役目である。

もっとも、その役目もあと少しだ。

ダリヤが嫁ぐ日までそう長くはない。なのに、してやれることも、渡せるものも思い浮かばない。

魔導具師の弟子としてならば、まだまだ教えたいことが多くあるのだが——まったく、自分は父親として足りぬらしい。テリーザが生きていれば、弱気すぎると叱《しか》られただろうか。

テリーザに渡したダリアの飾りボタン、あの対《つい》はいまだ自分の机、引き出しにしまったままだ。

友に彼女を忘れろと言われたことがある。再婚を強く勧められたこともある。

『カルロ、もう一度幸せになれ』、そう切々と言われたこともあった。

あのとき、もう二度とあんな幸せな日々は来ないと思っていた自分を、今は笑い飛ばせる。

テリーザと夢見た未来は泡のように消えてしまったが、それでも、娘ダリヤがこの腕に残った。

ダリヤと共に過ごす毎日、魔導具師の弟子を育てる日々――

自分は、自分の人生は、十二分に幸せだ。

誰がなんと言おうとも、幸せだった。


楽園のような背負い座卓は即日解体されてしまったが、あの心地よさだ。

ダリヤが思い出せばまた作るだろう。

そのときに笑顔になるのは自分ではなく、隣に立つ男か、あるいは腕に抱く子供かもしれず――

いいや、うちのダリヤのことだ、笑顔の輪をもっと大きく広げているかもしれない。

「さて、思いきりチーズを削るか！　サラダを埋め尽くすぐらいに！」

「もう、ほどほどにしてね、父さん！」

窓の外はもう見ない。

カルロは愛娘《まなむすめ》の笑顔を見るために、台所へ歩みを進めた。

MFブックス

魔《ま》導《どう》具《ぐ》師《し》ダリヤはうつむかない ～今日《きょう》から自由《じゆう》な職人《しょくにん》ライフ～ 7

2021年10月25日　初版第一刷発行
2024年 6 月 5 日　第五刷発行

著者　甘岸久弥
発行者　山下直久
発行　株式会社KADOKAWA
〒102-8177　東京都千代田区富士見2-13-3
0570-002-301（ナビダイヤル）
印刷・製本　株式会社広済堂ネクスト
ISBN 978-4-04-680836-3 C0093

企画　株式会社フロンティアワークス
担当編集　河口紘美（株式会社フロンティアワークス）
ブックデザイン　鈴木 勉（BELL'S GRAPHICS）
デザインフォーマット　AFTERGLOW
イラスト　景